기업의 신 2

기업의 신 ❷ 제국건설

초판1쇄 인쇄 | 2019년 12월 13일
초판1쇄 발행 | 2019년 12월 20일

지은이 | 이원호
펴낸이 | 박연
펴낸곳 | 한결미디어

등록 | 2006년 7월 24일(제313-2006-000152호)
주소 | 서울시 마포구 모래내로 83 한올빌딩 6층
전화 | 02-704-3331
팩스 | 02-704-3360
이메일 | okpk@hanmail.net

ISBN 979-11-5916-127-8 979-11-5916-125-4(set) 04810

기업의 신

❷ 제국건설

이원호 지음

한결미디어
HANGYEOL MEDIA

차례

1장
리비아 반군 소탕

“전쟁이 일어나면 국민들이 피해를 입게 될 텐데.”

강정규한테서 라이베리아군(軍)의 침공 정보를 들은 마이클 반타가 처음 한 말이다.

“국민들은 오타방고의 공포심을 심어 주는 전술 때문에 수십만이 살해되었소.”

강정규가 고개를 끄덕였다. 오타방고도 찰스 테일러 흉내를 낸 것이다. 테일러는 무자비한 학살로 국민을 노예로 만들었다. 국민들은 공포에 사로잡혀서 ‘그는 내 부모를 죽였지만 나는 그에게 투표한다’라는 선거 구호를 내건 테일러에게 투표했다. 테일러는 압도적인 표를 얻어 당선되었다. 강정규가 반타를 보았다. 임시 대통령이지만 반타는 국민을 아끼는 지도자다.

“각하, 우리가 막아 내지요.”

“부탁합니다.”

반타가 앉은 채로 고개를 숙였다.

"내가 희생이 되더라도 전쟁이 일어나지 않으면 좋겠소."

"그건 안 됩니다."

쓴웃음을 지은 강정규가 말을 이었다.

"다른 지도자로 찰스 테일러 같은 놈이 나올 수가 있습니다."

이곳은 대통령 집무실 안, 원탁에 둘러앉은 사내들은 다섯. 대통령 반타, 자문관인 강정규, 제1사단장 김형근, 제2사단장인 최수일, 그리고 기갑연대장 박종철이다. 시에라리온군(軍)은 모두 리스타에서 장악하고 있다. 지금까지 투입된 리스타 용병은 모두 하사관과 장교 출신이었기 때문에 모두 각 부대에 파견, 현역을 맡겼다. 따라서 예하 연대장, 대대장, 중대장은 물론 소대장까지 리스타 용병으로 채워진 것이다. 기존의 시에라리온군 장교 중 무능하거나 불만이 있는 자는 모두 퇴출되었다. 강정규가 김형근, 최수일, 박종철을 둘러보았다. 그들은 모두 한국군 장군 출신으로 월남전에서 군을 지휘한 경력자다.

"어떻습니까, 해 볼 만합니까?"

강정규가 한국어로 묻자 기갑연대장 박종철이 쓴웃음을 지었다.

"허당이오. 훈련을 더 시켜야 제대로 된 군대가 될 것 같습니다."

그때 김형근이 말을 받았다.

"이제야 군기를 잡기 시작했는데 사기를 올려야 될 것 같은데요."

최수일이 말을 받았다.

"장교들은 물론이고 장교들 월급도 석 달이나 밀려 있습니다."

"이런."

입맛을 다신 강정규가 한숨을 쉬었다.

"어떻게든 전쟁을 지연시켜야 될 것 같은데요."

모두 한국말이어서 반타는 눈만 껌벅였지만 기분 나쁜 것 같지는 않다.

"우선 군인 대우부터 개선하죠."

그날 밤, 강정규한테서 이야기를 들은 윤서인이 정색하고 말했다.

"내일 전 군인에게 밀린 월급을 지급하겠어요. 자금은 아지스한테서 회수한 돈을 쓰겠습니다."

강정규는 고개만 끄덕였고 윤서인이 말을 이었다.

"달러로 즉시 지급할 테니까 바로 군부대에 통보하세요."

"사기가 왕창 오르겠군."

윤서인은 시에라리온 리스타 법인의 정책담당관으로 그럴 능력이 있는 것이다. 오후 8시 반, 시계를 본 강정규가 전화기를 들었다.

"지금 각 사단장한테 통보를 하겠어."

강정규의 얼굴에 웃음이 떠올랐다.

"내가 군인들 분위기를 알지. 오늘 밤에 전군(全軍)에 정보가 퍼지고 환호성이 울릴 거야."

리스타가 시에라리온 국정에 공식적으로 개입해서 군인들의 월급을 지급해 주는 것이다. 이것으로 군인들의 사기가 치솟을 것이고 충성심은 어디로 갈 것인가?

윤서인의 순발력이 드러났다.

권철, 지금도 컨테이너 안에서 시달리고 있다. 컨테이너 안에는 30명에 가까운 병사가 타고 있었는데 에어컨 장치를 해 놓아서 덥지는 않다. 40피트짜리라 병사들은 눕거나 길게 다리를 뻗고 앉아서 대부분 잔다.

"한 시간 남았습니다."

지도를 내려다보던 강재호가 권철에게 말했다.

"도로는 이상 없습니다."

정보원한테서 보고가 온 것은 10분쯤 전이다. 지금 컨테이너 트럭 6대는 사막에 뻗친 도로를 달리고 있다. 오후 10시 반, 권철이 고개를 들고 컨테이너 안을 둘러보았다. 천장에 작은 등 하나를 켜 놓아서 현지인 차림의 병사들이 보였다. 모두 터번을 썼고 허름한 작업복이나 쑵을 입었다. 현지인으로 위장한 것이다. 권철도 머리에 터번을 감은 데다 낡고 더러운 재킷을 걸치고 밑에 회색 쑵을 입었다. 영락없는 유목민이다. 그러나 무기는 위력적이다. 지대지 미사일을 10대나 보유했고 병사들 모두 신형 드라구노프 자동 소총을 쥐었다. 유효 사거리 700미터였으니 저격도 가능한 자동소총이다. 차량 운반 수단이 없었지만 180명의 무장 상태는 세계 최강이 될 것이다.

이곳은 리비아 사막에 위치한 베드윈 유목민 부락 아쿠르칸 안이다. 벽돌과 흙으로 지은 낡은 집들은 모래바람에 풍화되어 마치 모래 언덕처럼 보인다. 한낮에도 멀리서는 드러나지 않지만 이곳은 4백여 채의 주택과 5천여 명의 주민이 산다. 베드윈 아무드파의 본거지인 것이다. 중심부에 위치한 흙집 안에서 10여 명의 사내가 둘러앉아 있었는데 모두 굳은 표정이다. 그때 가운데 앉은 사내가 입을 열었다. 50대쯤으로 흰 수염이 난 사내다.

"카다피가 특공대를 보냈다는 정보가 있어요. 1개 대대 500여 명 정도라는데 대비를 해야 합니다."

사내가 주름진 얼굴로 둘러앉은 사내들을 보았다.

"이건 카다피군(軍) 내부의 정보원이 보낸 정보요. 각 부대에서 몇 명씩 차출해서 특공대를 만들었다는 거요."

"그런 소문은 여러 번 났지 않소?"

옆쪽 사내가 나섰다. 마른 몸매에 검은 수염, 목소리도 날카롭다. 40대쯤 되어 보인다.

"그때마다 비상을 걸고 경계 범위를 넓히느라 고생만 했지. 처음에는 훈련 삼아서 대비했지만 지금은 모두 지쳤어요."

"이봐요, 무스타파 씨."

50대가 검은 수염을 쏘아보았다.

"모두 아무드파를 위해서 이런 정보를 주는 거요."

"그건 고마운데 자꾸 비상을 거니까 우리 부족원 사이에서 불만이 쌓이고 있어요, 파라트 씨."

무스타파는 이곳 아무드족 족장이고 파라트는 바사트족 족장이다. 파라트가 아무드파 본거지인 이곳에 온 것이다. 오후 11시 반, 파라트가 말을 이었다.

"토부르크에 주둔한 리비아 제5군(軍)의 동향은 손바닥을 들여다보는 것처럼 환하지만 카다피가 특공대를 보내면 등 뒤의 벼룩처럼 잡기가 힘들어지는 거요. 그러니까 미리 소독을 하자는 거지."

"지금 소독이 몇 번째요?"

무스타파가 바로 쏘아붙이자 방 안에서 웃음이 일어났다. 파라트의 주름진 얼굴에도 웃음이 떠올랐다.

"무스타파, 카다피의 세력 기반은 트리폴리를 중심으로 서쪽이오. 우리는 동쪽을 기반으로 하고 있어."

파라트의 목소리가 방을 울렸다.

"우리가 조금씩 세력을 넓히면 곧 리비아 전역을 장악하게 될 거요.

더구나……."

"CIA가 우리를 끝까지 지원해 줄 것 같소?"

무스타파가 말을 가로채고 묻자 파라트가 누런 이를 드러내고 웃었다.

"CIA가 배신하기 전에 우리가 선수를 쳐야지. 그놈들에게 놀아나지는 않아."

"나는 파라트 씨, 당신을 믿겠소. 자, 본론을 말합시다."

지금까지 잠자코 있던 앞쪽 사내가 말했다. 베드윈 칼리드족 족장 하마스다. 모두의 시선을 받은 하마스가 말을 이었다.

"파라트 씨를 지휘자로 추천합니다. 이번 전쟁은 바사트족을 중심으로 시작했으니 파라트 씨가 총사령관을 맡으시오."

앞으로 더 이상 갑론을박하지 말자는 의미다. 그때 무스타파가 옆쪽 사내들과 수군거리더니 고개를 들었다.

"동의하겠소."

오늘은 부족장 회의로 총사령관을 결정하는 자리인 것이다. 이미 무스타파의 아무드파도 내부 결정을 해 놓은 상태다. 이로써 반군 전선은 굳어졌다.

바사트족을 중심으로 베드윈의 아무드, 칼리드파가 합세, 총사령은 바사트족장 파라트다.

연락관 업무는 회장 이광을 대리하여 지시사항을 직접 전달하고 두 눈으로 확인하는 역할이다. 세상이 현대화되고 사업도 전화 등을 이용하여 직접 가지 않고도 진행시킬 수는 있다. 그러나 현장에 지휘관이 나타나지 않는다면 그 조직은 죽은 것이나 같다. 앞으로 1백 년 후가 되더라도 마찬가지다. 김기대의 역할은 지휘관의 전령이다. 대역은 아니다. 전장에서 총사령관의 지시를 받고 달려가는 현대판 전령이다. 다음 날 아침, 김기대는 다시 이광의 바닷가 별장으로 불려 들어갔다. 이광은 안학태와 함께 응접실에서 김기대를 맞았다. 어제에 이어서 또 이광을 보게 된 김기대는 자신의 위상을 실감할 수 있었다. 자리에 앉았을 때 이광이 김기대에게 물었다.

"베트남 가 본 적 있나?"

"없습니다, 회장님."

고개를 끄덕인 이광이 말을 이었다.

"베트남에 다녀오도록."

"예, 회장님."

대답부터 해 놓은 김기대가 지시사항을 기다렸다. 1975년에 월맹군이 사이공을 함락하고 베트남을 통일했다. 지금이 1992년이니 17년 전이다. 월남전이 종식된 지 17년이 지난 것이다. 그때 이광이 말을 이었다.

"월남전이 끝나고 베트남이 어떻게 달라졌는지 아나?"

"잘 모릅니다, 회장님."

바로 대답했을 때 이광의 얼굴에 웃음이 떠올랐다. 모르면 모른다고 바로 말하는 것이 낫다. 이광이 말했다.

"인구가 폭발적으로 늘어났다."

의자에 등을 붙인 이광이 김기대를 보았다.

"베트남 인구의 60퍼센트가 15세 미만이야."

"예, 회장님."

"3년 후면 18세 미만이 70퍼센트가 될 것이다."

"아, 예."

"그것이 무엇을 의미하는가?"

"젊은 노동력입니다."

"그렇지. 국가의 활기다."

고개를 끄덕인 이광이 말을 이었다.

"나는 중국에서 철수한 생산 시설을 베트남으로 옮길 예정이야."

숨을 죽인 김기대를 이광이 정색하고 보았다.

"네가 이번에 가서 산업장관과 당 간부들을 만나고 시장에 대한 조사도 해 보도록. 베트남 정부에서는 아직 내 의도를 모르고 있으니까 말할 필요는 없다."

"예, 회장님."

이광이 고개를 돌려 안학태를 보았다.

"안 사장이 자세한 내용을 말해 주도록."

이것이 김기대의 첫 임무가 되었다.

그날 오후 5시, 김기대는 수행원 셋과 함께 비서실 전용기에 올랐다. 비서실 전용기는 12인승으로 회사에서는 '비둘기'라 불린다. 전서구를 말하는데 비서실은 3대의 전서구를 운용하고 있다. 수행원 셋은 김기대의 보좌관 격인 정재필 과장, 그리고 경호원 둘이다. 김기대는 회장의 연락관이어서 경호원이 붙은 것이다. 정재필은 32세, 야심만만한 입사 6년 차였는데 상사와 금융을 거친 엘리트다. 김기대가 금융 쪽이 약했기 때문에 정재필을 보좌역으로 고른 것이다. 전용기는 호치민시를 향해 날아가고 있다. 베트남이 항복하기 전에는 베트남의 수도였던 사이공이다.

"공장을 세우려면 사이공이나 다낭 등 베트남 쪽 지역이 인구도 많고 유리합니다."

옆자리에 앉은 정재필이 말했다. 전용기는 술라웨시해 위에 떠 있는 것 같다. 정재필이 말을 이었다.

"그쪽이 자본주의 체제에 있었기 때문에 경쟁 사회에 익숙해져 있거든요. 북쪽은 베트남을 무력으로 통일했지만 능력에 따라 차등 대가를 받는 자본주의 체제에 아직 서툽니다."

베트남은 공산화 통일이 되면서 극심한 경제 침체를 겪었다. 10여 년간 침체를 겪고 나서 대폭 사회주의 체제를 수정, 자본주의 경쟁체제를 도입하려고 애를 쓰는 상황이다. 베트남은 중국의 등소평 같은 지도자가 없었기 때문에 늦은 것이다. 고개를 끄덕인 김기대가 쓴웃음을 지었다.

"중국은 한국과 올해 수교를 하고 본격적으로 한국 기업들을 유치하고 있는 상황에 우리는 빠져나오는 거야."

그렇다. 중국은 작년부터 한국에 투자 유치단을 보내 적극적으로 한국 기업들의 중국 투자를 유도했다. 온갖 특혜를 내걸고 각 성(省)에 한국 기업을 모셔 가기 위해서 치열하게 경쟁을 했다. 한국 면적보다 큰 성의 성장들이 한국 기업체 사장을 만나려고 줄을 설 정도였다. 그런데 리스타는 중국에서 철수하는 것이다. 리스타가 중국에 진출한 지 10년 만이다. 그때 정재필이 말했다.

"앞으로 10년쯤은 중국이 제공하는 온갖 혜택을 다 받을 수가 있을 텐데요."

아쉬운 표정이다. 김기대도 같은 입장이지만 내색하지 않았다. 이것은 회장의 결단이다.

그 시간에 이광은 안학태로부터 보고를 받는 중이다. 바닷가의 별장 베란다 안.

"김기대가 조금 전에 출발했습니다."

고개만 끄덕인 이광을 향해 안학태가 말을 이었다.

"베트남 측하고 합의가 끝나면 올해 안에 중국 시설의 70퍼센트는 이전될 것입니다."

"베트남 다음을 조사해 보도록."

"베트남 다음입니까?"

놀란 안학태가 정색했다가 곧 메모했다.

지금 중국이 새 시장으로 기대를 모으는 상황이다. 그런데 이광은 중국을 떠나 생산 기지를 베트남으로 옮기려고 하는 것이다. 거기에다 베트남 다음의 생산 기지를 조사해 보라고 한다. 이광이 말을 이었다.

"모두 등 위원장님 덕분이야."

등소평을 말하는 것이다. 이때쯤 슬쩍 중국에서 철수하라는 언질을 등소평으로부터 받았다. 그리고 철수하는 데 등소평의 도움이 없었다면 허가도 받지 못했을 것이다.

"서로 주고받는 것이지요. 등 위원장님은 우리한테 신세를 갚는다고 하셨습니다. 중국 근로자 수십만 명에게 자본주의 경쟁사회에 익숙해지도록 교육을 시킨 셈이니까요."

고개를 끄덕인 이광의 눈이 흐려졌다. 그동안 중국에서의 일이 달리는 마차 안에서 주마등을 보는 것처럼 스치고 지나갔기 때문이다. 처음 중국에 공장을 지었을 때 근로자들은 경쟁이라는 것을 몰랐다. 공산주의 배급 사회로 40년이 넘게 살아와서 잘하나 못하나 똑같은 배급을 받았기 때문이다. 일을 많이 한 사람이 많이 가져간다는 원리를 모르고 있었다. 그것을 교육시켜 지금은 자본주의 경쟁사회에 적응하고 있다. 그 공적에 대한 대가로 '리스타의 중국 철수'를 은밀히 도와주고 있는 것이다. 그러면 지금 무더기로 진출하는 기업들은? 솔직히 이광이 그것에까지 신경을 쓸 이유는 없다.

그때 안학태가 말했다.

"앞으로 10년은 잘하겠지요."

글쎄. 그 후에 어떻게 될지는 사장의 수단에 달렸을까?

"징그럽게 덥군."

입을 벌리고 가쁜 숨을 쉬면서 권철이 말했다. 이곳은 지이라부브 동쪽 60킬로 지점의 사막, 모래와 돌이 절반씩 섞인 험한 땅으로 흙과 아래쪽에는 버려진 마을이 흉하게 펼쳐졌다. 10여 년 전에 유정업체가 1년 여 동안 땅을 헤집고 떠난 흔적이다. 기술자들의 주택과 창고, 사무실 건물들이 반쯤 모래와 잡초에 덮였고 그들을 상대로 모인 잡부들의 땅굴 같은 주택, 그 가족들의 오두막까지 1백 여 채의 건물이 마치 파헤쳐진 공동묘지처럼 보인다. 이곳을 권철이 지휘하는 특공대가 기지로 사용하고 있는 것이다. 그때 옆에 선 하문이 말했다.

"대장, 밤에는 춥습니다. 그래서 밤에 활동량이 많습니다."

"빌어먹을 땅."

"저는 그래도 내 조국을 사랑합니다."

"누가 뭐래? 실컷 사랑해라."

투덜거리면서 권철이 자갈투성이의 언덕을 내려갔다. 간부들과 함께 주변 지형 정찰을 하고 온 것이다. 오후 3시 반, 더위는 아직 가라앉지 않았다. 섭씨 43도였지만 더 견딜 수 없는 것은 습도다. 이 정도 온도면 건조해야 되는데 습도가 많아서 금방 지친다. 땀이 무한정 쏟아지는 바람에 자주 물을 마셔야 산다. 권철의 뒤로 7, 8명의 간부들이 따르고 있는데 모두 늘어져 있다. 부대원들은 모두 아래쪽 폐가에 거처를 잡았는데 흔적도 보이지 않는다. 길에서도 10여 킬로나 떨어져 있는 곳이어서 사람도 찾아오지 않는다. 가까운 마을은 북쪽 20여 킬로 지점의 베드윈 부락 하나다. 아래쪽 사무실로 들어선 권철이 간부들에게 말했다.

"파라트의 행적을 찾기만 하면 돼. 그놈이 어디에 있는지만 알면 목표는 절반쯤 달성한 거다. 하지만 우리가 먼저 발견되면 우리가 먼저 죽겠지."

그래서 사방으로 정보원을 내보낸 것이다. 그러나 쉽게 찾을 수 있으리라고는 믿지 않는다. 파라트가 반란을 일으켰다는 보고를 받았을 때부터 리비아 당국은 수백 명의 정보원을 보냈지만 반년이 지나도록 찾지 못했다. 웃통을 벗은 권철이 둘러앉은 간부들을 둘러보며 말했다.

"우리가 이 폐촌을 근거지로 삼았다는 정보는 언젠가 파라트의 귀에 들어간다."

간부들이 서로의 얼굴을 보았을 때 그중 정보책임자인 자르카 대위가 말했다.

"대장님, 이 폐촌만큼 적당한 주둔지가 없습니다. 마을에 잠입하면 금방 표시가 납니다. 마을이 작은 데다 외지인을 경계하거든요."

권철이 쓴웃음을 지었다. 본래 이곳을 본거지로 삼을 작정으로 온 것이다. 자르카가 말을 이었다.

"사막은 덥고 은폐할 곳이 없어서 하루도 버티지 못합니다."

고개를 끄덕인 권철이 간부들을 보았다. 모두 8명이다.

"우리는 이곳을 위장 주둔지로 만들어 놓는 거야. 그리고 파라트가 공격해 올 상황에 대비해 놓는 거다. 그것이 내 계획이야."

권철의 얼굴에 웃음이 떠올랐다.

"가로세로 500, 400인 이 골짜기를 보는 순간 공동묘지 같다는 생각이 들더군."

"……."

"사방에서 포위하고 내려쏘면 한 발도 빗나가지 않을 거야."

"그렇다면."

리비아군 장교 카에라 대위가 손을 들고 입을 열었다.

"대장, 우리가 미끼 역할을 하는 것입니까?"

"대위, 머리 회전이 빠르구나."

칭찬을 받은 카에라의 털투성이 얼굴이 환해졌다. 권철이 말을 이었다.

"이 하타니 폐촌은 우리 특공대의 위장 주둔지다. 우리는 이곳을 함정으로 만들고 이동한다."

권철의 얼굴에 웃음이 떠올랐다.

"내가 다운힐 저택을 잿더미로 만들면서 얻은 교훈이야."

사흘 동안 하타니 폐촌에서 전 병력이 작업을 했다. 비상 탈출구를 만들고 위장 숙소를 만들었으며 마을 전체를 지뢰로 만들었다. 그러고는 특공대원 전원은 유인용 팀 1개로 8명만 남겨 놓고 떠났다.

사막에서의 생활은 인내력 경쟁이나 같다. 특공대는 180명 중 현지 대원 40여 명을 각지에 정보원으로 파견했기 때문에 120여 명이 10여 명씩 10여 개 조로 나뉘어서 사방 100킬로 반경의 리비아 사막에 흩어져 있다. 낮에 하는 일은 사막과 같은 색깔의 모포를 위에 우산처럼 받치고 사막의 카멜레온처럼 조금씩 이동하는 것인데 이렇게 움직여야만 했다.

그렇지 않으면 늘어져 죽는 것이다. 그래서 사막을 끊임없이 이동하면서 수색을 계속했다. 리비아 사막은 거대해서 차도 다니지 못했고 유목민도 살지 않는다. 위장포를 쓰고 모래 위에 엎드리면 인공위성은커녕 지상 10미터 상공을 날아가는 비행기도 발견할 수 없다. 그러니 이런 식으로 사막의 반란군을 찾는 것이다. 지이라부브나 그 근처의 마을들은 이미 정보원을 보냈기 때문에 있다면 찾는다. 그러나 사방 면적이 400여 킬로가 넘는 사막에 숨으면 그야말로 모래밭에서 바늘 찾기다. '사막 행군' 나흘째가 되는 날 오후 1시. 옆쪽 조(組)에서 무전 연락이 왔다. 열사병에 걸린 낙오자가 또 발생했다. 나흘 동안 열사병 환자가 5명 발생해서 하타니 폐촌으로 후송되었다. 보고를 들은 권철이 검게 탄 얼굴을 일그러뜨리며 웃었다.

"열사병으로 다 쓰러질 때까지 사막을 걷는다."

"사기는 충천한 상태입니다."

1사단장 김형근이 말했다.

"하지만 전쟁을 하기에는 기본부터가 되지 않았습니다."

"최소한 한 달은 필요합니다."

기갑연대장 박종철이 말했다. 오후 2시 반, 대통령 집무실 안에서 대통령 반타와 '리스타 법인장' 겸 대통령 자문관인 강정규를 중심으로 군 지휘관 회의가 열리고 있다. 동남쪽의 라이베리아 국경에 집결한 라이베리아군(軍)은 2개 사단, 잘 훈련된 정예군이다. 그러나 라이베리아군도 침공이 예정보다 며칠 지연되고 있다. 폭우가 쏟아져서 국경 지역의 도로가 침수되었기 때문이다. 그때 강정규가 왼쪽 끝에 앉아 있는 실바를 보았다.

"실바, 부대 상황은 어떻소?"

"1개 혼성 사단 체제가 될 것 같습니다."

모두의 시선을 받은 실바가 말을 이었다.

"1개 전차대대, 2개 장갑차대대, 2개 포병대대, 2개 보병연대로 편성했습니다, 고문관님."

지금까지 실바는 오타방고의 반군을 재편성해 온 것이다. 반군 중에서 군에 남겠다는 병사들만 골라 부대를 편성했기 때문에 정예다. 오히려 사단급으로는 정부군보다 낫다. 강정규의 비밀 지시로 실바는 중부 지역에서 편성 작업을 해 왔다. 고개를 끄덕인 강정규가 실바를 보았다.

"실바, 대통령 각하의 승인을 받았소. 당신을 시에라리온 육군 소장으로 임명하고 당신이 편성한 혼성 사단은 시에라리온 육군 제3사단이 되었소."

그 말을 들은 실바의 두 눈이 번들거렸다.

그때 강정규가 말을 이었다.

"그리고 전 부대원에게 두 달분 월급을 먼저 지급하겠소. 이것은 우리 리스타에서 경제 원조한 내역에 추가될 거요."

"서로 얽힌 관계야."

이광이 문득 입을 열었다. 이곳은 리스타랜드의 바닷가 별장의 베란다, 오후 6시 반. 이광과 안학태, 정남희 셋이 바다를 향해 앉아 있다. 이광이 혼잣말처럼 말을 잇는다.

"서로 이용하고 이용당하는 관계지. 그것은 기업뿐만이 아니라 사회생활, 국가 간의 관계에서도 마찬가지야."

둘은 잠자코 듣는다. 오늘은 오랜만에 정남희가 리스타랜드에 온 것이다. '리스타 중국법인' 사장인 정남희는 10년간 이룩해 놓은 중국 사업을 접고 베트남으로 이전할 계획이다. 그러나 아직 공개적으로 발표하지는 않았다. 베이징에 법인 간판은 그대로 두고 직원도 몇 명 남겨 둘 것이다. 그때 이광이 고개를 돌려 정남희를 보았다.

"정 사장이 아시아 지역의 총괄 해외 법인장을 맡는 것이 낫겠어."

정남희의 시선을 받은 이광의 얼굴에 웃음이 떠올랐다.

"중국, 베트남뿐만이 아니라 태국, 말레이시아, 인도네시아는 물론이고 인도까지 포함이 돼."

그곳에 모두 리스타 법인이 세워져 있는 것이다. 모두 14개국이다.

"지금 베트남에 가 있는 내 연락원이 시장 조사를 하고 있어."

이광이 말을 이었다.

"만날 약속도 다 잡아 놓을 테니까 정 사장이 만나도록 해."

"네."

고개를 끄덕인 정남희가 이광을 보았다.

"이번 중국 공장 철수에서 등 위원장님의 도움이 없었다면 불가능했을 것입니다."

정남희가 고개까지 저었다.

"각 성장들의 반대를 등 위원장님이 눌러 주셨으니까요."

'리스타 합영 공장'은 중국과 합자 형식이어서 공장과 기계, 근로자는 그대로 두고 투자금만 빼내는 것이다. 그러나 공장은 리스타 상사에서 계속 오더를 줄 것이기 때문에 가동되는 것은 변함이 없다, 좀 불안하겠지만. 정남희의 눈빛이 흐려졌다.

"감개무량해요. 중국에 처음 발을 딛고 나서 벌써 10년이 되었다니."

"고생 많이 했어."

"보람이 있었죠."

"이번에 강택민 주석이 훈장을 주었다면서?"

그러자 정남희가 활짝 웃었다.

“비공개로 준 훈장이죠. 집에 갖고 왔지만 응접실에 두기도 어울리지 않아서 옷장 방에 숨겨 놓았습니다.”

이광도 따라 웃었고 안학태도 웃었다.

리스타가 철수하는데 그동안의 협력에 고맙다는 훈장을 준 것이다. 하지만 그것이 외부에 알려지면 투자 유치에 영향을 미칠 것이었다. 그래서 비공개로 준 것이다.

이광이 웃으면서 말했다.

“그 훈장 덕분에 각 성장들이 반발하지 않고 투자금을 내놓은 거야. 그것도 등 위원장님이 강택민 주석에게 지시한 것이지.”

중국의 6개 성(省)에 14개의 ‘리스타 합영 공장’을 운영하고 있었던 것이다. 투자금이 무려 120억 불 가깝게 된다. 그중 절반쯤은 리스타가 중국 정부로부터 이미 받았고 나머지는 3년간에 걸쳐 받을 예정이다. 14개 공장에서 30만 명 가까운 중국 근로자들이 계속해서 일하고 있는 것이다. 그 공장에 오더를 주는 곳이 리스타 상사였기 때문에 상환에는 문제가 없다. 그때 안학태가 자리에서 일어서며 말했다.

“저는 일이 있어서 이만 실례하겠습니다.”

둘이 남았을 때 앞쪽 바다를 향한 채 정남희가 입을 열었다.

“죄송해서 말씀도 못 드렸어요.”

그때 이광이 고개를 끄덕였다. 이광도 바다를 쳐다보고 있다.

“됐어. 말 안 해도 돼.”

“모른 척 넘어가는 것이 더 불편해서요.”

“알았다.”

“저는 회장님을 믿어요, 이겨 내시리라고.”

“고맙다.”

“행복하셨을 거예요.”

“그래.”

이광이 어두운 바다를 향한 채 다시 고개를 끄덕였다.

“비행기 추락사가 가장 고통을 줄이고 죽는 방법이라고 하더라. 고공에서 땅에 부딪칠 때까지의 시간이 3분 30초라던가?”

“……”

“병으로 누워서 3일, 세 달, 3년을 고생하다가 죽는 것보다 백배는 낫지.”

“……”

“다만 남은 사람들이 갑작스러운 이별에 충격을 받겠지만 떠난 사람들이 고생을 안 한 것에 위로를 받아야지.”

그러고는 화제를 돌렸다.

“넌 어떻게 살고 있어?”

“잘 지냅니다.”

“아이는?”

“네 살인데 유모하고 같이 왔습니다.”

그러고는 정남희가 쓴웃음을 지었다.

“저하고 떨어지려고 하지 않아서요.”

“잘했어.”

이광이 얼른 말을 이었다.

“유모하고 같이 다닌다는 것 말이야.”

정남희는 5년 전에 두 살 연상인 대학교수와 결혼했다가 2년 전에 이혼을 한 것이다. 결혼 생활은 3년 한 셈이다. 둘 사이에 네 살짜리 사내아이가 하나 있다. 정남희가 웃음 띤 얼굴로 말했다.

"아이하고 둘이 살 겁니다."

"아이가 있으니 잘됐다."

"……."

"너도 내 후계자 중 하나로 넣어줄게."

"어휴, 사양하겠어요."

웃음 띤 얼굴로 정남희가 고개를 저었다.

"아시아 총법인장 직책만으로도 벅차요, 회장님."

"안학태는 네가 최적임자라고 하더군. 해밀턴, 오금봉까지 같은 생각이야."

이광이 정색하고 정남희를 보았다.

"지금 후보자들은 몇십 년을 더 배워야 한다는 거다."

"그동안 회장님이 계시면 되는 거죠."

"앞으로 10년이야."

"그럼 그때도 60이 되지 않으세요."

이광이 입을 다물더니 다시 바다에 시선을 주었다. 어둠에 덮인 바다 끝의 수평선 위쪽이 황금빛으로 물들어 있다. 곧 저 황금빛도 어둠 속에 파묻힐 것이다. 검은 바다 위로 지나는 배 한 척의 불빛이 깜박이고 있다. 파도 소리가 더 크게 들려왔다. 별장 안은 조용하다. 베란다의 불도 아직 켜지 않아서 둘은 어둠 속에서 한동안 움직이지 않았다.

"욕심이 나를 이렇게까지 만들었어."

이광이 입을 열었다. 파도 소리에 섞인 이광의 말이 이어졌다.

"욕심이 의욕의 원천이었지. 그 욕심 때문에 수많은 사람들에게 상처를 입힌 것 같다."

그때 정남희가 부드럽고 낮은 억양으로 이광의 말을 이었다.

"돌아보지 마세요. 아직 그럴 시기는 아닙니다, 회장님."

"미안해."

"제가 얼마나 고맙게 생각하는지 모르실 거예요."

정남희가 누구인가? 이광과 함께 회사를 일으킨 창립 공신 중의 하나다. '에이스 무역' 시절이 언제였던가. 눈을 가늘게 뜬 이광이 어둠 속에 가라앉은 것 같은 지난날을 떠올렸다.

후앙은 현재 46세, 17년 전 베트남이 패망했을 때 후앙은 29세의 월맹군 대령이었다. 월남을 정복한 후에 후앙은 군복을 벗고 관리로 변신, 지금은 산업성 장관이다. 산업성 장관이 된 지 3년, 당 서열 17위의 거물이 되어 있다. 호치민시가 된 사이공의 르네상스호텔 안, 특실의 응접실에서 후앙이 김기대와 마주 앉아 있다. 각각 배석자 1명씩이 수행했는데 김기대 옆에는 정재필이 앉았다. 후앙은 베트남 경제의 실무 책임자나 같다. 마른 체격, 검은 피부, 번들거리는 눈, 독학으로 익힌 영어가 유창하다. 지금 김기대를 만난 지 20분 가깝게 되었는데 웃지 않는다. 버릇인 것 같다. 군 출신에 이런 습성이 든 사람이 많다. 김기대는 병장 제대지만 잘 안다. 그때 후앙이 입을 열었다.

"리스타가 중국에서 철수하는 중이지요?"

"예, 그렇습니다."

김기대가 고개를 끄덕였다.

"거의 철수가 끝났다고 봐야지요. 14개 합영 공장의 인계인수는 다 종결되었으니까요."

"그럼 투자금이 다 나온 겁니까?"

"그런 셈이지요."

"14개 합영 공장의 근로자는 얼마나 되었습니까?"

"33만 7,500명이었습니다. 끝 쪽 몇십몇 명은 기억이 안 나는군요."

그때 후앙이 웃지도 않고 또 물었다.

"한 달 임금이 얼마 정도나 나갔습니까?"

"6천5백만 불 정도……."

순간 후앙이 숨을 죽였다. 1년이면 7억 8천만 불, 베트남의 1년 수출액이 150억 불 정도다. 그중 순이익이 10억 불 정도. 리스타 중국 공장 근로자가 1년에 7억 8천만 불을 벌어들였다. 이것은 국가 수익이다. 그때 후앙이 어깨를 펴고 김기대를 보았다. 군 시절, 땅굴에서 머리만 내놓고 미군을 기다리던 눈빛이 되었다.

"우리 정부에 뭘 바라십니까?"

후앙이 그렇게 물었을 때 김기대는 실소했다, 물론 속으로. 그러나 겉은 멀쩡하다. 후앙의 처신은 중국보다 대충 10년은 뒤떨어졌다. 그만큼 체제가 개방되지 않은 탓이다. 그렇지, 조선도 대원군 시절에 조선 관리들이 저랬을 것이다. 후앙의 시선을 받은 김기대가 고개를 젓고 말했다.

"바라는 거 없습니다."

"아니, 그럼."

후앙의 눈썹이 모였다.

"우리 베트남에 공장을 세우시려는 것 아닙니까?"

"아닌데요."

김기대도 눈썹을 모으고 후앙을 보았다.

"우리가 아무것도 모르는 베트남에 왜 공장을 짓습니까?"

"예?"

"150억 불을 투자해서 1백만 명의 근로자를 고용하고 3년 후부터 100

억 불, 5년째에는 4백억 불, 7년 후에 6백억 불을 수출하는 산업단지를 만들려는 건데요."

"……."

"우리 리스타의 계획은 이미 서 있지요. 그런데 그 대상국이 베트남이 될지, 인도네시아, 말레이시아, 태국, 인도까지 포함되어 있지만 아직 모릅니다."

"……."

"베트남에 시장 조사를 하려고 온 것뿐입니다."

"……."

"제가 그 조사 책임자고요."

김기대는 후앙의 눈빛이 죽은 생선과 비슷해져 있는 것을 보았다. 미군을 잡으려고 기다렸다가 고엽제를 뒤집어쓴 상황과 비슷했다. 고엽제는 금방 인체에 해는 안 되지만 뒤집어쓰면 몇 년 후에 대머리가 되고 머리통이 두 개 달린 아이를 낳을 수도 있다.

후앙이 '벙' 뜬 것을 숨긴 채 방을 나갔을 때 김기대가 정재필에게 말했다.

"후앙이 자세를 고치지 않으면 리스타는 베트남을 떠나든지 후앙을 바꾸든지 둘 중 하나를 선택할 거다."

"그렇습니까?"

정재필의 두 눈이 번들거렸다.

"후앙의 자세가 관리자의 전형이었습니다. 오만하고 편협하고 가르치려는 자세였습니다."

쓴웃음을 지은 김기대가 말한다.

"우물 안 개구리 때의 관리자지. 우물 밖에 얼마나 큰 세상이 있는 줄을 모르고 안에서 꽥꽥거리는 거다."

"한국이 그랬습니다."

불쑥 정재필이 말했기 때문에 김기대가 시선만 주었다. 정재필이 어깨를 펴고 김기대를 보았다.

"조선 왕들의 실록을 읽다가 집어 던진 적이 있습니다."

"……."

"조선 왕 태조 이성계를 위대한 5백 년 왕조 창립자로 생각해 왔는데 고려 왕을 폐위시키고 명 황제한테 상소문을 보냈더군요."

"……."

"고려 왕이 감히 천자를 배반하고 반역을 하려고 해서 제가 군사를 돌려 고려 왕을 유폐했습니다. 칭찬해 주시옵소서."

정재필의 얼굴에 쓴웃음이 떠올랐다.

"그래서 국호를 조선, 화령 두 가지로 삼가 올리오니 국호를 정해 주시옵소서."

"……."

"그랬더니 명이 조선을 찍었지요. 조선이란 주나라가 기자를 조선의 제후로 봉했다는 사실을 기반으로 조선이 중국의 속국이라는 뜻이었다는 것입니다."

"됐다."

정색한 김기대가 정재필을 보았다.

"바로 그것이야. 내가 너를 내 보좌역으로 뽑은 이유가 그것이고 회장님이 나를 연락관으로 보내신 이유도 그것이다."

이제는 정재필이 입을 다물었고 김기대의 말이 이어졌다.

"우리 한민족은 신라 이후로 1400년 동안 한 번도 한반도 밖으로 진출한 적이 없다. 그러고는 수없는 외침을 받으며 견디어 왔지. 세계 역사상 유례가 없는 민족이다."

"안에서 저희들끼리 싸움만 했지요."

"신라 천년, 고려 450년, 조선 5백 년이다. 이렇게 긴 왕조도 유례가 없다."

"왕이 무능하고, 무책임하고, 제 왕조만 지키고 있었는데도 백성들은 반발도 하지 않고 숙명으로 알고 살았습니다. 기가 막힙니다."

"그래서 우리가 뛰쳐나온 거다."

김기대가 번들거리는 눈으로 정재필을 보았다.

"우리가 세계 각지에서 땅 빼앗기 전쟁을, 대리전쟁을, 기업체를 건설하는 것도 그 때문이야."

"그렇습니다."

정재필이 커다랗게 고개를 끄덕였다.

"한반도에 미련을 둘 필요가 없습니다. 지구상 어느 곳에라도 태극기하고 리스타기만 꽂으면 됩니다. 거기가 우리들의 영토가 되지요."

김기대가 얼굴을 펴고 웃었다.

"너하고 말이 통하는군. 네가 쓴 '리스타의 비전'을 읽어 보았어."

김기대가 실토했다. 과장급이 되면 '비전'을 써서 회사에 제출하는 규칙이 있다. 리스타 사원의 규칙이다. 그것을 읽어 본 것이다. 김기대의 비전도 고위층에서 읽었을 테니까.

"지이라부브에서 정보원이 잡혔습니다."

무전기에서 제7조장의 목소리가 울렸다.

"어젯밤입니다."

오후 5시 반, 뜨거워지기 시작하는 사막에서 권철이 무전기를 입에 붙이고 말했다.

"모두 이동한다."

마침내 정보원이 바사트 측에 잡힌 것이다. 작전이 시작된 지 8일째, 권철도 사막을 1백 킬로는 행군했을 것이다. 사막 1백 킬로는 산악 5백 킬로를 걷는 것보다 힘들다. 그동안 사막에 흩어져 바사트족을 찾던 특공대보다 바사트족이 먼저 특공대 정보원을 잡았다. 바사트족이 빨랐다.

오후 6시 10분, 지이라부브 아래쪽 작은 마을에서 파라트가 간부들에게 지시했다.

"우리가 빨랐다. 서둘러라."

파라트의 두 눈이 번들거리고 있다.

"아무드족, 칼리드족에게 연락할 필요 없어. 우리가 독자적으로 처리한다."

"병력은 얼마를 낼까요?"

참모장 아그슈다가 묻자 파라트가 거침없이 말했다.

"제1연대를 투입시켜."

파라트의 바사트족은 정규군 3개 연대를 보유하고 있다. 무장 병력은 1만 정도. 1개 연대는 약 2천 명 규모다. 제1연대는 바사트족의 최정예 부대인 것이다. 아그슈다가 전화기를 쥐었을 때 파라트가 말을 이었다.

"마호메트한테 지금 즉시 출동하도록 지시해."

"예, 족장님."

아그슈다가 서둘러 전화기를 귀에 붙였다. 어젯밤에 잡은 리비아군 특공대 정보원한테서 특공대 본거지를 자백 받은 것이다. 폐촌 하타니 마을이다. 제1연대로 하타니 마을을 쓸어버리려는 것이다.

다시 모래 위를 행군하면서 권철이 옆에 걷는 윤상기에게 말했다.

"인내력 싸움이다."

"저는 체력 싸움입니다."

상사 출신 윤상기가 말을 받는다.

"인내력도 체력이 받쳐 줘야 하거든요."

"네 말이 맞다."

지금 둘은 머리 위에 위장막을 쓰고 있었기 때문에 기묘한 모습이다. 사막의 모래는 단단해서 발자국이 거의 찍히지 않지만 언덕도 없고 그늘도 없다. 끝없이 펼쳐진 죽음의 땅, 잡초도 자라지 않는 거친 사막이다.

"우리가 이겼습니다."

힘들게 걷던 윤상기가 불쑥 말했다.

"기다림의 대가를 받지 않았습니까?"

"샤크란이 희생된 대가지."

권철이 혼잣소리처럼 말을 받는다. 샤크란이란 지이라부브에서 생포된 특공대의 정보원 이름이다.

"내버려 둬."

윌슨이 벽에 붙은 스크린을 보면서 말했다. 이곳은 버지니아주 랭글리의 CIA 아프리카 상황실 안. 벽에는 가로 5미터, 세로 3미터 크기의 상황 스크린이 펼쳐져 있다. 대형 영화 스크린 같지만 스크린 위의 그림은 더 현실적이다. 지금 화면에는 하타니 폐촌으로 향하는 바사트족 제1연대가 보이고 있다. 밤이지만 차량 대열이 적외선 렌즈를 받아 파랗게 드러났다. 수십 대씩 무리를 지어 끝없이 이어진다. 그때 옆에 선 윈스턴이 말했다.

"국장님, 제1연대가 총출동했습니다."

"파라트가 이번에 카다피한테 제대로 한 방 먹이는군."

윌슨의 얼굴에 쓴웃음이 번졌다.

"한 방 먹을 때도 되었지."

"2시간 후면 특공대 본거지로 진입할 것 같습니다."

"본거지를 비춰 봐."

윌슨이 지시하자 곧 상황실 직원이 전화기를 귀에 붙이더니 위성 팀에게 좌표를 불러 주었다. 그러자 곧 스크린의 화면이 바뀌었다. 하타니 폐촌이 뜬 것이다. 골짜기에 묻힌 하타니 폐촌 이곳저곳에서 불빛이 반짝이고 있다.

"공동묘지야."

스크린을 본 윌슨이 바로 말했다.

"사방에서 내려 쏘면 눈 감고 쏴도 다 맞겠다."

모두 입을 다물고 화면을 응시하고 있다. 바사트족에게 잡힌 특공대 정보원이 본거지를 자백한 것이다. 이제 두 시간 후면 카다피의 특공대는 몰사한다. 그때 윌슨이 혼잣소리처럼 말했다.

"리스타엔 할 수 없지. 이번에는 도와줄 수 없어."

CIA는 이번 카다피 특공대 작전을 리스타 용병대가 지원하고 있다는 것을 알고 있는 것이다.

"찾았습니다."

4조장 김기신의 들뜬 목소리가 울렸다. 4조는 리스타 용병대로만 편성되었는데 가장 사막 안쪽으로 진출해 있다.

“사막에 동굴을 파 놓고 위장해서 1백 미터 정도쯤 접근해야 식별됩니다.”

김기신이 흥분된 목소리로 말을 이었다.

“동굴은 10여 개이고 어둠에 덮인 지금에야 사람들이 출입합니다. 반군의 진지가 분명합니다.”

“좋아. 공격하지는 말고 감시하고 있도록.”

권철이 무전기에 대고 소리치듯 말을 잇는다.

“오늘 밤에 바쁘게 되었다. 3시간 쯤 후에 내가 다시 연락하겠다.”

지금이 오후 7시 반, 사막에 어둠이 덮여서 땅속 깊게 숨었던 사막 뱀, 카멜레온, 사막 쥐까지 나오는 시간이다.

권철이 이끄는 ‘대장조’도 바쁘게 움직이고 있다. 무전기를 건네주었을 때 앞쪽을 걷던 윤상기가 고개를 돌리고 권철을 보았다.

“이사님, 이 속도로는 1시간 반 걸립니다. 뛰어야겠습니다.”

“좋아, 뛰자.”

권철이 쓴웃음을 지었다.

“자, 사막을 기어 다니는 건 오늘 밤으로 끝낸다. 모두 힘을 내도록.”

그때 윤상기가 뛰기 시작했기 때문에 권철도 뒤를 따랐다.

바사트족 1연대장 마호메트는 47세, 리비아군 대위 출신이어서 작전은 물론이고 전투에도 뛰어난 군인이다. 그래서 바사트족 최정예 부대를 맡았고 지금까지 리비아 수색대를 수십 차례 격파하는 전공을 세웠다. 그러나 오늘은 리비아 특공대가 주둔한 마을 하나를 폐허로 만드는 작전이다. 더구나 그 마을은 폐촌이 된 지 오래여서 민간인 걱정을 할 필요가 없이 쏘아대면 된다. 선두를 달리는 지프에서 마호메트가 무전기에 대고 지시했다.

"20킬로 남았다. 전투 준비."

뒤를 따르는 4개 대대장에게 지시를 하는 것이다. 이미 4개 대대는 마을의 사면을 맡아 공격하도록 작전 지시가 되어 있는 상태. 마호메트가 말을 이었다.

"방금 마을 안에 적이 있다는 연락을 받았다. 생존자를 남길 필요는 없다."

윌슨은 4개 대대 병력이 폐촌을 둘러싸고 접근하는 것을 보았다. 모두 보병이어서 개미떼가 먹이를 향해 다가가고 있는 것처럼 보인다. 현지 시간은 밤 11시 반, 폐촌과의 거리는 이제 5백여 미터로 가까워졌다.

"저놈들은 밖에 경비병도 세워 놓지 않은 것 같군."

이제는 오히려 답답해진 윌슨이 의자에 등을 붙이며 말했다.

주위에 둘러선 요원들도 같은 생각인 것 같다. 모두 말이 없다. 하타니 폐촌은 사방이 비스듬한 언덕 밑의 골짜기에 위치해서, 위에서 보면 다 내려다보인다. 이제 1개 연대 병력이 사면의 언덕 위에 모두 도달한 상태, 그때 윌슨 옆에 선 윈스턴이 말했다.

"마을까지의 거리는 4백 미터입니다."

바사트족이 쥔 AK47의 유효 사거리 안에 들어갔다. 그리고 대전차포, 중기관총, 박격포 등으로 쏟아부을 것이다. 그때 마을 안에서 불빛이 어른거렸다. 리비아군 특공대와 리스타 용병대 흔적이다. 사면에 엎드린 바사트군은 이제 움직이지 않는다. 그 순간 윌슨은 숨을 죽였다. 상황실 안이 조용해졌다. 곧 사방의 바사트군이 총포탄을 아래쪽으로 쏟아부을 것이다.

"준비."

하타니 마을 안, 중앙의 폐창고 옆에 엎드린 전봉익이 적외선 투시 망원경을 눈에 붙인 채 말했다. 옆에 엎드린 최경태가 두 손으로 버튼 손잡이를 움켜쥔 채 기다렸다. 그때 전봉익이 소리쳤다.

"눌러!"

그 순간 최경태가 손잡이를 힘껏 눌렀다. 발사 스위치, 손잡이를 누른 순간 전극이 부딪치면서 전류가 흘러 뇌관을 쳤다. 다음 순간이다.

"꽝꽝꽝꽝!"

엄청난 폭음과 함께 사방에서 불기둥이 솟아올랐다. 화산이 폭발한 것 같다. 아니다. 화산 분출구 주위의 봉우리들이 폭발했다, 그것도 안에서 밖으로.

"어엇!"

윌슨의 입에서 놀란 외침이 터졌다. 보라, 위성 화면에서는 더 선명하고 확실하게 보인다. 하타니 폐촌은 화산의 분화구, 휴화산의 검은 구덩이나 같았다. 그런데 갑자기 분화구 둘레의 등성이가 대폭발을 일으킨 것이다. 그것도 옆쪽으로 퍼져 폭발했기 때문에 검은 분화구는 더 선명하게 드러났다.

"아앗!"

윌슨이 다시 신음을 뱉은 것은 그때서야 리비아 특공대의 의도를 깨달았기 때문이다. 정보원의 자백에 대비해서 바사트군을 유인한 것이다.

폭약을 언덕 둘레에 묻어 놓고 한꺼번에 터트려 사방에서 덮쳐 온 기습군을 몰사시켰다. 밖으로 터지는 대인지뢰도 묻어 놓았겠지.

"꾸꽝!"

폭음과 함께 마호메트는 몸이 허공으로 솟아오르는 것을 느꼈다. 통증은 없다. 그리고 왜 이렇게 되었는지 알 수가 없다. 뜨겁다. 다음 순간 마호메트는 의식을 잃었다.

"대피!"

전봉익이 소리치자 대원들이 내달렸다. 안전지역으로 피신하려는 것이다. 미끼 노릇은 성공했다. 작전도 대성공이다.

무전기가 울렸기 때문에 권철이 서둘러 무전기를 귀에 붙였다. 응답하자 바로 타말의 목소리가 울렸다.

"성공입니다."

6조장 타말이다. 거리가 멀었기 때문에 중대용 무전기는 중계를 받아야 한다.

"주위를 둘러쌌던 바사트군은 치명상을 입었습니다!"

타말과의 거리는 30킬로 정도, 타말은 하타니 마을에서 15킬로 거리다. 타말이 전봉익의 연락을 받고 중계한 것이다.

"좋아."

권철이 지시했다.

"6조, 8조, 9조는 하타니 폐촌으로 직행해서 바사트 잔당을 소탕할 것."

그리고 나머지는 적의 동굴을 발견한 4조와 합류할 것이다. 이것이 권철의 작전 능력이다. 임기응변과 순발력, 그리고 판단력이다. 하타니 폐촌의 유인 전술이 실패했다면 전 병력을 제4조와 합류시킬 예정이었다. 그런데 바사트군이 치명상을 입는 대성공을 거두었으니 반씩 나눠서 잔당 소탕과 동굴 습격을 병행하려는 것이다.

"오늘 밤 특공대 놈들을 전멸시킬 예정이야."

하심이 홍차 잔을 들면서 말을 이었다.

"리스타 용병대까지 포함한 특공대지. 이것으로 카다피는 이미지에 치명상을 입게 될 거다."

지금까지 리비아군과 수십 번 충돌이 일어났고 수색대를 패퇴시켰지만 소규모 전투였다. 많아야 20명 규모의 수색대와 전투를 벌여 왔던 바사트 반군이다. 바사트 반군은 대전차포, 중기관총, 박격포 등으로 무장했지만 전차는 물론 장갑차도 보유하지 못한 게릴라 부대인 것이다. 정규군이라고 볼 수는 없다. 그러나 이번에 출동한 마호메트의 제1연대 2천 명은 화력 면에서 리비아 정규군보다 더 위력적이었다. 장갑차, 전차만 없을 뿐이지 1개 소대에 중기관총, 대전차포가 각각 2정씩이나 배치된 데다 개인 화기도 신형 AK-47이다. 더구나 잘 훈련되어서 리비아 정규군 2개 연대와도 대적할 수 있다고 파라트가 장담했던 부대다. 그때 옆자리의 무슬람이 말했다.

"소장님, 족장께서 내일 오신다고 했는데 오늘 밤의 전투 때문에 일정에 차질이 있을지 모르겠는데요."

"졸업식이니 오실 거야."

하심이 짙은 턱수염에 묻은 홍차를 손바닥으로 닦으면서 말했다.

"전사(戰士) 졸업식에는 꼭 오셨으니까."

이곳은 바사트족 전사 양성소다. 바사트군(軍)에서 우수한 자질을 갖춘 군사를 뽑아서 6개월 동안 교육을 시킨 후에 군 간부로 임명하는 것이다. 전사 양성소를 졸업하면 바사트군(軍) 소위로 임명되는 터라 경쟁이 치열하다. 이곳 양성소에는 현재 260명이 교육 중이고 내일 120명이 졸업하는 것이다. 하심이 말을 이었다.

"바쁘시면 우리가 졸업식을 늦추면 돼."

하심은 이곳 전사 양성소 소장이고 바사트 족장 파라트의 장남인 것이다. 바사트군(軍)의 대령으로 33세. 이집트에서 군사학교를 졸업하고 장교로 임관, 대위까지 진급했다가 고향으로 돌아와 아버지의 오른팔이 되었다. 족장 파라트의 후계자이며 최측근 참모이기도 한 아들이다.

고개를 끄덕인 무슬람이 자리에서 일어섰다. 무슬람은 양성소 부소장이다.

"알겠습니다. 어쨌든 졸업식 준비는 차질 없도록 준비하겠습니다."

무슬람이 방을 나가자 하심이 자리에서 일어섰다. 넓은 지하 동굴 안은 시원하다. 이곳 땅은 기반이 단단하기 때문에, 바사트족은 지하 30미터의 천연 동굴을 개조해서 수용 인원이 5백 가까운 양성소를 만든 것이다. 천연 동굴이 10여 개나 되어서 식당, 사격장과 족구장까지 만들 수 있었다. 지하에 천연수까지 고여 있어서 식량만 준비하면 불편하지 않다. 더구나 이곳은 베드윈족도 모르는 비밀 요새인 것이다. 방을 나온 하심은 동굴 순찰에 나섰다. 이것이 하심의 습관이다.

동굴 밖으로 나온 하심이 어둠에 덮인 주위를 둘러보았다. 별이 휘황하게 빛나는 깊은 밤, 사막의 모래 언덕이 끝없이 사방으로 펼쳐져 있다. 발을 뗀 하심 옆으로 오늘 밤 일직사령 오타르 대위가 다가왔다.

"소장님, 이상 없습니다."

고개를 끄덕인 하심이 앞쪽 초소를 향해 걸으면서 물었다.

"내일 졸업식에 족장께서 오실지 모르니까 도로 경계까지 철저히 하도록."

"예, 소장님."

"오늘 밤 몇 명이 경계 나왔나?"

"2개 조 30명입니다."

오타르가 손으로 앞쪽 초소를 가리켰다. 초소는 낮은 언덕의 밑을 파고 앞에 위장막으로 가려놓아서 20미터쯤 다가갔는데도 표시가 나지 않는다. 경계 조로 나온 2개 조 30명은 5명씩 4개 조로 재편성하여 경계병으로 나가고 10명은 초소에서 대기한다. 앞장선 오타르가 초소의 위장막으로 만든 문을 젖히고 안으로 들어섰고 하심이 뒤를 따랐다. 그 순간이다. 하심은 강한 화약 냄새를 맡고 이맛살을 찌푸렸다. 그때 앞에 선 오타르가 낮은 외침을 뱉었다.

"앗!"

하심은 오타르에게 시야가 가려서 보이지 않았다. 그 순간이다.

"퍽! 퍽!"

소음기를 낀 총의 발사음이 두 발 울리더니 하심의 시야가 트였다. 오타르가 총에 맞아 넘어진 것이다. 그 순간 하심은 앞에 서 있는 사내들을 보았다. 넷, 그중 하나는 의자에 앉아 있다. 수염이 자랐지만 동양인이다.

"손들어!"

옆에 선 윤상기가 소리치자 하심은 눈만 치켜떴다. 허리에 권총은 차고 있었지만 손을 댈 상황은 아니다. 그때 윤상기가 다시 소리쳤다.

"개새끼야! 손들어!"

그때 하심이 엉거주춤 손을 든 순간이다. 의자에 앉아 있던 권철이 책상 위에 놓았던 권총을 들어 하심의 무릎을 쏘았다. 거리는 5미터 정도.

"퍽! 퍽!"

소음기를 낀 베레타 93F의 발사음이 초소용 동굴을 울렸다. 양쪽 무릎이 박살난 하심이 앞으로 고꾸라지듯이 엎어졌을 때 권철이 지시했다.

"동굴 출입구는 다 막고 몰살해라."

자리에서 일어선 권철이 쓰러져서 머리를 세우고 있는 하심을 보더니 쓴웃음을 지었다.

"이놈이 지휘관인가 보다. 묶어 놓도록."

30분쯤 후에 바사트족 전사 양성소는 무덤이 되었다. 권철이 이끄는 특공대가 외곽 경비조부터 사살하고 나서 동굴들의 출입구를 막은 후에 폭파시켰기 때문이다. 동굴들은 안에서 대폭발을 일으키고 무너지는 바람에 살아나온 사람은 없다.

"전멸했습니다."

제3조장 무스타크가 권철에게 보고했다.

"포로 한 놈을 잡았습니다."

무스타크가 눈짓하자 부하가 사내 하나를 끌고 와 땅바닥에 내동댕이쳤다. 그때 권철이 윤상기에게 말했다.

"초소에서 잡은 놈을 데려와라."

몸을 돌린 권철이 말을 이었다.

"진지 내막이나 알아 놓고 보자."

"여긴 어디야?"

윌슨이 묻자 윈스턴이 고개를 기울였다.

"여긴 우리가 파악하지 못했던 곳인데요, 이상합니다."

"리비아 특공대가 1백 명도 넘게 몰려 있지 않아?"

"그렇습니다만."

"여기 불꽃을 봐."

윌슨이 지휘봉으로 상황판의 한쪽을 가리켰다. 불꽃이 이곳저곳에서 삐져나오고 있다. 마치 화산의 분화구 같다.

"이곳에 마을이 없는데……."

상황실 요원 하나가 혼잣소리처럼 말했을 때 윌슨이 버럭 소리쳤다.

"확인해!"

CIA 본부에서 본 전사 양성소 현황이다.

"뭐라고?"

되물었던 파라트가 말을 잇지 못했고 방 안에 잠시 정적이 덮였다. 이곳은 바사트족 거점의 한 곳인 로간다 마을, 이집트 국경에서 5킬로밖에 떨어지지 않아서 파라트가 자주 들르는 곳이다. 여차하면 이집트로 넘어갈 수 있기 때문이다. 앞에 선 사내는 경호대장 수르칸. 방금 마호메트의 부하한테서 연락을 받은 것이다. 그때 파라트가 안간힘을 쓰는 것처럼 다시 물었다.

"마호메트가 전사했어?"

"예, 그렇다고 합니다."

"부대는?"

"그것이……."

침을 삼킨 수르칸이 말을 이었다.

"큰 피해를 입은 것 같습니다."

"큰 피해?"

"예, 족장님."

"마호메트가 죽은 건 확실해?"

"예. 마문 대위가 보고했습니다."

"큰 피해라니? 얼마나 돼?"

"예, 그것이 거의 전멸 수준이라고……."

파라트의 눈치를 살핀 수르칸이 말을 이었다.

"마문하고도 연락이 끊겼습니다."

"전멸 수준이라고?"

혼잣소리처럼 물은 파라트가 옆에 앉은 참모장 아그슈다를 보았다. 초점이 흐려진 눈이다.

"함정에 걸린 건가?"

"모르겠습니다."

어깨를 늘어뜨린 아그슈다가 자리에서 일어섰다.

"연락이 끊겼다니까 확인을 해 봐야지요."

얼른 파라트 옆을 떠나려는 눈치다.

밖으로 나온 아그슈다에게 쿠르비크가 다가왔다. 오전 2시 반, 마을은 짙은 어둠에 덮여 있다.

"참모장님, 연락이 안 돼요."

"뭔데?"

짜증이 난 아그슈다가 거칠게 물었다.

"나, 지금 바쁘다. 무전실에 가야 돼."

"제가 무전실에서 오는 길입니다."

쿠르비크는 상황 장교다. 어둠 속에서 쿠르비크의 두 눈이 번들거렸다.

"훈련소와 연락이 안 됩니다."

"뭐? 훈련소?"

"전사 양성소 말입니다."

걸음을 멈춘 아그슈다가 쿠르비크를 보았다.

"연락이 안 돼?"

"오늘 부족장님이 전사 양성소에 가기로 한 날 아닙니까? 그래서 준비 상태를 확인하려고 한 시간 전부터 연락했는데 통신이 두절되었습니다."

"이런."

아그슈다가 다급하게 통신실을 향해 걸으면서 말했다.

"무전기가 고장 난 거냐?"

"그럴 리가 없습니다. 1시간 전까지만 해도 잘되었습니다."

쿠르비크가 말을 이었다.

"초소에까지 연락을 했지만 다 끊겼습니다."

"전사 양성소가 붕괴되었습니다."

1시간 후에 아그슈다가 파라트에게 보고했다. 오전 3시 반, 파라트는 눈만 치켜떴고 아그슈다는 외면한 채 말을 이었다.

"근처의 깁트라 마을에 있는 정보원을 보냈더니 동굴이 모두 붕괴되어서 생존자는……."

"없어?"

파라트가 갈라진 목소리로 물었다. 마호메트의 1연대가 전멸했다는 확인 보고를 받은 지 20분도 안 되었다. 아그슈다가 어깨를 늘어뜨렸다.

"예, 족장님. 동굴 밖에 30구의 시체가 흩어져 있을 뿐입니다."

"……."

"동굴은 모두 앞뒤가 붕괴되었고 안에서 폭발했기 때문에……."

"……."

"안이 모두 붕괴되어서 들어갈 수가 없다고 합니다."

"동굴이 무덤으로 변했군."

아그슈다가 입을 다물었을 때 파라트가 눈을 치켜떴다.

"좋아, 전쟁이다."

파라트의 충혈된 눈이 번들거렸다.

"전 군대를 소집해라."

"족장님."

아그슈다가 주저하며 말했다.

"지금은 그럴 때가……."

"닥쳐!"

파라트의 목소리가 방을 울렸다.

"내 지시대로 해!"

"둘째 아들 하드란은 별동대장 역할로 지금 오트만 마을에 주둔하고 있습니다."

쥬크가 머리를 흔들면서 말했다.

"이틀 전에 이곳을 다녀갔지요."

"오트만 마을이냐?"

하문이 묻자 쥬크가 고개를 끄덕였다.

"틀림없습니다. 제가 들었습니다."

이곳은 전사 양성소에서 10여 킬로 떨어진 언덕 밑이다. 쥬크는 전사 양성소에서 포로가 된 2명 중 하나다. 쥬크가 말을 이었다.

"오트만 마을은 이곳에서 45킬로쯤 떨어져 있습니다."

사막 안이다. 오전 10시 반, 뜨거워지는 시간이다. 뒤쪽에 앉아 있는 권철이 자리에서 일어섰다.

"오트만 마을로 직행이다."

"저놈, 파라트 아들놈은 어떻게 할까요?"

하문이 묻자 권철이 힐끗 하심을 보았다. 양쪽 무릎이 박살난 하심을 이곳까지 들것에 들고 데려왔다. 그때 권철이 허리에 찬 권총을 빼내자마자 하심을 향해 쏘았다.

"탕!"

총성과 함께 하심이 뒤로 털썩 넘어졌다. 이마에 구멍이 뚫려 있다.

"더운데 들고 다니느라 고생할 것 없다."

모두 숨을 죽였고 권철이 말을 이었다.

"저놈 하나만 데려가자."

쥬크를 말하는 것이다.

"전사 양성소라고 합니다."

윈스턴이 보고했을 때 윌슨이 자리에서 일어섰다.

"빌어먹을 바사트족이 망하겠군."

"전사 양성소 소장이 파라트의 장남 하심입니다."

"알고 있어."

방을 나온 윌슨이 서둘러 후버의 집무실로 다가갔고 윈스턴이 따라

붙으면서 말을 잇는다.

“전사 양성소에 장교 임관생까지 500여 명 가까운 인원이 있었다고 합니다.”

“…….”

“동굴 안에 있다가 다 몰살당한 것이지요. 리비아 특공대가 사막을 두더지처럼 헤매면서 찾아낸 것입니다.”

CIA의 위성에서도 찾지 못했다. 바사트족의 전사 양성소다. 특공대를 기습 공격했던 바사트군 최정예군 1연대가 함정에 걸려 몰살당한 데다가 전사 양성소도 전멸했다. 바사트족은 치명상을 입었다. 더구나 파라트는 장남 하심까지 잃었다.

“갓댐.”

윌슨의 보고를 받은 후버가 잇새로 말했다.

“특공대를 지휘하고 있는 놈이 리스타 용병대장 놈이지?”

“예, 쿠웨이트에 있었던 권이라는 놈입니다.”

“그놈이 다운힐 저택을 폭파한 놈이 아닌가?”

“그 외에도 수없이…….”

“잠깐.”

윌슨의 말을 막은 후버가 번들거리는 눈으로 윌슨을 보았다.

“리스타가 너무 날뛰고 있어.”

“예, 그렇습니다. 하지만…….”

뒷말을 이을 필요도 없었기 때문에 윌슨이 말을 멈췄다. 후버도 알고 있는 것이다. 서로 주고받는 상황이다. CIA에서 밀어주는 바사트족을 리스타가 카다피의 정부군과 함께 공격하고 있다. 그러나 시에라리온은 어떤가? 리스타는 CIA 대신으로 반란군을 진압하고 친미 정권을 수립해 놓았다. 이윽고 후버가 입을 열었다.

"바사트족을 더 이상 위축시켜서는 안 돼. 카다피를 견제할 카드가 없어져."

월슨의 시선을 받은 후버가 말을 이었다.

"카다피가 날뛰게 할 수는 없단 말이야."

"그렇습니다."

월슨도 고개를 끄덕였다. 그것이 미국의 정책이다. 카다피는 천성이 반미주의자다. 언제 또 사고를 일으킬지 모르는 인물이다. 지금도 리비아 사막에는 반미 테러단의 훈련소가 이곳저곳에 흩어져 있다. 카다피의 허락을 받은 것은 아니지만 그렇다고 입국을 거절하지도 않기 때문이다. 따라서 견제 세력이 있어야만 한다. 후버가 고개를 들고 월슨을 보았다.

"이 시점에서 끝나게 해야 돼."

"예, 부장님."

월슨이 정색했다.

"리스타에 연락을 할까요?"

"우리가 연락을 한다고 들을 놈들이냐?"

꾸짖듯이 말한 후버가 말을 이었다.

"시치미를 뚝 뗄 놈들이다. 그놈들을 한두 번 겪었냐?"

"예, 과연."

"해밀턴, 그 개아들 놈을 내세워서 처음 듣는 소리라는 둥 떠벌리겠지."

"아, 예."

"그리고 너한테도 온갖 핑계를 늘어놓겠지. 넌 해밀턴 그놈을 못 당해."

"무슨 말씀이십니까?"

얼굴을 굳힌 윌슨을 보고 후버가 혀를 찼다.

“순진하기는. 그래서 내가 널 후계자로 찍기는 했지만.”

“전 바란 적 없습니다.”

“넌 이 자리에 앉으면 느끼게 될 거다. 이 자리가 미국 대통령보다 나아.”

“저도 곧 은퇴할 겁니다.”

“너도 리스타로 가려고?”

“농담하지 마십시오.”

“권가 그놈을 저격해서 죽이도록.”

후버가 불쑥 말하더니 파이프를 집었다.

“저격병을 보내, 2개 팀으로. 최고 수준의 저격 팀으로.”

오트만 마을은 사막에 세워진 마을이지만 오아시스가 있다. 그래서 야자수가 무성했고 8백 호 가까운 벽돌과 흙집이 흩어져 있다. 오아시스가 있는 곳은 사방으로 길이 뚫려 있고 예부터 시장이 형성되어서 유동인구가 많다. 이곳에도 권철은 정보원을 둘이나 파견했지만 하드란을 파악하지 못하고 있었던 것이다. 오후 3시 반, 이 시간에는 사막의 주민 대부분은 낮잠을 잔다. 개나 낙타까지도 그늘을 찾아 늘어져 있는 것이 습관이다. 이곳은 오트만 마을 끝 쪽의 야자수 그늘 밑. 권철과 하문, 강재호가 마을에서 불러온 정보원 호로니를 둘러싸고 있다. 호로니는 리비아군 소속으로 현지 지리에 익숙한 사내다.

“인구가 6천 가깝게 되고 유동인구가 많아서 파악하기가 힘들었습니다.”

호로니가 정직하게 실토했다.

"바사트족을 구별하지 못한 것이 저희들 잘못입니다."

"하드란의 별동대가 이곳에 있다는 거야."

하문이 꾸짖듯 말했다.

"여기서 45킬로 떨어진 전사 양성소에 어제 다녀갔다는 거다. 전사 양성소에서 잡은 놈이 자백했어."

"그렇다면 상인 숙사에 있을 텐데 상인 숙사에는 별동대로 보이는 놈들이 없습니다."

"그럼 주민 집에 들어가 있겠군."

이규석이 말하더니 권철을 보았다.

"전사 양성소가 매몰되고 하타니 폐촌을 기습했던 마호메트의 1연대가 전멸했다는 정보가 전해지면 그놈들이 이동하지 않을까요?"

"그럴 가능성이 많지."

권철이 고개를 끄덕였다.

"그럼 일단은 통행로에 매복해서 기다려 보기로 하자."

권철이 바로 결정했다. 이것이 권철의 장점이다. 결단력이 빠르고 임기응변이 능하다는 것. 권철이 일어서자 모두 따라 일어섰다.

그 시간의 마을 안 민가의 커다란 응접실 겸 주방에 하드란이 부하들과 함께 둘러앉아 있다. 하드란은 30세, 비대한 체격에 성격이 난폭해서 걸핏하면 총을 뽑아 휘둘렀지만 약삭빠르고 교활해서 파라트의 신임을 받는다. 하드란의 얼굴은 일그러져 있다. 방금 마호메트와 전사 양성소 소식을 들었기 때문이다.

"그럼 그놈들이 이 근처에 있다는 말이군."

하드란이 체격에 비해서 어울리지 않는 가늘고 날카로운 목소리로 말했다. 이곳에서 전사 양성소는 45킬로인 것이다.

"그럴 가능성이 높습니다."

둘러앉은 부하 중 하나가 말했다.

"대장님이 여기 계시다는 것을 전사 양성소 간부들은 대부분 알고 있거든요."

"……."

"포로로 잡았다면 털어놓게 만들었겠지요."

그때 하드란이 고개를 들고 벽시계를 보았다. 4시가 되어 가고 있다. 전사 양성소에서 이곳까지 충분히 오고도 남을 시간이다. 하드란이 부하들을 둘러보았다.

"놈들이 여기 왔다면 어떻게 할 것 같나?"

부하들의 시선을 받은 하드란이 얼굴을 일그러뜨리며 웃었다.

"나 같으면 길목에 숨어서 놈들이 나오기를 기다릴 거다. 소식을 듣고 나서 당황해서 빠져나갈 테니까."

주위를 둘러본 하드란이 말을 이었다.

"지금쯤 길목에서 기다리고 있을 거다."

하드란의 눈이 흐려졌다.

오후 6시 반, 김기대가 프린스호텔 귀빈실 안으로 들어서자 기다리고 있던 구엔 총리가 일어섰다. 옆쪽에 있던 후앙 장관은 이미 일어서 있었다.

"어서 오십시오."

구엔이 웃음 띤 얼굴로 다가온 김기대에게 손을 내밀었다.

"김기대입니다, 각하."

김기대가 정중하게 허리를 굽혀 인사를 했다.

"뵙게 돼서 영광입니다."

구엔은 62세, 전쟁 영웅으로 베트남의 제2인자다. 1인자인 주석 탑반동은 65세, 전쟁 때 구엔의 직속 상사였기도 하다. 김기대는 보좌역 정재필과 함께 왔기 때문에 넷이 소파에 둘러앉았다. 그때 구엔이 먼저 입을 열었다.

"며칠 베트남을 보신 감상이 어떻습니까?"

"활력이 넘칩니다."

김기대가 바로 대답했다.

"이 활력이 국가의 재산이지요. 가능성이 있는 나라라는 생각이 들었습니다."

"고맙습니다."

고개를 끄덕인 구엔이 다시 묻는다.

"중국에서 리스타가 철수하고 계시지요?"

"예, 하지만 대외비여서 아직 공개하지는 않고 있습니다."

"호오! 중국 정부가 놔줍니까?"

"그것은 우리 회장님께서 추진하고 계시기 때문에 저는 모릅니다."

"이 회장님은 베트남에 오실 계획이 있습니까?"

"그건 모르겠습니다."

"이 회장님이 중국의 지도부와 좋은 관계를 갖고 있다고 들었습니다."

김기대는 입을 다물었고 구엔이 말을 이었다.

"우리 베트남 지도부도 이 회장님과 좋은 관계를 유지했으면 합니다. 내 말을 꼭 전해 주시지요."

"예, 각하."

"내가 공식으로 초대를 한다는 말씀이오."

"알겠습니다."

"초대장을 보내겠습니다."

"예, 각하."

"그런데."

구엔의 눈빛이 은근해졌다.

"리스타 사업체가 베트남으로 이전해 올 가능성이 있습니까?"

"제가 결정하는 것이 아닙니다. 저로서는 객관적인 보고서만 제출할 뿐이지요."

"그 보고서를 기준으로 결정할 것이 아닙니까?"

"예, 각하. 그렇습니다."

"어떻습니까?"

"노동력, 지리적 조건, 인건비, 도로, 전기, 상수도 시설 등은 나쁘지 않지만 행정 조직이 중국보다 뒤떨어져 있습니다."

구엔은 고개를 끄덕였지만 후앙의 얼굴이 굳어졌다.

"관리들의 자세가 중국보다 유연하지 않습니다. 그것이 치명적인 것 같습니다."

"오오!"

구엔이 의외로 감탄하더니 어깨를 부풀렸다가 내렸다.

"과연 그렇습니다. 전쟁이 끝난 지 15년이 지났지만 아직도 관리들은 승전 분위기에 빠져 있지요."

구엔이 정색하고 고개를 저었다.

"딱딱하고 힘으로 밀어붙이는 경향이 있는 데다 부패했습니다. 이것은 남쪽 베트남의 영향을 받았기 때문이지요."

김기대는 숨을 죽였다. 맞는 말이다.

밤 9시 반, 북쪽 도로의 길가 민가에 자리를 잡고 있던 권철에게 정보책 자르카 대위가 다가왔다. 자르카는 권철을 수행하고 있었는데 베드윈 상인 차림으로 마을 안에 들어갔다가 나온 것이다.

"안에 박혀 있을 작정인 것 같습니다. 하드란은 성격이 교활해서 외출했을 때 모습을 한 번도 드러낸 적이 없다고 합니다."

"마을 인구가 몇이지?"

권철이 불쑥 묻자 자르카가 대답했다.

"7, 8천 명은 됩니다. 외지에서 온 상인들까지 합쳐서요."

"하드란이 민가에 잠복하고 있는 건 확실하군."

"그렇습니다."

권철의 시선이 옆에 앉은 이규석에게로 옮겨졌다.

"하드란만 없애면 파라트는 양쪽 날개를 잃은 까마귀 꼴이 되겠지?"

"그렇습니다."

이규석의 눈동자가 흔들렸다.

"이사님, 어떻게 하실 겁니까?"

"주민들을 몰살하면 어떨까? 물론 여자, 노인, 아이들은 제외하고 말이야."

"……."

"주민들은 바사트족 반군인 줄을 알면서도 숨겨 주고 있어. 카다피 대통령이 알면 다 몰살하라고 할 거야."

"이사님, 하지만……."

"시간이 없어."

고개를 든 권철이 이규석과 자르카를 차례로 보았다. 민가의 헛간 안이다. 옆쪽 안채에는 노부부가 살고 있었는데 하루에 1백 불씩 주기로 하고 권철의 팀이 묵기로 계약했다. 권철의 얼굴에 쓴웃음이 번졌다.

"그 여우같은 놈은 우리가 주민들을 몰살하리라고는 예상하지 못할 거야."

"이사님, 나머지 팀원으로 가택 수색을 하는 것이 낫지 않겠습니까?"

"그때는 시가전이 일어난다. 그러면 남녀노소가 다 죽어."

그때 자르카가 나섰다.

"대장님, 5시간만 더 시간을 주시지요."

오후 9시다. 자르카가 어둠 속에서 번들거리는 눈으로 권철을 보았다.

"3개 팀으로 동·서·남쪽 구역에서부터 민가를 수색해 나가면 뭔가 잡히지 않겠습니까?"

"북쪽으로 몰고 나온다는 말이냐?"

"그렇습니다, 대장님."

권철의 시선이 흐려졌다. 마을에는 밖으로 통하는 4개의 도로가 있다. 지금 권철의 7개 조가 4개 도로를 밖에서 봉쇄하고 있는 것이다. 자르카는 4개 도로를 막고 3개 조를 빼내어서 마을 안을 수색하라는 말이었다. 이윽고 권철이 고개를 끄덕였다.

"좋아. 3개 조 중 내가 1개 조를 맡겠다. 수색해서 안 나오면 몰살하기로 하지."

시에라리온, 강정규가 대통령 고문관실에서 보고를 받는다. 보고자는 급거 상경한 제3사단장 실바. 오후 3시. 주위에 배석자는 군 지휘관들인 1, 2사단장, 기갑연대장과 김태규, 홍만준, 윤석까지 모두 둘러앉아 있다.

실바가 말을 잇는다.

“장마가 그치고 건기에 접어들면서 도로가 뚫리기 시작했습니다. 앞으로 일주일 후에는 라이베리아군(軍)이 움직일 것 같습니다.”

강정규가 고개를 끄덕였다. 그동안 실바의 제3사단도 정비를 마친 것이다. 실바의 투항군 사단뿐만 아니라 나머지 정규군도 조직 정비와 훈련을 했다.

오합지졸이 제대로 된 군대로 변신하고 있는 것이다. 그때 1사단장 김형근이 말했다.

“고문관님, 찰스 테일러가 국경 근처에서 라이베리아군을 독려하고 있다는 정보를 받았습니다.”

모두의 시선을 받은 김형근이 말을 이었다.

“라이베리아군은 전폭기도 운용하고 있어서 만일 전폭기가 뜨면 제3사단이 위험합니다.”

“그렇습니다.”

기갑연대장 박종철이 말을 받는다.

“제3사단은 방공 무기가 대공포 5문뿐입니다. 그것으로는 파리채로 독수리를 잡으려는 것이나 같습니다.”

표현이 그럴듯했기 때문에 모두 얼굴에 쓴웃음이 번졌다. 강정규가 박종철에게 물었다.

“기갑연대의 방공 무기 상황은 어떻게 됩니까?”

“지대공 샘-14 미사일이 12기, 휴대용 지대공 샘-5 미사일을 36기 보유하고 있습니다.”

박종철이 말을 이었다.

“모두 이번에 우리가 보충한 것이지요.”

강정규가 고개를 끄덕였다.

"지대공 미사일 부대 일부를 제3사단에 보내도록."

강정규가 박종철에게 지시했다.

"놈들이 오기 전에 서둘러야 할 겁니다."

"예, 고문관님."

박종철이 대답했을 때 강정규가 말을 이었다.

"이젠 시에라리온과 라이베리아와의 전쟁입니다, 여러분."

사건이 확대되었다.

회의가 끝났을 때 강정규가 윤석, 김태규, 홍만준과 넷이 둘러앉았다. 이중에서 윤석은 대통령궁 경비대장, 김태규는 리스타 용병대만으로 구성된 근위대장, 홍만준은 경찰청장을 맡고 있다. 강정규가 입을 열었다.

"권철 이사 식으로 처리하는 것이 최선인 것 같다."

셋의 시선을 받은 강정규가 말을 이었다.

"전면전으로 전쟁을 하면 세계의 이목이 집중돼."

"벌써 주목하고 있습니다."

윤석이 말을 이었다.

"미국 CNN, 영국, 프랑스 언론이 계속 보도를 하고 기자들의 입국자 수가 늘어나고 있습니다."

"더 늘어나기 전에 처리해야 돼."

"권 이사님 식으로 처리하신다는 건 어떤 말씀입니까?"

김태규가 묻자 강정규가 목소리를 낮췄다.

"핵심 인사의 제거."

"오타방고를 제거하는 방식입니까?"

"그렇다."

"찰스 테일러는 오타방고처럼 허술하지 않습니다."

"그 방법이 가장 싸고 결정적이야."

"권 이사님은 어떻게 하실까요?"

"특공대 파견."

"어디로 말씀입니까?"

"라이베리아."

순간 방 안에 무거운 정적이 덮였다. 사태의 심각성 때문이다. 일국의 국가 원수를 제거하는 작전인 것이다. 이윽고 다시 윤석이 입을 열었다.

"그럼 제가 가지요. 2개 조만 이끌고 가겠습니다."

"아니, 제가……."

김태규가 나섰다.

"미사일은 제가 경험이 많습니다. 제가 적격입니다."

그때 강정규가 말했다.

"이건 마피아 보스나 오타방고 수준의 상대가 아냐. 일국의 국가 원수다. 기밀을 지켜야 하는 데다 만일 사건이 밝혀지면 우리가 치명상을 입는다."

우리란 리스타인 것이다. 강정규가 번들거리는 눈으로 셋을 번갈아 보았다.

"우선 상부의 지시를 받고 결정하기로 하자."

"해밀턴, 보스가 나한테 은퇴하면 리스타로 가느냐고 묻더군."

"어, 오라고."

대번에 해밀턴이 대답했다.

"내가 사장 자리는 만들어 줄게."

"거기서도 당신 자리를 물려받으라는 거야? 난 못 해."

"아니, 사업부가 여러 개 늘어날 거야. 윌슨, 나하고 동등한 자리를 보장하지."

"큰소리치지 마."

이곳은 맨해튼의 CIA 안가 안. 윌슨이 해밀턴을 부른 것이다. 오후 3시, 윌슨이 힐끗 창밖을 보고 나서 말을 이었다.

"보스가 요즘 늙은 티가 나."

"응? 뭐?"

해밀턴의 시선을 받은 윌슨이 쓴웃음을 지었다.

"전에는 지시할 때 의도를 보이지 않았거든? 그 지시 속에 어떤 꿍꿍이가 담겼는지 전혀 감을 잡지 못했는데……."

"요즘은 감이 잡힌다는 건가?"

"그래."

"그렇다면."

해밀턴이 정색하고 고개를 끄덕였다.

"윌슨, 너도 떠날 때가 된 것 같다."

"무슨 소리야?"

"보스도 너를 버릴 생각을 하는 것 같고."

"쓸데없는 소리."

쓴웃음을 지은 윌슨이 해밀턴을 보았다.

"당신 잣대로 판단하지 마, 해밀턴."

"아냐. 나도 같은 경우를 겪었기 때문에 그러는 거야."

해밀턴이 엄지를 구부려 제 코를 가리켰다.

"보스, 그 늙은이는 시간이 갈수록 교활해지고 있어. 절대로 늙어서 실수하지 않아."

윌슨이 숨만 쉬었고 해밀턴의 말이 이어졌다.

"내심(內心)을 보이는 것은 신호야. 이제 너하고는 업무적인 교감보다 인간적으로 지내고 싶다, 이런 의미지."

"갓댐. 괴상한 해석이지만 이해는 되는군."

"리스타 사장이면 연봉 6백만 불은 돼. 윌슨, 네 지금 월급의 10배쯤이야."

"갓댐."

"어떤 이야기였는데?"

"뭐가?"

"영감의 속 보이는 지시 말이야."

"지금 리비아에서 설치는 리스타의 권 아무개한테 저격 팀 2개 조를 보내라는 지시야."

"과연."

"당신한테 전달하라는 것처럼 느껴졌어."

"저격 팀은 선발했어?"

"내일 출발시킬 예정이야."

"알았어."

"내가 CIA 부장도 못 되고 그만두게 될까?"

"기다려, 윌슨."

다시 정색한 해밀턴이 윌슨을 보았다.

"넌 나보다 선택의 폭이 넓고 안정된 위치야. 그러니까 영감의 변수를 기다려 봐. 네 조건이 좋으니까."

"진짜 6백만 불이야?"

윌슨이 정색하고 묻자 해밀턴은 고개를 끄덕였다.

"난 작년에 보너스 포함해서 1천만 불 받았어. 너도 금방 그렇게 돼."

오전 1시, 수색 4시간째. 권철이 이마의 땀을 손등으로 닦고 나서 옆을 따르는 자르카에게 말했다.

"자르카, 이놈의 집에다 수류탄 한 발씩 터뜨리고 끝냈으면 좋겠다."

"대장님, 조금만 참으십시오."

"넌 인내심이 강하구나."

"사막에서 살면 그렇게 됩니다."

"네가 왜 사막에서 살아? 트리폴리 주둔 특공대에서 지냈잖아."

"열두 살 때까지 리비아 사막에서 자랐습니다."

"갓댐."

칠흑 같은 밤. 모래 폭풍이 지난 후여서 별도 가려져 있다. 그들은 민가를 한 채씩 수색하면서 북쪽으로 향하는 중이었는데 아직 북쪽 끝까지 1백여 채의 민가가 남았다. 서쪽, 동쪽에서 훑어오는 조(組)도 마찬가지. 3백여 채의 민가가 남아 있는 상황이다. 그때 앞쪽의 민가에 들어갔던 조원 하나가 도로 나왔다. 이곳 민가는 대문이 없고 담장도 없거나 있어도 허리에 닿는 돌담이다. 흙집의 문도 잠그지 않은 곳이 대부분이어서 슬쩍 들어갔다가 들키지 않고 나온다. 조원이 소리 없이 다가오더니 어둠 속에서 번들거리는 눈으로 권철을 보았다.

"거실에 다섯 명이 둘러앉아 있습니다. 그런데 벽에 총이 세워졌고 경비가 밖에 둘이 있는데 벽에 기대어 잠을 자고 있습니다."

찾았다.

공교롭게도 권철이 습격을 하기 직전에 총성이 울렸다. 동쪽을 맡았던 강재호 조(組)다. 깊은 밤, 적막한 시간이어서 총성이 크게 울렸다.

"갓댐."

집 안에 있던 사내들이 놀라 무기를 쥐었고 경비들이 깨어 일어났지만 이미 이쪽은 공격 준비를 마친 후다.

"타타타타타타."

요란한 총성이 울리면서 경비 둘이 사지를 비틀면서 쓰러졌고 조원 하나가 거실에 수류탄을 던져 넣었다.

"꽝!"

집 안에서 터지는 수류탄 폭발음은 그렇게 울렸다. 폭발과 함께 하나밖에 없는 창으로 불길과 파편이 쏟아져 나왔다. 조원들이 불길을 향해 총탄을 쏟아부었다. 권철이 옆에 선 자르카에게 소리쳤다.

"이 근처에 놈들이 있는 것 같다! 옆집으로!"

그때 서쪽에서 총성이 일어났다. 3개 조(組)가 차츰 북쪽을 향해 모여들고 있는 상황이어서 거리는 1백 미터도 되지 않는다. 이제 마을은 총성과 화염으로 뒤덮이기 시작했다.

"놈들이 먼저 쏘아 댑니다!"

서쪽 조(組)의 이규석이 무전기에 대고 소리쳐 보고했다.

"이제 먼저 나타납니다!"

기습당하기 전에 먼저 공격하는 것이지만 바라던 바다. 권철의 조도 다음 민가에서 사격을 받았다. 어둠 속에서 기척만 듣고 쏘는 것이어서 총탄은 옆쪽 벽에 맞고 튀었다.

"꾸꽝!"

조원이 던진 수류탄에 주택이 폭발하면서 지붕까지 날아갔다. 이제 마을은 전장이 되었다. 주민들의 비명과 아이 울음소리까지 울렸지만 아무도 개의치 않는다.

“이쪽으로!”

옆쪽에서 외침이 울렸기 때문에 권철이 몸을 돌렸다. 손에 쥔 AK-47의 탄창을 3개째 바꿔 끼었다. 30발 들이 탄창이다.

그때 자르카가 앞장서 내달리면서 말했다 .

“대장! 놈들이 도망치고 있습니다!”

그러나 독 안에 든 쥐다. 하드란의 별동대는 50여 명 정도, 이미 절반 이상이 사살되었다. 그리고 3면이 막혀 있다.

하드란은 첫 총성이 울렸을 때 모포를 걷어차고 일어섰다. 주택의 거실 안, 위치는 북쪽 도로에서 150미터쯤 떨어진 민가다. 벽에 기대 놓은 AK-47 소총을 집었을 때 방 안으로 조트너가 뛰어 들어왔다. 하드란의 참모이며 친구이기도 하다.

“하드란! 습격이야! 놈들이 민가를 수색하고 있어!”

“가만.”

방문 앞에 선 하드란이 신발을 신으면서 물었다. 그때 총성이 울리더니 땅이 흔들렸다. 수류탄 폭발이다. 격렬한 총성이 이어졌다.

“마리크하고 자이렉한테 연락해!”

아직 총성과는 1백여 미터쯤 떨어져 있었기 때문에 하드란이 소리쳐 지시했다.

그때 저택에 있던 부하들이 모였다, 모두 8명. 근처에 10여 명이 또 있지만 하드란의 지시를 기다리고 있을 것이다. 조트너가 서둘러 무전기를 켜고 마리크와 자이렉을 불렀지만 응답이 없다. 그동안 1분쯤이 경과되었고 총성은 더 가까워졌다.

"젠장."

옆에서 연락을 기다리던 하드란이 마침내 결심했다.

"자, 남쪽으로!"

하드란은 오히려 총성이 격렬한 곳으로 방향을 잡았다. 그동안 사방에 귀를 기울이고 있었던 것이다. 오트만 마을에 4개 출구가 있고 아래쪽 총성이 동·서·남쪽에서 울리고 있다는 것은 북쪽이 함정이라는 의미다.

"흩어져서 남쪽 도로로 탈출해라!"

소리친 하드란이 앞장서서 골목을 뛰어나갔다.

"탓탓탓탓."

도로 복판에 서 있던 부하가 총성과 함께 어둠 속에 묻혔다. 그것을 본 하문이 소리쳤다.

"앞쪽이다! 3시 방향!"

이곳은 마을을 동서로 관통하는 도로, 하문의 조(組)는 도로를 횡단하여 북쪽으로 전진하는 중이었다.

"타타타탓!"

다시 총성이 울리면서 하문 옆에 쪼그리고 앉아 있던 부하가 비명도 지르지 못하고 고개를 떨구었다. 얼굴에 맞았다.

"이런, 빌어먹을."

몸을 굴린 하문이 무전기를 집어 들고 소리쳤다.

"우리가 공격을 받는다. 적은 10여 명. 동서 관통 도로를 향해 내려온다!"

그러고는 덧붙였다.

"우리 위치는 중심에서 남서쪽!"

적이 북으로 도망치지 않고 반대 방향으로 내려오는 것이다.

"좋아! 길 터 줘!"

권철이 무전기에 대고 소리치며 내달렸다.

뒤를 조원들이 따라 뛰고 있다.

"남쪽 도로! 놈들이 그쪽으로 간다!"

무전기는 개방되었기 때문에 다 들린다.

"난 서쪽에서 놈들을 치겠다!"

"그럼 우린 동쪽에서 놈들을 치지요!"

그동안 부하 셋을 잃은 하문이 악에 받친 목소리로 대답했다.

"놈들은 도망치고 있습니다! 민간인 뒤에 섞여 뛰는 놈도 많습니다!"

마을은 이곳저곳에서 불길이 솟았고 밖으로 뛰쳐나온 남녀노소가 길을 메우고 있다. 하드란이 은폐하기에 적당한 상황이다.

"

2장
전쟁

타타타타타타."

갑자기 뒤쪽에서 총성이 울리자 앞쪽의 주민 대여섯 명이 사지를 흔들면서 쓰러졌다. 그중에 부하 한 명이 끼어 있었기 때문에 조트너가 이를 악물었다.

"이런 개새끼들."

주민들이 쓰러진 건 관심 밖이다. 부하가 당한 분노가 조트너의 발을 멈추게 했다. 주위로 민간인들이 뛰어 지나간다.

"이 새끼들."

조트너도 뒤쪽을 향해 AK-47을 난사했다.

"타타타탓탓!"

빗발처럼 쏟아진 총탄에 달려오던 주민 서너 명이 자루처럼 땅바닥에 던져졌다.

그중에 '적'이 있어야 직성이 풀릴 것이다. 그때다.

"타타타탓탓탓!"

거리 왼쪽의 어둠 속에서 발사음과 함께 섬광이 번쩍였다.

"억!"

온몸에 수십 발의 총탄을 맞은 조트너의 몸이 1미터쯤 뒤로 날아가더니 담장에 몸이 부딪치면서 움직이지 않았다.

권철이 앞으로 달려오는 주민들을 보았다. 주민들은 이제 방향을 잡았다. 갈팡질팡, 우왕좌왕하다가 목적지를 정한 것이다. 놀란 양떼처럼 몇 명이 앞장서서 달리니까 뒤를 쫓는 형국이다. 남쪽 도로다.

"쏴라!"

권철이 지시한 순간 뒤쪽에서 둔탁한 총성이 울렸다.

"펑!"

그 순간 하늘로 조명탄이 솟더니 곧 1백 미터 위에서 터지면서 주위가 대낮처럼 밝아졌다. 그 순간 놀란 주민들의 얼굴이 다 드러났다. 그때다.

"타탕! 탓탓탓! 타타타탕!"

이곳저곳에서 발사음이 울렸다. 길가 지붕 위에 엎드려 있던 권철의 조원들이 주민 사이에 끼어 있는 하드란의 별동대를 저격하는 것이다. 저격이라고 할 것도 없다. 거리가 30미터 이내여서 백발백중이다. 권철의 눈앞에서 별동대 4명이 몸을 비틀면서 쓰러졌다. 모두 손에 총을 들고 있었기 때문에 대번에 구별이 되는 것이다. 아무리 숨어 도망간다고 해도 총을 몸에서 떼지는 못한다.

"타타탓! 타타타타!"

다시 주민 사이에 끼어 있던 사내 두 명이 피떡이 되어 쓰러졌다.

"펑!"

다시 조명탄이 쏘아 올려졌다.

"타타탓탓!"

이제는 옆쪽에서 총성이 울렸다. 하문의 조(組)다. 북쪽으로 몰고 올라갔던 수색조가 지금은 내려왔다. 그때 권철이 무전기에 대고 소리쳤다.

"이 소령! 지금 어디냐!"

그때 이규석이 바로 대답했다.

"북쪽 길로 나왔습니다."

이규석 조(組)는 그대로 북쪽 길로 나와 도로를 봉쇄하려는 것이다.

하드란은 앞장서 달리던 조트너가 쓰러진 순간 몸을 돌렸다. 그러고는 반대 방향으로 뛰기 시작했다. 습격자들의 의도를 간파한 것이다. 북쪽을 비워 놓고 모두 북쪽으로 몰아 교외로 빼낸 후에 여유 있게 몰살하려고 했던 것이다. 하드란은 거구였지만 몸이 빠르다. 앞장서서 뛰는 하드란의 뒤를 부하 4명이 따른다. 조명탄이 터지면서 주위가 대낮처럼 밝아졌지만 이들을 방해하는 적은 보이지 않는다. 도망치는 주민들과는 반대 방향으로 뛰고 있는 것이다. 이윽고 다섯 명은 북쪽의 길 입구가 보이는 모퉁이에 닿았다. 하드란은 안도의 숨을 뱉었다. 온몸이 땀으로 뒤덮여 있다.

북쪽을 비워 놓고 위쪽의 사막으로 하드란 특공대를 몰아내려던 작전이 뒤집혔다. 하드란 특공대가 예상을 깨고 남쪽으로 내려왔기 때문이다. 그래서 시내에서 기습군과 부딪쳤다. 부딪쳤다는 표현은 적당하지 않다. 사냥꾼에게 덤빈 들개 떼다. 여지없이 박살이 난 것이다. 그런데 하드란은 총성이 어지럽게 난무하는 상황에서 번뜩이는 기지를 발휘했다. 3면에서 적이 압박해 오는 것을 간파하자마자 오히려 뒤로 돌아서 적이 에워싸고 있는 포위망을 돌파하는 작전, 이것은 기습군 측에서 예상하지 못한 반응이다. 그럴 경우에는 막대한 피해를 입을 가능성이 많기 때문에 대부분의 지휘관들은 빈 공간으로 빠져나가는 것이다. 그것이 함정이라고 해도 되돌아서 정면 대결은 안 한다. 하드란은 되돌아서 부딪쳤다. 아니, 부하들을 부딪치게 하고는 자신은 심복들만 이끌고 북쪽으로 나온 것이다. 되돌아 나왔다, 부하들을 버리고.

"됐다!"

하드란이 앞쪽에 뚫린 북쪽 길을 응시하면서 말했다.

"서둘러라! 길을 피해서 사막으로 들어간다!"

마을에 주둔했던 특공대는 전멸했다고 봐도 될 것이다. 그러나 자신만 살면 여왕벌이 알을 까는 것처럼 얼마든지 부하를 만들 수 있다. 하드란이 앞장서서 마을을 빠져나가면서 소리쳤다. 오전 5시 10분 전, 동녘 하늘이 부옇게 밝아오고 있다.

"곧장 본부로 간다!"

"옳지."

적외선 조준경으로 앞쪽을 응시하던 이규석이 탄성을 뱉었다. 조준경 안에 이쪽으로 달려오는 사내들이 잡힌 것이다.

"다섯! 앞장선 놈이 하드란 같다!"

거리는 70미터, 지금 겨누고 있는 AK-47로도 백발백중이다. 이규석 좌우에 엎드린 조원은 7명. 그때 이규석이 지시했다.

"앞에 선 돼지만 빼고 쏴라!"

그 순간 요란한 총성이 터졌고 이규석도 방아쇠를 당겼다.

"탕탕."

두 발이 발사되었고 무릎 뼈가 박살이 난 하드란의 거구가 땅바닥에 내동댕이치듯이 쓰러졌다.

"탕!"

다시 한 발, 이번에는 어깨를 맞췄다.

오전 7시 반, 권철이 무전기를 귀에 붙였을 때 '리스타 리비아' 법인장 조백진의 목소리가 울렸다. 한국말이다.

"지금 즉시 본대만 이집트로 빠져나가도록. 특공대는 트리폴리로 돌려보내고 해산해라."

"파라트는 놔둡니까?"

권철이 아쉬운 표정을 짓고 물었을 때 조백진이 대답했다.

"그만하면 대성공이다. 파라트는 수족이 다 잘린 상황이 되었어. 놔두고 즉시 철수해."

"알았습니다."

"본대는 카이로에서 휴식을 취하면서 대기하도록."

"예, 사장님."

그때 조백진이 잊어버렸다는 듯이 얼른 덧붙였다.

"수고했어, 권 이사. 네가 자랑스럽다."

칭찬이 어색했기 때문에 권철이 주춤거렸을 때 통신이 끊겼다.

"자, 철수다."

권철이 간부들에게 말하자 모두 눈빛에 생기가 떠올랐다. 권철의 시선이 자르카와 하문에게로 옮겨졌다.

"너희들은 곧장 트리폴리로 돌아가도록. 상부에 보고해서 이번 작전에 참가한 전원에게 일 계급 특진을 시켜 주도록 하겠다."

"감사합니다."

자르카가 활짝 웃는 얼굴로 대답했다.

"대장님은 어디로 가십니까?"

"난 여기서 머물다가 새 작전 지역으로 이동한다."

행선지는 밝히지 않고 권철이 그렇게 말했다. 오트만 마을의 작전이 끝난 지 3시간이 되어 간다. 그들은 모두 북쪽 사막으로 나와 있었는데 사막 관통 도로는 1킬로밖에 떨어지지 않았다. 파라트의 둘째 아들 하드란은 일단 포로로 잡은 후에 자백을 받고 나서 이규석이 직접 쏴서 처형했다. 그 과정을 모두 사진으로 찍어서 기록으로 남긴 것이다. 자르카와 하문이 인솔한 특공대원을 전송한 권철이 이집트 국경을 넘었을 때는 오후 6시경이었다. 국경선도 없는 이집트 쪽 사막으로 들어서서 20킬로쯤 떨어진 마을 앞에 도착했더니 기다리고 있던 리스타 안내인이 그들을 맞았다. 그때는 밤 10시 반이 되어 있었다.

"이사님, CIA에서 이사님을 표적으로 한 암살조를 보냈습니다."

안내인이 권철에게 말했다. 리스타 연합 소속 안내원은 CIA 출신의 미국인이다. 린든이라는 이름의 안내인이 말을 이었다.

"지금쯤 리비아에 상륙했을 것입니다."

"개자식들."

욕설을 뱉었지만 권철의 얼굴에는 웃음이 떠올라 있다.

"어느새 나도 네임 밸류가 높아졌군. CIA에서 암살팀까지 보내다니."

"이사님, 제가 대원들이 갈아입을 옷과 여권, 장비를 차에 싣고 왔습니다."

린든이 손으로 가리키는 곳에 관광버스 2대와 SUV 승합차 2대가 어둠 속에 희미하게 드러났다.

"리스타 관광의 피라미드 여행단으로 편성되었습니다."

"좋아. 관광객이 되어서 쉬기로 하지."

고개를 끄덕인 권철이 대원들과 함께 발을 떼었다. 카이로의 리스타 법인 소속 '리스타 관광'은 세계적인 여행사가 되어 있는 것이다.

오전 10시, 리스타랜드 중심부의 랜드빌딩이라고 불리는 흰 건물은 리스타랜드의 트레이드마크가 되어 있다. 밖에서는 층 표시가 보이지 않지만 88층 높이에 면적이 넓어서 아득하게 보이는 거대한 빌딩이다. 그 80층 리스타 회장실에서 이광이 전화기를 집어 들었다. 앞쪽 소파에는 비서실장 안학태, 유통사장 오금봉, 연합사장 해밀턴, 투자금융사장 하사드, 이번에 아시아, 중동, 아프리카 법인 연합 이사장이 된 정남희, 그리고 리스타랜드 시장 진남철까지 최고위 간부들이 둘러앉아 있다. 최고위 간부 중 참석하지 않은 사람은 리스타 인력 개발사장 조백진과 카이로에 본부를 둔 리스타 관광 사장 나영찬, 상사 사장 곽영훈이다. 이광이 전화기에 대고 말했다.

"아, 볼룸 회장, 이광입니다."

"이 회장님, 반갑습니다."

볼룸의 목소리가 스피커를 통해 방 안 가득 울렸다. 모두 긴장으로 숨을 죽였고 이광의 얼굴에 희미한 웃음기가 번졌다. 군수산업 연합체 즉, 군산연의 리차드 볼룸이다. 이광이 볼룸에게 전화를 건 것이다. 비서실을 통해 이광이 전화를 걸었을 때 볼룸은 3분쯤 기다리라고 했는데 당장 끊지를 않았다. 그러고는 통화 연결이 된 것이다. 첫 통화다. 그때 이광이 말했다.

"요즘 뉴욕 날씨가 어떻습니까?"

"오늘도 흐린데요. 이 회장님은 지금 리스타랜드에 계시지요?"

"예, 여긴 계속 날씨가 맑지요."

"부럽습니다. 그래서 제가 플로리다에 자주 가지만 거긴 습기가 많아서요."

"내가 플로리다에 가 볼까요?"

이광이 묻자 모두의 시선이 모였다.

"아, 그래요?"

스피커에서 울리는 볼룸의 목소리가 조금 당황한 것처럼 느껴졌다. 그때 이광이 말을 이었다.

"시간을 내 보시지요. 장소를 그쪽에서 정해도 됩니다."

"아하!"

탄성 같은 신음이 울리더니 볼룸이 묻는다.

"이 회장께서 저한테 용건이 있으십니까?"

"용건을 물으시니까 드리는 말씀인데……."

쓴웃음을 지은 이광이 말을 이었다.

"사업 상담을 하십시다."

"아하."

"어떻습니까?"

"좋습니다. 만나지요."

마침내 볼룸이 결심한 듯 말했다.

"내가 시간 장소를 말씀드릴 테니까 적당한지 결정하시지요."

"그러지요."

"반갑습니다, 이 회장님."

"아, 나도 그렇습니다. 목소리 들으니까 좋군요."

"리스타 아일랜드 사진을 보았습니다."

볼룸이 말을 이었다.

"훌륭한 도시가 되었더군요."

"자, 그럼 이만."

"연락드리지요."

통화가 끝났을 때 이광이 웃음 띤 얼굴로 간부들을 둘러보았다.

"군산연은 주인이 바뀌더라도 이 세상이 끝나지 않는 한 존재할 거야."

"그것은 리스타도 마찬가지지요."

해밀턴이 먼저 말을 받았다.

"하지만 볼룸은 얼른 약속을 잡지는 못할 것입니다."

최고 간부 회의에서 이광이 군산연 회장 볼룸에게 통화를 하겠다는 의제를 내놓았을 때 의견이 나뉘었다. 이쪽에서 먼저 할 필요가 없다고 한 쪽은 오금봉과 하사느, 성남희였고 찬성한 쪽은 해밀턴과 안학태, 진남철이었던 것이다. 의견이 절반씩 나뉘어서 이광의 제안대로 통화를 한 것이다. 이것은 '화해'나 '교류'는 더욱 아니다. 이 세상에서 군산연과 가장 적대적인 조직이 있다면 바로 리스타인 것이다. 일부러 그렇게 된 것도 아니고 우연히 시작되었는데 그것을 CIA가 이용하다 보니 극과 극이 되었다. 지금은 군산연과 리스타가 전쟁 중인 상황이다. 이광은 군산연에 의해 가족을 잃었다. 군산연 또한 사무총장 피셔도 가족을 잃었고 볼룸도 엄청난 재산 피해를 입었다. 서로 주고받은 피해액은 각각 수십억 불에 달한다. 그 상황에서 이광은 볼룸에게 접근한 것이다. 이것이 이광의 성격이다. 굳이 이유를 붙인다면 적과의 대화가 될 것이다. 적과 생사를 건 전쟁을 하더라도 대화의 통로는 열어 둔다는 것, 그것이 CIA 등을 통한 간접적인 통로가 아니라는 것. 이것이 이광의 사업 스타일이기도 하다.

그날 밤, 바닷가 별장의 베란다에 앉아서 정남희가 말했다.

"회장님, 시에라리온 다음 계획은 뭔지 알려 주세요."

베란다의 불은 꺼 놓았지만 하늘의 별이 크리스마스트리의 점등처럼 빛나고 있었기 때문에 정남희의 얼굴 윤곽이 뚜렷하게 드러났다. 정남희의 시선을 받은 이광이 쓴웃음을 지었다.

"내가 의욕을 잃은 것 같으냐?"

"그렇게 느끼셨어요?"

"난 오히려 네가 의기소침해진 것 같다."

"그래요."

정남희가 고개를 돌려 바다를 보았다. 며칠 전부터 정남희는 자연스럽게 별장에서 이광과 같이 지내고 있다. 회의를 마치고 같이 별장에 들어온 정남희는 반바지에 소매 없는 셔츠 차림이다. 두 다리를 길게 뻗고 앉은 정남희가 바다를 향한 채 말을 이었다.

"욕심을 버리니까 기력이 떨어진 것 같아요."

"다시 욕심을 일으켜야지."

이광의 목소리가 낮게 이어졌다.

"하지만 그 욕심이 개인을 위한 것이 아니어야 한다."

"전 그런 경지까지는 닿지 않아요."

"내 그릇도 너하고 다를 게 없어. 다만……."

"회장님처럼 그런 고통을 겪기는 싫어요."

"내가 그런 고통을 겪고 나서 욕심이 다시 생성된 것 같으냐?"

정남희가 대답하지 않은 것은 긍정의 뜻일 것이다. 이광이 길게 숨을 뱉었다.

"사는 것 자체가 욕심이야."

바닷가로 밀려오는 파도 소리가 크게 들려왔다.

"내가 다른 사람하고 다른 점을 굳이 찾는다면 어떤 계기가 왔을 때 그것을 기회로 내 인생을 되돌아보고 수정해 왔다는 것이지."

"……."

"후회하지는 않아. 그리고 바꾸는 것도 두려워하지 않는다. 왜냐하면 인생이 너무 짧으니까."

"회장님."

고개를 돌린 정남희가 이광을 보았다. 별빛을 받은 두 눈이 반짝이고 있다.

"저, 제가 옆에 있으면 안 돼요?"

"안 돼. 넌 베트남에 가서 기반을 굳히고 동남아, 인도를 맡아야 돼."

"그건 해야죠."

"그럼 무슨 말이냐?"

그때 안쪽에서 아이 칭얼대는 소리가 들렸기 때문에 이광이 쓴웃음을 지었다. 정남희의 아이다. 서둘러 일어선 정남희가 안으로 들어가며 말했다.

"애가 깼나 봐요. 재우고 올게요."

"천천히 와. 급하게 재우지 마."

"알았습니다."

정남희가 안으로 들어갔을 때 이광의 얼굴에서 금방 웃음기가 지워졌다. 눈을 가늘게 뜬 이광이 검은 바다를 바라보았다. 지금은 배 한 척 떠 있지 않았기 때문에 검은 늪 같다. 수평선도 보이지 않는다. 저 앞쪽의 바닷속에 강은서와 두 아들이 잠겨 있는 것이다.

"잘 쉬어."

이광이 혼잣소리처럼 말했다. 그것이 미흡하고 답답했기 때문에 덧붙였다.

"사랑한다."

다음 날 아침 9시가 되었을 때 정남희가 전화를 받았다. 별장 응접실에서 전화를 받은 것이다. 전화를 걸어온 사람은 베트남에 가 있는 김기대, 김기대는 이제 정남희에게 보고를 한다. 지휘 체제가 바뀌어서 정남희가 최고 지휘관이 되었기 때문이다.

"저 김기대입니다."

김기대가 바로 보고를 시작했다.

"구엔 총리가 오는 편의를 제공하겠다고 약속했습니다. 구체적으로 중국이 제공했던 편의를 기준으로 그 이상이 되겠다고 했습니다."

"수고했어요. 그 약속을 문서로 만들 수 있느냐고 넌지시 물어봐요."

"예, 사장님. 알겠습니다."

"아직 리스타는 결정을 한 상태가 아니니까."

"예, 사장님."

"조금 더 시장 조사를 하도록."

"예, 사장님."

전화기를 내려놓은 정남희가 마침 옆으로 다가온 이광에게 말했다.

"김 이사한테 조금 더 조사를 하도록 했습니다."

"잘했어."

이광이 웃음 띤 얼굴로 정남희를 보았다. 따듯한 시선이다.

기제의 피라미드, 쿠푸왕의 피라미드 밑에서 권철이 옆에 앉은 이규석에게 말했다.

"내가 피라미드는 네 번째 온다. 이제는 어디 돌이 빠졌는지도 다 알겠어."

"전 두 번째입니다."

이규석이 담배를 꺼내 권철에게 권했다. 권철이 받아 물자 라이터로 불을 붙여 준 이규석이 저도 담배를 물고는 말을 이었다.

"이렇게 안내인을 따라서 여행하는 것도 재미가 있습니다."

"넌 안내 들으면서 계속 자던데."

"그러니까 편하다는 말씀입니다. 둘씩, 셋씩 따로 가는 여행에선 맨날 결정하고 시간을 봐야 했거든요."

"너는 높은 자리에 올라가기 어렵겠다."

"왜 그렇습니까?"

"남의 지시나 받고 지내야 편하다는 것처럼 들리잖아?"

"이사님 밑에서는 그럴 만합니다."

"아부하지 마라."

"저, 이번에 진급되는 겁니까?"

"부장으로 진급될 거다."

"감사합니다."

"내가 시켜준 것 아냐."

"이사님 덕분이지요."

그때 강재호가 다가왔다. 권철과 이규석도 그렇지만 강재호도 선글라스를 썼고 목에 카메라를 건 관광객 차림이다. 다가온 강재호가 말했다.

"우리들이 운이 좋은 것 같습니다. 여행사에서 일본 관광객들하고 합류시킨다고 합니다. 4박 5일 일정으로 나일강을 따라 룩소르까지 가는 유람선 코스인데요, 일등석 전용입니다."

"와!"

이규석이 탄성을 뱉었다.

"룩소르가 볼 것이 많지."

"그런데 일본 관광객들이 모두 여자들입니다. 여교사 모임이라는 겁니다."

"역시 '리스타 관광'이 세계 제1이라니까."

이규석이 흥분했을 때 권철이 고개를 들었다.

"난 빠질 테니까 너희들이 인솔해서 가."

"아니, 이사님."

"내가 그 일 때문에 죽었다가 살아난 것 너희들도 알지?"

둘 다 입을 다물었지만 콧구멍이 벌름거리는 것을 보면 웃음을 참는 것 같다. 이세영과 친구들은 한국으로 돌아갔다. 그때 강재호가 말했다.

"CIA에서 리비아로 저격조를 보낸 상황이니 이사님을 혼자 남도록 할 수는 없지요. 저하고 팀원 셋이 같이 남겠습니다."

"네가 부장 진급이 먼저 될 거다."

권철이 고개를 끄덕이며 이규석을 흘겨보았다.

"저 자식은 여자를 밝혀서 싹수가 노래."

"저, 진급합니까?"

정신이 든 강재호가 그렇게 물었을 때 이규석이 먼저 대답했다.

"이번에 된다는군. 금방 이사님한테 들었어."

"제가 먼저 부장 됩니까? 이 친구는요?"

강재호가 동기인 이규석을 눈으로 가리키며 묻자 권철이 자리에서 일어섰다.

"너보다 하루쯤 늦게 진급할 거다."

화창한 날씨처럼 밝은 분위기다. 오늘이 관광 사흘째, 다시 룩소르 관광까지 다녀오면 열흘 가까운 휴가가 된다.

오후 1시 반, 방으로 들어선 브라운이 보고했다.

"특공대가 모두 트리폴리로 귀환했지만 권철이 인솔한 '리스타 용병대'는 보이지 않습니다."

윌슨은 시선만 주었고 브라운이 말을 이었다.

"리비아 특공대는 모두 1계급씩 특진했습니다. 그래서 축제 분위기인데 정보원이 물어보았더니 권철의 리스타 용병대하고는 작전 지역에서 헤어졌다는 겁니다."

윌슨은 고개를 끄덕였다. 국경 지역으로 파견된 2개 저격조는 권철을 찾지 못하고 은신해 있는 것이다. 권철이 지휘한 특공대는 혁혁한 전공을 세우고 해산한 것이다. 반군인 바사트족 정예군 1연대를 거의 몰살한 후에 족장 파라트의 두 아들까지 잡아 죽였다. 파라트는 절망한 상태로 잠복했다는 소문이다. 브라운의 시선을 받은 윌슨이 입을 열었다.

"리스타랜드로 돌아간 모양이군."

"사막을 넘어 이집트로 들어갔을 가능성도 있습니다."

"그럴 수도 있지."

"이집트 지부에 연락을 할까요?"

고개를 든 윌슨이 브라운을 보았다. 브라운은 흑인으로 36세, CIA 경력 9년의 초급 간부다. 해외작전국장 윌슨이 직접 지휘하는 기동대의 연락관이다. 이번의 저격조도 기동대에서 파견된 것이다.

"좋아. 브라운, 네가 카이로에 가라."

"예, 국장님."

브라운의 핏발이 선 눈이 번들거렸다. 흑인 눈동자의 흰자위에는 대개 실핏줄이 깔려 있다.

"가서 정보를 수집하도록."

"예, 국장님."

브라운의 두 눈이 더욱 번들거렸다.

그 시간의 시에라리온과 라이베리아 국경 지역 시간은 오후 6시 반이다. 라이베리아 쪽 산속에 설치된 지휘소는 동굴 안이어서 시원하다.

"25킬로 진격했다면 오늘은 됐어."

라이베리아 대통령 찰스 테일러가 앞에 선 국방장관 모간에게 말했다.

"실바하고 거리를 20킬로쯤 유지해."

"예, 각하. 그렇게 지시했습니다."

"우리가 절대적으로 유리하니까 서둘 것 없다고."

"예, 각하."

"세상의 동향을 살피고 나서 바로 진격하자고."

이미 여러 번 주의를 준 사항이라 연락할 것도 없다. 국경을 넘어 시에라리온으로 진격해 간 라이베리아군은 2개 사단 2만 명, 그중 1개 사단이 기갑사단이다. 탱크, 장갑차, 무장지프, 장갑수송차에다 1개 포병 대대는 장갑차가 이끌고 있어서 놀랄 만한 기동력을 낸다. 2개 공격 사단을 이끌고 있는 '해방군 사령관'은 테일러가 신임하고 있는 육군 사령관 모하비츠 중장, 테일러의 최측근이다. 그때 모간이 물었다.

"각하, 버커슨이 기다리고 있습니다만 만나시겠습니까?"

"무기 대금 내라는 이야기를 하려는 거야. 다음에 보자고 해."

"알겠습니다."

"내가 시에라리온 다이아 광산을 차지할 때까지는 계산 못 해."

테일러가 어깨를 부풀리면서 말을 이었다.

"도둑놈들, 나이지리아에 판 무기보다 나한테 30퍼센트나 비싸게 팔아먹다니. 내가 애 좀 먹일 거다."

지금 군산연의 담당자한테 한 말이다.

버커슨 입장에서 보면 오타방고한테 판 무기 대금도 못 받은 상태니 다급할 만하다.

동굴 밖으로 나온 테일러가 깊게 숨을 들이켰다. 숲 속의 맑은 공기가 잔뜩 폐 안에 흡입되었다. 이미 주위는 어둠에 덮여서 희미한 윤곽만 드러난다. 골짜기를 흐르는 개울물 소리가 들릴 뿐 동굴 주위는 조용하다. 그러나 대통령 경호대가 사방 1킬로까지 경호하고 있는 것이다. 그때 옆으로 경호대장 타이슨이 다가왔다. 타이슨은 테일러의 사촌이다.

"각하, 아래쪽에 여자들이 도착했습니다. 이곳으로 부를까요?"

"아니, 내가 내려가겠다."

테일러가 발을 떼면서 말했다. 2백 미터쯤 아래쪽 동굴은 테일러의 휴식 공간이다. 거의 매일 밤 두 번 이상 자는 곳을 옮기는 버릇은 테일러가 10여 년 전 미국 생활을 할 때부터였다. 그때는 마약 장사도 하고 강도질까지 했기 때문에 경찰을 피하려고 은신처를 바꿨지만 지금은 암살을 피하려는 의도다. 은신이 버릇이 된 것이다. 숲 속 길을 걷는 주위에 경호대가 잠복하고 있었기 때문에 테일러는 마음 놓고 활보한다. 암살 걱정을 한다고 해서 겁쟁이는 아니다. 테일러는 허리에 콜트 권총을 차고 있었는데 손수 분해 결합을 한다. 사격술도 좋아서 10미터 거리의 타깃은 백발백중이다. 테일러가 옆을 따르는 타이슨에게 물었다.

"오늘은 어디서 데려온 거냐?"

"예, 한 명은 프랑스 여잔데 나이트클럽 댄서이고 다른 한 명은 학교 교사인데 납치해 왔습니다."

"잘했다."

테일러의 얼굴에 웃음이 떠올랐다. 여자를 밝히는 테일러는 매일 밤 둘씩 여자를 데리고 잔다. 물론 여자들과 함께 은신처를 바꾸는 것이다. 숲 속은 조용해서 둘의 발소리만 난다. 경호대가 깔려 있기 때문에 벌레들도 찍소리를 못 내는 것이다.

"고문관은 어디 가셨나?"

대통령 반타가 묻자 윤석이 대답했다.

"예, 잠깐 출장 가셨습니다."

"출장? 어디로?"

"리스타랜드에 가셨습니다."

"허, 나한테 이야기라도 하고 가시지."

"바쁜 일이 있었기 때문에, 그래서 저한테 말씀을 드리라고 했습니다."

"그런가?"

반타가 고개를 끄덕이며 묻는다.

"라이베리아군은 어떻게 대비하고 있나?"

"예, 실바군 뒤로 제1, 2사단이 내려가고 있습니다."

"괜찮겠지?"

"걱정하지 않으셔도 됩니다, 각하."

윤석이 웃음 띤 얼굴로 덧붙였다.

"시에라리온이 강도 전과자에게 당할 만큼 허술한 나라가 아닙니다, 각하."

테일러한테 한 말이다. 테일러는 라이베리아에서 공금을 착복하고 미국으로 도망쳐 망명 신청을 했다. 정치 망명이다. 미국이 속아서 입국시켜 주었더니 강도질을 하다가 체포되었다. 미국 교도소에 수감되었던 테일러는 그곳에서 탈옥해 라이베리아로 돌아와 '영웅' 취급을 받았다. 그러고는 대통령 선거를 '위협적'으로 치르고 대통령에 당선된 인간이다.

반타의 집무실을 나온 윤석이 대통령궁 안에 있는 사무실로 들어서자 기다리고 있던 윤서인이 고개를 들었다.

"죄송합니다. 대통령한테 드릴 말씀이 있어서요."

윤석은 대통령궁 경호대상이다. 그리고 강정규의 보좌관 역할도 겸하고 있다. 그때 윤서인이 물었다.

"법인장님은 저한테 리스타랜드에 다녀오신다고 했는데 연락이 안 돼요. 지금 어디 계시죠?"

"아, 그것이……."

앞쪽에 앉은 윤석의 눈동자가 흔들렸다. 윤석은 강정규와 윤서인의 관계를 알고 있는 것이다. 윤석이 대답했다.

"모르겠는데요."

"모르시다니요? 전 보좌관은 알고 계시리라 생각했는데."

"저한테도 랜드에 다녀오겠다고 하셨습니다."

"그런데 이틀 동안 연락이 안 되다니요? 랜드에는 도착하지 않으셨다고 하는데."

"어디 들르셨겠지요."

"그럴까요?"

"저도 연락을 해 봐서 담당관님께서 찾으신다고 말씀드리겠습니다."

윤서인은 '리스타 시에라리온 법인'의 정책담당관이다. 윤서인이 방을 나갔을 때 윤석이 길게 숨을 뱉었다.

밤 9시 반, 옆에 있던 박기춘이 무전기를 귀에 붙이고 말했다.

"알았습니다, 오버."

송수신기를 귀에서 뗀 박기춘이 강정규를 보았다.

"사장님, 좌표 나왔습니다."

고개를 끄덕인 강정규가 박기춘이 내민 쪽지를 플래시를 켜고 보았다.

"여기서 4킬로쯤 떨어졌군."

"예, 지름길로 가면 3킬로인데 산을 넘어가야 합니다."

"좋아."

강정규가 뒤쪽에 선 김태규에게 말했다.

"좌표 나왔다. 지름길로 가자."

다가온 김태규가 좌표를 보더니 빙그레 웃었다.

"이제 됐습니다, 사장님."

숲 속, 바람이 불면서 나뭇가지를 흔들었고 나뭇잎이 파도치는 소리를 내었다. 이곳은 시에라리온 남동쪽의 국경 지역. 라이베리아가 1백 미터 동쪽이지만 국경선은 없고 국경초소도 보이지 않는다. 김태규가 앞장을 섰고 일렬횡대로 선 특공대가 산길을 걷기 시작했다. 강정규도 발을 떼었다. 특공대는 모두 21명, 강정규를 포함한 숫자다. 강정규는 윤서인한테까지 랜드로 간다고 하고 나서 특공대를 조직, 이곳에 온 것이다. 앞쪽을 걷는 대원은 등에 지대지 미사일인 샘(SAM)9의 발사대를 매달고 있다. 30명 대원 중 샘(SAM) 발사대를 멘 대원은 8명. 미사일 탄두는 모두 32발. 대당 4발씩이다. 미사일 부대나 같다. 방금 박기춘은 무전으로 찰스 테일러가 지휘하고 있는 지휘 본부 위치를 전달받은 것이다.

호텔방 안, 술잔을 든 권철이 강재호가 건네주는 전화기를 다른 손으로 받았다. 오후 10시 반, 둘은 방에서 술을 마시는 중이다.

"여보세요."

권철이 응답하자 사내의 목소리가 울렸다.

"예, 연합 소속 김동문 과장입니다."

카이로 주재 '리스타 연합' 소속 직원이다.

"아, 웬일이야?"

"이사님, 제가 잠깐 들르겠습니다."

"지금?"

"예, 제가 지금 로비에 있습니다."

"알았어. 기다리지."

전화기를 내려놓은 권철이 강재호를 보았다.

"연합 직원이 로비에 있다는군. 데려와라."

강재호가 서둘러 일어나면서 말했다.

"대원들을 부르지요."

나머지는 모두 룩소르 관광을 갔고 강재호와 대원 셋이 남아 있는 것이다. 잠시 후에 방으로 들어선 김동문이 자리에 앉지도 않고 말했다.

"카이로에 CIA 저격조가 와 있습니다."

"왔겠지."

권철이 시큰둥하게 말했을 때 김동문이 주머니에서 쪽지를 꺼내 내밀었다.

"그놈들을 지휘하는 CIA 기동대 연락관 숙소입니다."

나일강변의 파라오호텔은 특급 호텔로 외교관, 사업가들이 자주 찾는 곳이다. 브라운은 외교관용 17층에 투숙하고 있는데 응접실과 회의실, 방이 2개여서 회의를 하기에 적당했다. 밤 10시 반, 브라운이 카이로 주재 CIA 담당관 마크와 더블린, 그리고 보조역으로 동행한 사이트와 넷이서 응접실에 둘러앉아 있다. 브라운이 충혈된 눈으로 마크, 더블린을 보았다. 둘은 백인이다.

"권가 그놈 일행은 20명이 넘어, 대부분이 한국인이고. 그리고 그놈들은 '리스타 관광'의 협조를 받아서 은신하고 있을 가능성이 큰데 아직도 정보가 없다니 한심한 일입니다."

브라운의 목소리는 높고 빠르다. 지금 브라운은 둘한테 권철 일행을 찾지 못한 것을 불평하고 있는 것이다.

"모든 인력을 '리스타 관광' 쪽에 투입해 봐요, 그놈들하고 연결되어 있을 테니까."

"투입시킨 인원이 14명이오."

마크가 잿빛 눈동자로 브라운을 응시하며 말했다.

"최선을 다하고 있어요. 본사에서 지시가 온 지 4일밖에 되지 않았어요, 브라운 씨. 시간이 필요합니다."

"글쎄, 부장님 지시라니까 그러네."

브라운이 짜증을 냈다.

"날짜 따질 일이 아니오, 마크. 오죽하면 국장이 나를 파견했겠습니까?"

그때 더블린이 입을 열었다.

"'리스타 관광'에서 취급하는 동양인, 특히 한국, 대만, 중국, 일본인 관광객이 하루 3,500명이오. 거기에다 유럽, 미국 쪽 동양계를 합하면 5천이 넘지. 그걸 하루 이틀 만에 다 체크할 수가 없어요."

"그대로 윌슨 국장께 보고하지요."

"어쨌든 최선을 다할 테니까."

둘이 동시에 자리에서 일어서자 브라운이 다짐하듯 말했다.

"최소한 하루 두 번씩 나한테 보고해 주시오. 물론 문제가 있을 때는 수시로 연락해 주시고."

고개만 끄덕인 둘이 방을 나갔을 때 브라운이 사이트에게 말했다.

"저 자식들. 군기가 싹 빠졌어. 밥만 죽이는 놈들이야."

"카이로에 배치된 요원은 수준이 좀 떨어져요. 이곳은 사건도 드물어서 노는 것이 일이라고 하던데."

사이트가 맞장구를 쳤다. 사이트도 흑인이다, 경력 5년. 이번에 '작전지휘' 명목으로 파견된 브라운의 조수로 선발되었기 때문에 의욕이 가득 찬 상태다.

"저 새끼 경력이 얼마지?"

엘리베이터에 탄 마크가 묻자 더블린이 외면한 채 대답했다.

"9년."

"갓댐. 내가 10년인데 저 새끼 지휘를 받아야 된다니."

"본부에만 있었어. 런던에 1년 파견 나가 있었던 것이 전부야."

"그런데 이 자식, 이런 호텔에 투숙하다니. 여긴 국장보급이 오는 곳 아니야?"

엘리베이터 안을 둘러보는 시늉을 한 마크가 투덜거렸다.

"9년짜리 과장보가 별 유세를 다 부리는군. 개새끼."

그때 엘리베이터가 멈추고 둘은 1층 로비로 들어섰다. 기다리고 있던 투숙객들이 엘리베이터에 올랐다.

서양인 뒤에 붙어 서서 엘리베이터에 타던 권철이 힐끗 옆을 지나는 백인 2명을 보았다. 엘리베이터에 타는 승객들은 10여 명이 되었기 때문에 권철과 요원 2명은 그냥 묻혀서 들어갔다. 엘리베이터가 상승하기 시작했을 때 권철이 옆에 선 강재호에게 말했다.

"방금 나간 놈들이 카이로 주재 CIA 요원들 같다."

"운이 좋은 놈들입니다."

강재호가 낮게 말했다. 방 안에 손님 둘까지 넷이 있다는 정보를 받은 것이다.

노크 소리가 났기 때문에 사이트가 문으로 다가가 물었다.

"누구요?"

"룸서비스입니다."

"룸서비스?"

고개를 기울인 사이트가 문에 뚫린 핍홀로 밖을 보았다. 그 순간이다.

"퍽!"

둔탁한 소리가 울리더니 사이트가 뒤로 반듯이 넘어졌다. 핍홀에 대고 소음기를 낀 권총이 발사되었기 때문이다.

"우지끈!"

다음 순간 문이 부서지는 소리와 함께 자물쇠, 사슬고리가 동시에 부서지면서 문이 열렸다. 그때 브라운은 응접실 소파에 앉아 TV를 보는 중이었는데 권총은 침실 서랍에 넣어 놓았다. 현관이 보이지 않는 위치다. 현관의 소음이 일어난 순간 고개를 돌렸다. 브라운은 문이 부서지는 요란한 충격음에 벌떡 일어나 침실로 달려갔다. 그러나 외교관용 특실은 넓다. 브라운이 침실 문의 손잡이를 쥐었을 때 발사음이 울렸다.

"퍽! 퍽!"

두 발이 그대로 뒷머리에 명중한 브라운이 침실 안으로 쓰러지면서 몸이 눕혀졌다. 뒷머리를 뚫은 총탄이 앞으로 빠져나가면서 얼굴을 몽땅 부숴 버렸다.

강정규가 가쁜 숨을 고르면서 바위에 등을 붙였다. 오후 8시, 이곳에 도착했을 때는 오전 5시 반이었다. 이곳에서 테일러의 벙커까지는 직선거리로 1.2킬로. 강정규는 부하들과 함께 지형 정찰을 하고 돌아온 것이다.

"좋아. 오늘 밤에 공격이다."

강정규가 숨을 고르고 나서 말했다.

"침투한 1조가 테일러를 처치하고 나서 2조, 3조는 동시에 공격한다."

찰스 테일러의 경호대는 대략 1개 대대 병력인 500여 명, 산속 벙커를 중심으로 경비하고 있어서 전차, 장갑차 등 기갑군을 산 아래쪽에 포진시켜 놓았다. 그것이 강정규에게는 다행이기도 하고 불리하기도 하다. 정찰해 본 결과 테일러의 숙소까지 침투하려면 7, 8개의 초소를 통과해야 해서 까다롭지만 닿기만 하면 제거는 확실하다는 점이다. 강정규는 직접 테일러를 제거하는 1조를 맡았다. 1조는 미사일 3대를 휴대했고 대원은 강정규를 포함해서 11명이다. 강정규가 땅바닥에 놓인 지도를 펼치면서 둘러앉은 간부들에게 말했다.

"자, 도상 연습."

지금 세 번째 지도상으로 작전 연습을 하는 것이다. 강정규는 부지런해서 잠시도 허튼 시간을 보내지 않는다.

오전 10시, 이광이 안학태의 보고를 받는다. 이곳은 리스타랜드의 바닷가 별장 안. 안학태가 표정 없는 얼굴로 말했다.

"카이로에서 어젯밤 CIA 해외작전국 소속 기동대 연락원이 조수와 함께 피살되었습니다."

이광의 시선을 받은 안학태가 말을 잇는다.

"이집트 당국은 미국 관광객 2명이 강도에게 피살되었다고 발표했습니다."

"……."

"권철을 불러들일까요?"

이광이 고개를 끄덕였다.

"이제 조금 쉴 때가 되었어."

"비행기는 위험하니까 배를 보내도록 하겠습니다."

"후버 씨는 암살조가 허탕을 친 이유를 알고 있을 거야."

이광의 얼굴에 쓴웃음이 떠올랐다.

"정보가 어디서 새 나갔는지도 알고 있을 것이라고."

한국 여당인 민정당 원내대표 김우진은 4선 의원으로 이광과 친분이 있는 사이이다. 정치에 관심이 없는 이광은 그동안 여러 번 한국 정부 측으로부터 제의를 받았지만 일절 사양해 왔다. 그러나 국민인 이상 정치와 어떻게든 연결이 되는 법이다. 기업을 하면서는 더욱 그렇다. 기업을 살리고 죽이지는 못하지만 여건을 좋게 혹은 나쁘게 만들 수 있는 것이 정치이기 때문이다. 그래서 이광은 서울 사무소를 통해 끊임없이 기부금, 성금, 후원금, 자선기금을 내어서 매년 한국에서 자선금 많이 내는 기업체 5위 안에 들어 왔다. 오늘 리스타랜드에는 민정당 원내대표 김우진이 동료 의원 2명과 함께 방문했다. 김우진은 55세, 둥근 얼굴에 부드러운 웃음이 호감을 느끼게 하는 인물로 동료 의원 둘도 당의 간부들이다. 공항에 내린 셋의 일행은 보좌관까지 10여 명이었는데 물론 한국항공편으로 날아왔다. 공항에는 랜드의 부시장이 마중을 나갔는데 의원들은 실망한 눈치였다. 그들은 이광은 마중 나오지 못한다고 해도 최소한 시장이나 비서실장이 나와 주기를 기대한 것 같다. 그러나 곧 시내로 들어가면서 도시의 화려한 외관에 놀라 입을 다물었다. 고층 빌딩이 즐비한 데다 깨끗하고 넓은 도로, 차도를 메운 고급 차들을 보면 미국이나 유럽 대도시보다도 더 나았기 때문이다. 리스타랜드는 인구 8만의 도시로 발전했다. 이곳에 리스타 그룹의 본사들이 들어서고 하나의 도시국가 체제가 된 것이다. 그들이 탄 차가 시내 중심부에 위치한 영빈관에 들어섰을 때 분위기는 완전히 바뀌었다. 각각 방으로 안내된 의원들의 얼굴에는 웃음이 떠올랐고 화려한 시설과 웅장한 규모에 연신 감탄사가 터졌다.

"세계 각국을 돌아다녀 보았지만 이런 도시는 보지 못했습니다."

원내 부총무 박영문이 고개를 절레절레 흔들면서 말했다. 이제는 도시에 압도당해서 거드름이 쏙 들어갔다.

"대단합니다."

당의 산업분과위원장 양동만이 한숨을 쉬었다.

"이렇게까지 만들어 놓았을 줄 몰랐습니다. 모래뿐인 섬을 7년 만에 이렇게 만들었군요."

김우진이 고개를 끄덕였다. 오늘 그들 셋이 당의 입장을 이광에게 전하려고 온 것이다. 1년 반 후가 대선이다. 대통령 선거인 것이다.

그 시간에 이광은 별장에서 안학태와 서울에서 날아온 '대표 변호사' 최경호를 만나고 있다. 최경호는 김우진 일행과 같은 시간에 도착했지만 전용기를 타고 왔다. 그러고는 김우진이 영빈관으로 가는 동안 비서실 직원의 안내를 받고 이곳으로 온 것이다. 최경호는 65세, 법무장관 출신의 변호사로 지금은 리스타의 대표 변호사가 되었다. 최경호가 말을 이었다.

"정국이 혼란합니다. 여당인 민정당은 확실한 대권 주자가 없는 데다 국민들이 민정당의 부패와 무능력에 대해서 환멸을 느끼고 있습니다."

이광이 고개만 끄덕였다. 대통령 김원국은 후계자를 키우지 않았다. 후계자로 거론되던 인물들이 차례로 비리가 드러나거나 선거법 위반, 여자 문제로 정치권에서 사라졌다. 이것이 대통령 김원국의 음모라는 소문이 돌았지만 이광은 그렇게 생각하지 않았다. 그때 최경호가 말을 이었다.

"이번에 김우진 의원 일행의 방문은 대통령의 밀명을 받고 온 것입니다. 대통령이 회장님을 전부터 후계자로 생각하고 있었다고 하는데요."

"여기 온 목적은 수출 대책에 대한 협의라고 언론 기관에 보도했더군요."

안학태가 말하자 최경호가 고개를 끄덕였다.

"김우진 일행은 출발하기 전에 청와대에 들렀다가 왔습니다. 이 세 명은 대통령의 최측근으로 분류되지요."

"측근이 요즘은 자주 바뀌던데요."

"내부에서 권력 다툼이 끊임없이 일어나지요. 충성 경쟁입니다. 대통령이 그것을 조장해서 권력을 더 강하게 만들지요."

최경호의 얼굴에 쓴웃음이 번졌다.

"대개 임기가 2년쯤 남았을 때부터 차기 주자에게 권력이 급속도로 빠져나가기 때문에 끝까지 권력을 놓지 않으려고 하거든요."

"지금도 그렇습니까?"

"지금은 후계자가 결정되지 않은 상태라 아직 대통령 권력은 막강합니다."

"그래서 오늘 온 세 명은 우리 회장님께 후계자 제의를 하려는 겁니까?"

"제가 청와대 고위층으로부터 직접 들은 정보입니다. 비서실장이죠."

정색한 최경호가 이광을 보았다. 리스타 대표 변호사 최경호는 역삼동의 리스타 건물 안에 '법률상담부'라는 법률 부서를 운용하고 있는 것이다. 법률 부서에서 근무하는 변호사만 50여 명이다. 최경호가 말을 이었다.

"비밀리에 여론 조사도 해 보았다고 합니다. 민정당에서 회장님이 후보로 나오셨을 경우 민생당의 오정수, 채수만 후보보다 각각 52 대 30, 63 대 25의 비율로 승리한다는 것입니다."

"갑자기 이러시면 곤란한데요. 10여 년 전에도 회장님을 국회의원 후보로 추천하는 소동이 일어났었는데……."

"지금은 절박한 상황입니다. 대통령이 진정을 갖고 회장님께 사람을 보냈다고 합니다."

"아니, 그런다고 우리 회장님한테는 일언반구 연락도 없이 원내대표

나 보내면 됩니까? 회장님을 너무 가볍게 취급하시는 것 아닙니까?"

안학태가 항의하듯 물었을 때 지금까지 듣기만 하던 이광이 웃음 띤 얼굴로 최경호를 보았다.

"변호사님이 계시니까 제가 이런 이야기를 듣지요. 대통령께서도 변호사님을 통해 저한테 말씀을 전하도록 하시는 것 같습니다."

"그런 생각은 하시겠지요."

최경호의 얼굴에도 웃음이 떠올랐다. 그때 이광이 말을 이었다.

"난 정치할 생각이 없습니다. 지난번에도 사업으로 애국하겠다고 말씀드렸지요."

"저도 비서실장한테 그 이야기를 했습니다. 그런데 이번에는 막무가내군요."

한숨을 쉰 최경호가 말을 이었다.

"민정당이 집권을 이어 가려면 회장님이 꼭 필요하다는 것입니다."

그때 방 안으로 비서가 들어와 말했다.

"출발하실 시간이 되었습니다."

이광이 영빈관에 가서 김우진 일행과 저녁 식사를 먹도록 일정이 잡혀 있는 것이다. 고개를 끄덕인 이광이 일어서자 최경호가 말했다.

"회장님, 김우진이 무슨 제의를 할지 모릅니다. 대통령이 김우진을 통해 제의를 했다는데 전 아직 못 들었습니다."

영빈관의 식당 안, 안쪽 귀빈실에 앉아 있던 김우진 일행이 이광과 안학태, 최경호가 들어서자 자리에서 일어섰다.

김우진은 이광과 여러 번 만났기 때문에 웃음 띤 얼굴로 인사를 했다.

"회장님, 뵙게 되어서 반갑습니다."

"오시느라 고생하셨습니다."

악수를 나눈 이광이 차례로 박영문, 양동만과 인사를 나누고 안학태, 최경호를 소개했다. 모두 자리에 앉았을 때 곧 차가 나왔다. 오후 5시, 아직 저녁 식사는 이른 시간이었다. 안부 인사가 오고간 후에 먼저 김우진이 입을 열었다.

"대통령님의 지시를 받고 왔습니다. 대통령님께서 직접 오실 수는 없었기 때문에 제가 대리인으로 온 것입니다."

김우진이 얼굴을 펴고 웃었다.

"특명대사 역할이지요. 거기에다 '비밀' 자가 앞에 붙습니다."

분위기를 부드럽게 하려는 것이다. 이광은 고개만 끄덕였고 김우진이 말을 이었다.

"본론부터 말씀드리지요. 대통령께서는 차기 민정당의 대선 후보로 회장님께서 나와 주시기를 바라고 계십니다. 만일 승낙하신다면 대통령께서는 전력을 다해 돕겠다고 하셨습니다."

김우진의 시선을 받은 이광이 웃음만 띠었기 때문에 분위기가 조금 밝아졌다.

"회장님, 지금까지 기업으로 사회에 공헌을 하셨으니 이제 정치로 국가를 직접 도와주시지요."

"과분한 말씀이신데요."

어깨를 편 이광이 김우진을 보았다.

"저를 과대평가하셨습니다."

"겸손하신 말씀입니다."

김우진이 정색하고 말을 이었다.

"대통령께서는 이제는 이 회장님이 국가를 맡아 국격을 높이시기를 바란다고 하셨습니다."

"그럴 능력이 없습니다."

이제는 이광도 정색한다.

"저는 밖에서 힘껏 돕겠습니다. 대통령님의 제의를 정중하게 사양합니다."

"회장님."

"다른 건 얼마든지 돕겠습니다만 그 제의는 사양합니다."

"회장님, 대통령께서 개혁을 완수할 적임자는 회장님이라고 하셨습니다."

"아닙니다."

고개를 저은 이광이 김우진을 보았다.

"제가 해외에서 대한민국 영토를 넓히고 있습니다. 제가 한국에 있으면 그 일을 하기가 곤란합니다. 그렇게 말씀드려 주시지요."

"그것 때문에 대통령께서 회장님을 특별히 영입하시는 것입니다."

김우진이 번들거리는 눈으로 이광을 보았다.

"회장님은 국가의 지원을 받고 아프리카에 기반을 굳힐 수 있지 않겠습니까? 리스타보다 10배는 더 영향력이 강해질 것입니다."

"……."

"또 그것이 선거에 절대적인 영향을 끼치게 될 것이고요."

그때 이광이 천천히 고개를 저었다.

"감사합니다만 사양하겠습니다. 저는 기업인으로서 열심히 애국하겠습니다."

그러고는 이광이 안학태를 보았다. 이제 네가 마무리를 하라는 신호다. 그러자 안학태가 말했다.

"자, 그럼 이야기 끝났으니 식사하러 가시지요."

더 이상 듣지 않겠다는 표시다.

저녁 식사를 하면서 김우진이 옆에 앉은 이광에게 목소리를 낮추고 말했다.

"대통령이 되신다고 리스타가 전진을 멈추지는 않을 것입니다. 오히려 몇 배나 더 탄력을 받을 것입니다."

고개를 든 이광에게 김우진이 웃음 띤 얼굴로 말을 이었다.

"서로 윈윈하는 것입니다. 국가와 리스타가 바로 한국인 것이죠. 한국을 이용해서 리스타를 키울 수 있고 리스타를 이용해서 한국을 성장시킬 수 있지 않겠습니까?"

"……."

"이것이 대통령의 전언입니다. 이것이 가장 중요한 말씀이지요."

"그렇습니까?"

이광의 얼굴에도 웃음이 떠올랐다.

"대통령께 고맙다고 말씀드려 주시지요."

"예, 회장님, 그러시면……."

"정치는 안 합니다."

이광이 웃음 띤 얼굴로 고개를 저었다.

"내 결심은 변하지 않습니다."

그때 김우진이 긴 숨을 뱉었다. 이제는 지친 것 같다.

저녁을 마치고 돌아가는 차 안에서 이광이 옆에 앉은 최경호에게 식탁에서 김우진과 한 말을 설명해 주었다. 그러자 최경호가 고개를 저었다.

"어떻게 기업을 국가가 이용하고 국가를 이용해서 기업을 키운단 말입니까? 사고방식이 잘못되었습니다."

"이것을 계기로 정권과의 관계가 좋지 않게 될 것 같은데."

혼잣말처럼 말한 이광이 최경호를 보았다.

"최 대표께서 잘 수습을 해 주셔야겠습니다."

"예, 회장님."

한숨을 쉰 최경호가 말을 이었다.

"최선을 다하겠습니다."

차 안에 잠깐 무거운 정적이 덮였다.

그때 이광이 안학태에게 물었다.

"시에라리온은 어떻게 되었나?"

다시 하루가 지난 두 번째의 밤, 찰스 테일러의 거처에 접근한 지 두 번째가 된다는 말이다. 강정규가 고개를 들고 간부들을 둘러보았다.

"30분 후 출발이다."

둘러앉은 간부들의 눈동자만 번들거리고 있다. 오늘까지 네 번 침투 연습을 했고 도상 연습은 열 번도 더 했다. 오늘 오후 3시에 라이베리아군은 마침내 실바의 사단을 향해 서진(西進)을 시작했다. 7시에 전진을 멈춘 실바군과의 거리는 6킬로. 내일이면 양군은 전쟁에 돌입할 것이다. 오후 9시 반이다. 강정규가 말을 이었다.

"테일러 주변을 깨끗이 소탕해라. 아무도 살려 두면 안 된다."

"알겠습니다."

간부들이 제각기 대답했을 때 강정규가 손목시계를 보면서 지시했다.

"자, 10시 정각에 출동이다. 각자 돌아가서 대기하도록."

간부들이 일어서자 강정규가 고개도 들지 않고 말했다.

"끝나고 만나자."

이곳은 산중턱의 바위틈이다. 테일러의 거처와는 직선거리로 7백여 미터. 어제보다 더 접근해 온 위치다. 간부들이 사라졌을 때 강정규조(組)의 부조장 격인 백명수가 물었다. 백명수는 손에 샘(SAM) 미사일 발사 장치를 쥐고 있다.

"사장님, 동굴 안에서 미사일이 폭발했을 때 무너지지 않았다면 들어가서 확인해야 될 것 아닙니까?"

강정규가 대답하기 전에 백명수가 제 말에 제가 대답했다.

"확인시키겠습니다."

찰스 테일러, 오늘도 거처 아래쪽 2숙소에서 여자 둘과 셋이 어울리고 있다. 여자 둘은 백인. 테일러는 이미 술에 취한 상태였고 여자 둘은 알몸이다.

"너희들, 춤을 춰 봐라."

테일러가 술잔을 들고 말했다.

"잘 추는 놈은 내가 백 불을 주지."

"좋아요."

여자 하나가 일어서더니 음악에 맞춰 춤을 추기 시작했다. 탁자에 놓인 녹음기에서 음악이 흘러나오고 있다.

"옳지."

흥이 난 테일러가 손뼉을 치면서 장단을 맞춘다. 오후 11시, 오늘은 라이베리아군이 진격을 시작한 날이어서 테일러는 조금 전까지 모하비츠하고 통화를 했다. 이곳은 동굴 안쪽으로 바깥 소음은 전혀 들리지 않는다. 그러나 커튼으로만 방 입구가 가려져 있기 때문에 방의 소음은 밖으로 들린다.

"오늘은 위장 숙소에 들어와 있군."

동굴이 내려다보이는 절벽 위에 엎드려서 강정규가 말했다. 동굴과의 거리는 180미터. 입구가 머리통만 하게 보였지만 어둠 속이어서 흐리다. 희미하게 안에서 불빛이 흘러나왔고 동굴 주위에는 약 20명가량의 경비병이 있다. 4명씩 5개 조다. 옆에 엎드린 백명수가 말했다.

"거리가 너무 멉니다. 아래로 내려가야 합니다."

그러나 아래쪽은 높이가 30미터 정도의 낭떠러지다. 90도 경사로 발디딜 틈도 없어서 떨어지면 바위에 박살이 난다.

강정규가 고개를 흔들었다.

"이곳에서 3기의 샘으로 갈긴다고 해도 거리가 멀어. 실수하면 우리가 당해."

"그렇죠. 실패하면 집중 공격을 받습니다. 제가 내려가겠습니다."

백명수의 두 눈이 번들거리고 있다. 샘의 유효 사정거리는 150미터인 것이다. 절벽 아래로 내려가면 거리가 40미터쯤 가까워진다. 경비병은 절벽 쪽에는 감시를 세우지 않았는데 짐승도 내려오기 힘든 지형이었기 때문이다. 강정규가 손목시계를 보았다. 11시 15분이다. 제2조, 3조가 이미 좌우의 목표 지점에 도착했을 것이다. 강정규가 고개를 끄덕였다.

"좋아, 내 허리에 로프를 매어라."

"예?"

놀란 백명수에게 강정규가 말을 이었다.

"내가 아래로 내려가 쏠 테니까 내 등에 미사일 2개를 묶어 줘. 나 혼자 내려가겠다."

"안 됩니다."

고개를 저은 백명수가 강정규의 팔을 쥐었다.

"사장님이 내려가실 수는 없습니다. 제가 내려가지요."

"위에서나 아래서나 마찬가지야. 로프!"

강정규가 단호한 목소리로 지시했다.

"내가 쏘는 것을 신호로 위에서 일제히 사격하도록. 내 미사일이 터지면 목표가 확실하게 보일 거다."

"그럼 조수 두 명을 데려가시지요."

"좋아."

그때 백명수가 옆쪽의 대원을 손짓으로 불렀다.

"너, 이리 와! 너도!"

"서둘러라!"

강정규가 말하자 대원들이 서둘렀다. 로프로 강정규의 허리를 묶고 아래로 떨어뜨리려는 것이다.

테일러의 경비대장 타이슨이 동굴 입구에 서서 주위를 둘러보았다. 타이슨의 시선이 왼쪽 절벽을 스치고 지나갔다가 돌아왔다. 타이슨이 절벽을 눈으로 가리키면서 옆에 선 부하에게 물었다.

"저기 절벽 위에 사람 다니는 길이 있던가?"

"없습니다."

부하가 고개까지 저으면서 말했다.

"절벽 위도 가팔라서 짐승도 다니지 못합니다."

타이슨도 낮에 절벽 위의 엉킨 잡목 숲을 보았기 때문에 시선을 돌렸다. 오늘은 날씨가 흐려서 별도 떠 있지 않았고 어둠이 짙게 깔려 있다.

찰스 테일러는 침대에 누운 두 여자를 내려다보았다. 술기운이 번진 테일러의 두 눈은 붉게 충혈되어 있다. 손에 쥐고 있던 술병을 내려놓은 테일러가 어깨를 부풀리며 웃었다. 이때가 테일러에게 가장 행복한 순간이다.

절벽 밑까지 내려오는 데 1분이 걸렸다. 먼저 강정규가 대원 하나와 같이 내려왔고 나머지 대원이 5분쯤 늦었다. 로프가 모자랐기 때문이다. 재빨리 절벽 아래쪽의 위치를 확보한 강정규가 샘의 적외선 조준경에 눈을 붙였더니 거리는 142미터가 되었다. 유효 사거리다. 이 거리에서는 10발 9중은 된다. 렌즈에 동굴 입구가 박혔다. 입구 좌우에 경비병 둘이 바위처럼 붙어 서 있었는데 자세가 잘되었다. 강정규는 침착하게 샘에 미사일 탄두를 장착하고는 어깨에 걸쳤다. 쪼그리고 앉은 자세, 앞에 바위를 엄폐물로 삼았고, 뒤에도 바위가 있어 안정되었다. 대원 둘은 좌우에 엎드려 각각 헤클러 앤 코흐 MP5를 쥐고 있다 30발 탄창을 끼어서 지근거리에서는 위협적인 자동 소총이다. 숨을 고른 강정규가 방아쇠에 손가락을 건 순간 문득 회장 이광의 얼굴이 떠올랐다. 이광을 저격했다가 실패한 것이 지금도 머릿속에 남아 있기 때문이다. 저도 모르게 입가에 쓴웃음이 번졌고 머리가 맑아졌다. 숨을 한 번 더 들이마신 강정규가 조준을 조금 높게 잡았다. 1밀리쯤이다. 여기서 1밀리는 동굴 앞에서는 50센티 차이가 날 것이다. 이광의 얼굴이 떠오른 덕분에 위치를 고쳤다.

다음 순간 강정규가 방아쇠를 가볍게 당겼다, 그러나 힘 있게.

"쉑!"

낮은 발사음이 울리더니 미사일이 발사되었다. 둔중한 미사일이 뿜어져 나가는 것이 육안으로도 보인다. 옆에 엎드린 대원들이 숨을 죽였고 강정규가 참았던 숨을 내뿜었을 때 미사일이 동굴 입구의 한복판으로 빨려 들어갔다.

마지막으로 팬티를 벗어 던진 테일러가 튀어나온 배를 출렁거리면서 침대로 다가갔다. 백인 여성 둘이 테일러를 쳐다보고 있다. 그때 테일러는 옆쪽이 환해지는 느낌을 받았다. 그뿐이다.

"번쩍."

테일러는 흰 빛줄기만 보았다. 소리도 듣지 못하고 통증도 없다. 몸뚱이가 빛과 함께 허공으로 뜬 것 같다. 그러고는 의식이 달아났다. 왜냐? 온몸이 수천 조각으로 흩어졌으니까.

"꾸꽈꽝!"

폭음과 함께 불줄기가 동굴 밖으로 쏟아져 나오면서 타깃이 선명하게 드러났다. 입구에 서 있던 경비병이 충격에 앞으로 내동댕이쳐졌다. 그때다. 절벽 위에서 두 줄기의 미사일이 동굴로 뻗어 들어갔다.

"꾸꽈꽈꽝!"

화염을 뿜는 동굴이 목표라 미사일 두 발도 여지없이 안에서 폭발했다.

"됐다!"

강정규가 소리쳤다. 정찰한 결과 앞쪽 동굴이 테일러의 제2 은신처다. 그리고 테일러는 침소에 측근 경비 4개 조를 데리고 다닌다는 것까지 알아낸 것이다.

다시 미사일 한 발이 장전되었고 이번에는 경비조를 향해 겨누어졌다.

"쉭!"

미사일이 기운차게 날아간다. 성공이다.

"엣! 찰스 테일러가?"

놀란 후버가 들고 있던 커피 잔을 내려놓았다. 뉴욕, 맨해튼의 안가(安家) 안. 앞에 앉은 사내는 해외작전국장 겸 부장보 윌슨이다. 윌슨이 말을 이었다.

"예, 작전 지휘를 한다고 국경 근처의 임시 지휘소에 머물다가 폭사했습니다."

"폭사?"

"예, 부장님. 동굴 안에서 미사일을 맞았습니다. 시체를 찾았는데 머리통만 남아 있었다고 합니다."

"갓댐. 뭐로 맞은 거야?"

"지대지 미사일 샘(SAM)입니다."

"썬오버비치. 누구야? 이번에도 리스타인가?"

"그럴 가능성이 많습니다."

그때 후버가 파이프를 집더니 파이프용 담배를 담기 시작했다. 윌슨이 그것을 유심히 본다. 담배를 눌러 담는 동작으로 후버의 심리 상태를 나름대로 측정해 왔기 때문이다. 누르는 힘이 보통이다. 놀라는 시늉은 했지만 이 늙은 여우는 충격을 받지 않았다. 그때 후버가 고개를 들고 윌슨을 보았다.

"그 강도 놈, 잘 죽었어."

"예, 부장님."

"라이베리아는 누가 정권을 잡을 것 같나?"

"지금 시에라리온에 진출한 모하비츠가 가장 유력합니다."

"음, 그놈, 테일러의 심복이었지."

"우리 요원한테서 매달 3만 불씩 받아 왔습니다."

"그놈이 바로 부대를 돌릴까?"

"돌리기가 힘들어서 시에라리온군(軍) 실바한테 휴전 제의를 했다고 합니다. 방금 들어온 정보입니다."

"제멋대로 들어가서 제멋대로 휴전 제의를 해? 그래서?"

"실바가 어떻게 나왔는지는 아직 모릅니다, 부장님."

"어쨌든 리스타 놈들, 또 해냈군."

이번에는 파이프용 담배가 꾹꾹 눌러졌다. 담배를 다 채웠는데도 힘주어 누르기만 한다. 눈을 치켜뜬 후비가 일손을 보았다.

"그, 암살조는 지금도 카이로에서 빌빌거리고 있는 거냐? 카이로 말이야."

"예, 권철을 찾고 있습니다."

"네 소속 기동대 연락관은 리스타에 당한 거지?"

"카이로 지부에서 조사 중입니다."

"그것도 리스타야."

"……."

"리스타하고 주고받는 셈이니까 됐어. 한쪽이 일방적으로 부담만 지면 거북하지. 그리고 그 죽은 놈, 앞뒤 분간을 못 할 놈 같더군. 부국장보급이 묵는 호텔에 떡 들어가다니."

"……."

"다음부터는 받아 내, 네가."

"예, 부장님."

"테일러 그 강도 놈은 리스타가 우리 대신 잘 처리했군. 이것으로 전화위복이 되었어."

"예, 잘된 일인 것 같습니다."

"그, 새로 정권을 잡을 놈, 미리 만나 봐, 윌슨."

"예, 알겠습니다."

윌슨이 자리에서 일어섰다.

방을 나온 윌슨이 기다리고 있던 보좌관 뉴튼에게 말했다.

"뉴든, 영감이 브라운 사건을 눈치챈 모양이다."

긴장한 뉴튼의 표정을 본 윌슨이 쓴웃음을 지었다.

"나한테 리스타하고 주고받는 것이라고 하는군. 우리가 부담만 주면 곤란하다고 말이야."

"국장님, 오리발을 분명히 내보이시지 그랬습니까?"

"난 대답 안 했어."

목소리를 죽인 윌슨이 복도를 걸어 현관으로 나오면서 말을 이었다.

"영감한테 말을 길게 하면 백발백중 눈치를 채. 그러니까 영감 앞에서는 말을 줄이는 것이 낫다."

"알겠습니다."

"카이로의 저격조를 불러들이도록 해. 저격조를 보냈다는 것으로 리스타에 경고를 주었으니까 말이야."

"알겠습니다."

다가온 승용차에 오르면서 윌슨이 혼잣소리를 했다.

"브라운 그놈이 건방만 떨지 않았다면 살아서 돌아왔을 거야."

강정규가 실바의 부대에 들어섰을 때는 오후 4시 반. 그때는 실바의 사단에 제1사단 병력까지 합류한 상태였고 사단장 김형근도 기다리고 있었다.

"수고하셨습니다."

부대 앞에서 기다리고 있던 김형근과 실바가 반색을 하며 다가와 강정규에게 인사를 했다.

"전쟁을 끝내고 오시는군요."

실바가 먼저 전공을 축하했다. 강정규는 20명의 미사일 부대를 이끌고 사상자도 없이 귀대한 것이다. 미사일만 퍼붓고 온 전쟁이었다. 사단장 막사로 다가가면서 실바가 말을 이었다.

"조금 전 네 번째 휴전 제의가 왔습니다. 우리가 대답하지 않은 것이 불안한 모양입니다."

오는 도중에 무전으로 보고를 받은 터라 강정규는 머리만 끄덕였다. 테일러가 동굴에서 폭사하고 나서 두 시간쯤 후인 오전 2시경에 시에라리온에 진출한 라이베리아군 사령관 모하비츠가 보고를 받았던 것이다. 모하비츠는 오전 3시경에 실바의 사령부에 무전으로 휴전을 제의했다가 대답이 없자 4시에 다시 한 번, 오전 10시에 한 번, 그리고 조금 전까지 네 번째 휴전 제의를 한 것이다.

사령관실로 들어선 강정규가 웃음 띤 얼굴로 장군들을 보았다. 강정규가 최고 지휘관이다. 어느덧 품위도 갖춰졌고 눈빛이 부드러웠지만 관록도 드러났다.

"라이베리아군(軍) 처리에 대한 대책을 상의해 봅시다."

싸우지도 않았는데 항복한 적군에 대한 처리 방법을 말하는 것 같다.

이광이 안학태의 보고를 받았을 때는 그로부터 20분쯤 후다. 이곳 랜드의 시간은 오전 1시. 침실에 있던 이광이 응접실로 나와 보고를 듣는다.

"지금 지시를 기다리고 있습니다."

안학태가 긴장한 표정으로 이광을 보았다.

"이 상황에서 라이베리아군(軍)을 격파하고 여세를 몰아서 라이베리아까지 점령할 수도 있다는 것입니다."

"……."

"지금 시에라리온 2사단, 기갑여단까지 모두 합류해 온 상태이고 전력은 물론 사기까지 압도적으로 우세한 상황입니다."

"……."

"해밀턴도 조금 전에 연락이 왔는데 회장님이 결정하시면 미국 측에 연락해서 납득시킬 수도 있다고 했습니다."

그때 고개를 든 이광이 벽에 붙은 대형 세계지도를 보았다. 별장 안은 조용해서 파도 소리가 들려왔다.

"강 사장, 시에라리온 기반부터 닦기로 하지. 휴전 제의를 받아들이도록 해."

해밀턴의 목소리가 수화구에서 이어졌다.

"그렇다고 국경을 넘어 침입해 온 라이베리아군을 그냥 보낼 수는 없어. 기갑연대의 장갑차와 장비, 야포와 포탄까지 모두 놔두고 병사들만 철수시키도록 하게."

"예, 사장님."

강정규가 바로 대답했다.

"적절한 대가입니다. 지금 바로 조치하겠습니다."

그로부터 한 시간 후, 라이베리아군 사령관 모하비츠가 눈을 치켜뜨고 참모들에게 물었다.

"어떻게 생각하나? 이놈들이 우리한테 항복하라는 말 아니냐?"

둘러앉은 참모들이 얼른 입을 열지 않았기 때문에 모하비츠의 검은 얼굴이 일그러졌다.

"거부하고 곧장 진격하는 것이 어때?"

"……."

"전력은 막상막하다. 아니, 본국에서 응원군이 오면 우리가 유리하지 않은가?"

그때 참모들이 서로의 얼굴을 보았다. 불가능한 일이다. 본국에 육군 3개 사단이 있지만 테일러가 죽은 마당에 모하비츠의 지시를 받겠는가? 오히려 본국의 군 지휘관 중 하나가 정권을 잡을 가능성이 많다. 그렇게 되면 모하비츠는 끈 떨어진 연 신세가 되어서 어디에 처박히게 될지 알 수 없다.

"말을 해 봐!"

마침내 모하비츠가 소리쳤을 때 작전참모 세유토 대령이 입을 열었다.

"본국으로 서둘러 철수하는 것이 낫습니다. 이제 전쟁의 명분이 없어졌으니까요. 누구를 위해 싸운다는 겁니까?"

모두 숨을 죽였다. 세유토는 테일러가 모하비츠의 진격군에 심어 놓은 심복이었기 때문이다. 세유토가 말을 이었다.

"기갑연대 장비를 다 내주고 철수하지요. 서둘러야 됩니다. 시간을 더 끌다가 본국에서 누가 정권을 장악하면 우린 모두 죽은 목숨입니다."

그때 모하비츠가 고개를 들었다. 마치 이 말을 기다린 것 같다.

"좋다. 저쪽에다 연락해, 넘기겠다고."

과연 기갑연대 장비 걱정할 상황이 아닌 것이다. 테일러가 폭사한 지금 서둘러 돌아가 정권을 잡아야만 산다.

오전 10시, 랜드의 별장에서 이광이 권철을 만났다. 응접실로 들어선 권철이 이광을 향해 절을 했다. 안학태와 함께 앉아 있던 이광이 고개를 끄덕이며 눈으로 앞쪽 자리를 가리켰다.

"수고했다. 거기 앉아."

"예, 회장님."

권철이 앞쪽 자리에 앉았을 때 현지인이 앞에 마실 것을 내려놓고 물러갔다. 권철은 어젯밤에 도착한 것이다. 대원들도 모두 도착해서 휴식 중이다. 커피 잔을 든 이광이 권철을 보았다.

"네가 암살 타깃이 되었지만 지금은 해제되었어."

권철은 고개만 숙였고 이광이 말을 이었다.

"그동안 고생 많이 했다."

"아닙니다, 회장님."

"쿠웨이트가 이제는 복구 작업에 전력투구하고 있어. 우리가 그 복구 작업을 맡았기 때문에 총괄할 사람이 필요하다."

그때 이광이 안학태에게 말했다.

"설명해 줘."

그러자 안학태가 권철을 향해 돌아앉았다.

"쿠웨이트 핫산 왕세자가 리스타에 복구 작업 일체를 위임했어. 수입뿐만이 아니라 파괴된 도시 건설 사업까지 포함한 엄청난 사업이야."

안학태가 말을 이었다.

"군(軍)의 개편과 장비까지 재정비하는 거야. 군산연도 다시 개입될 테니까 경험이 많은 자네가 적당하다고 회장님이 결정하셨어."

"감사합니다."

고개를 숙여 보인 권철이 이광을 보았다.

"열심히 하겠습니다."

"쿠웨이트 법인 사장을 다시 맡아라."

이광이 가라앉은 시선으로 권철을 보았다.

"핫산 왕세자가 네 이야기를 했더니 관심이 많았다."

"그것 참."

쓴웃음을 지은 후버가 앞에 앉은 윌슨과 아프리카 담당 부국장 피어슨을 번갈아 보았다. 오전 11시 반, 이곳은 버지니아 랭글리의 CIA 본부 부장실 안. 후버가 오늘은 양복을 말끔하게 갖춰 입고 있다. 오후 2시 반에 대통령 부시와 면담 일정이 잡혀 있기 때문이다.

"부시가 재미있게 듣겠군. 이런 스토리를 좋아하는 인간이니까 말이야."

투덜거리듯 말한 후버가 피어슨에게 다시 물었다.

"라이베리아 기갑연대가 병사들만 빠져나왔단 말이지?"

"예, 시에라리온 병사들에게 장비를 다 인계해 주고 빠져나온 것입니다."

피어슨이 마치 제가 공이라도 세운 것처럼 상기된 얼굴로 말을 이었다.

"장비를 훼손하고 넘겨줄 수도 있으니까요. 그래서 모든 장비를 직접 인계받았다고 합니다."

"얼마나 돼?"

"예, 탱크가 1개 중대분 18대, 장갑차 1개 대대분 85대, 포병이 1개 대대로 아포가 45문, 전투 지프가 1개 대대분 127대, 기타 탄약과 폭탄 등이 실린 트럭이 36대 분량입니다."

듣고 있던 후버의 입이 점점 커지더니 말을 마쳤을 때 긴 숨이 뿜어졌다.

"엄청난 전리품이군. 그것으로 시에라리온군 전력이 엄청나게 늘어났겠다."

"시에라리온에 기갑여단이 2개 생긴 셈이 됩니다. 이제 전력이 라이베리아군을 압도합니다."

"그 병신 같은 테일러 놈이 저질러 놓은 것이지. 잘 죽었어."

고개까지 저은 후버가 이번에는 윌슨을 보았다.

"모하비츠는 돌아갔나?"

"예, 빠릅니다."

윌슨이 바로 대답했다.

"1개 기갑연대 병력만 이끌고 회군해서 몬로비아에 들어갔습니다. 본국에 남은 군부대들이 정권을 잡기 전에 선수를 친 것이지요."

"그럼 모하비츠가 장악한 건가?"

"몬로비아에서 보고가 들어오고 있지만 모하비츠가 장악하는 데 문제가 없을 것 같습니다. 계엄령을 선포했고 계엄사령관이 되었으니까요."

"이젠 별놈이 다 정권을 잡는군."

다시 투덜거린 후버가 윌슨을 보았다.

"시에라리온군(軍)이 그대로 밀고나가지 않은 건 이광의 지시 때문이겠지?"

"물론입니다."

윌슨이 말을 이었다.

"이번에 테일러를 폭사시킨 것이 리스타 시에라리온 법인 사장 강정규가 이끄는 특공대였다고 합니다."

"빌어먹을 놈들."

후버가 욕을 했지만 쓴웃음을 띤 얼굴이다.

"그놈들은 리스타 테러단이라고 불러야 돼. 테러단 중에서 가장 뛰어났다니까."

그것을 CIA가 이용하고 있는 것이다.

방으로 들어선 윤서인이 똑바로 강정규를 보았다. 대통령궁의 자문관 집무실 안, 오후 5시 반. 강정규는 방금 집무실로 들어왔다 시에라리온군(軍)이 라이베리아군 기갑연대 장비를 인수해 온 것까지 확인하고 먼저 돌아온 것이다.

"아, 내가 바빠서……."

강정규가 웃음 띤 얼굴로 자리에서 일어섰다.

"연락 못 해서 미안해."

그때 윤서인이 강정규에게 서류를 내밀며 말했다.

"결재 서류가 밀렸습니다."

"거기 앉아."

서류를 받아 든 강정규가 눈으로 소파를 가리켰지만 윤서인은 앉지 않고 말을 이었다.

"다행히 전쟁이 일어나지 않고 끝났지만 정부가 산만합니다. 서둘러 바로 잡아야 합니다."

"윤서인 씨."

"저, 짐 옮겼어요."

한 걸음 물러선 윤서인이 외면한 채 말했다.

"그러는 것이 나을 것 같아서요."

"내가 미리 이야기 안 해서 미안한데."

"돌아가겠습니다. 결재해 주시죠."

윤서인이 몸을 돌렸을 때 강정규가 심호흡을 하고 나서 자리에 다시 앉았다. 문이 닫히고 방에 혼자 남았을 때 강정규의 얼굴에 쓴웃음이 번졌다가 곧 원상으로 회복되었다.

그로부터 한 시간 후에 카모 대령이 강정규를 찾아왔다. 강정규는 대통령궁 경비대장 윤석과 둘이 기다리고 있었는데 카모가 보고할 것이 있다면서 면담 신청을 한 것이다. 카모는 경비대 부대장으로 전(前) 대통령 아지스의 재산 관리인 역할을 하다가 강정규와 합류한 인물이다. 그 공로로 카모는 프리타운 북쪽의 얀타주 지사로 승진했다.

"안녕하셨습니까, 자문관 각하."

절도 있게 경례를 한 카모가 윤석에게도 인사를 하더니 앞쪽 자리에 앉았다. 강정규는 웃음 띤 얼굴로 카모를 맞았다. 카모가 은닉시켰던 아지스의 재산은 어마어마했다. 현금, 채권, 보석, 다이아몬드까지 합친 재산의 가치는 35억 불 가깝게 되었던 것이다. 그 재산이 지금 시에라리온 경제 발전을 위하여 사용되는 중이다. 그때 카모가 입을 열었다.

"각하, 드릴 말씀이 있습니다."

강정규는 고개만 끄덕였고 카모가 말을 이었다.

"대통령 각하에 대한 일입니다."

"아지스 말인가?"

"아니, 현 대통령 각하 말씀입니다."

강정규는 듣기만 했고 카모가 말을 이었다.

"제가 지사로 있는 얀타주에 금광이 네 곳 있습니다."

"그런가?"

"그런데 그 금광 세 곳의 소유권이 지난주에 바뀌었는데 제가 조사를 해 보니까 대통령 각하가 배후에 있습니다."

강정규의 시선과 마주친 카모가 어깨를 늘어뜨렸다.

"금광 소유권은 광업부에서 승인을 해 주는데 광업성 장관에게 대통령이 직접 지시를 했다는 것입니다."

"……."

"세 곳의 소유권은 프랑스계 회사인데 지난 7년간 그곳을 운영하다가 이번에 다시 7년간 연장이 된 것이지요."

"……."

"경쟁 입찰이 되어야 하는데 광업성에서는 대통령 지시로 조건이 좋은 경쟁자를 젖혀 놓고 프랑스 회사로 소유권을 연장시켜 준 것입니다."

"증거가 있나?"

마침내 강정규가 묻자 카모가 테이블에 서류와 녹음테이프를 내려놓았다.

"제가 프랑스계 회사 직원한테서 증언을 받았습니다. 여기 진술서와 진술 녹음이 있습니다."

강정규가 그것을 쳐다만 보았고 카모는 말을 이었다.

"저도 놀랐습니다. 금광 1개당 3백만 불씩 9백만 불을 받았고 스위스 은행의 대통령 계좌로 보냈습니다."

"……"

"프랑스 업체에서 대통령에게 먼저 접근을 했는데 전에도 아는 사이였다는 것입니다. 대통령이 차관이었을 때부터 매월 1만 불씩 생활비를 보냈다는군요."

"……"

"대통령 아들이 미국 유학을 가 있는 동안 아들한테도 매월 1만 불씩 보냈다는 것입니다."

"흐린 물에서 살면 어쩔 수 없는 법이지."

마침내 강정규가 혼잣소리처럼 말했다. 한국말이어서 윤석만 알아듣는다. 고개를 든 강정규가 카모를 보았다.

"지사, 수고했어. 당신 충성심을 인정하네."

강정규가 말을 잇는다.

"이 나라에는 지사 같은 사람이 필요해."

카모가 방을 나갔을 때 윤석이 강정규에게 말했다.

"카모가 충성심을 인정받고 싶은 것 같습니다."

"그럴까?"

고개를 든 윤석이 강정규를 보았다.

"아닙니까?"

"카모가 아지스의 재산 일부를 내놓지 않았어."

"무슨 말씀입니까?"

"우리는 카모의 진술에 의해서만 아지스의 재산을 회수했어. 그렇지?"

"그렇긴 합니다."

"우리 법인 기조실의 감사반에서 카모가 밝히지 않은 아지스의 재산을 찾아냈어. 아지스의 사촌 별장에 숨겨 둔 금괴인데 2억 불 물량이다."

강정규의 얼굴에 쓴웃음이 번졌다.

"얀타주에 있는 호숫가 별장이야. 사촌 가족은 지난번 아지스 숙청 때 사살되었지. 카모가 경비대를 데려가 가족을 다 죽였어. 반항했기 때문이라더군."

"……."

"은밀히 조사해 봤더니 반항도 하지 않았는데 다 죽였어. 금괴에 대해서 아는 사람을 없애려는 짓이었지."

"믿을 놈이 하나도 없군요."

"이렇게 충성심을 보이다가 외국으로 도주할 것 같다."

"금괴를 감사반에서 어떻게 알았습니까?"

"아지스의 친척이 많아. 우리 감사반은 수사관 출신들이 많고."

"어떻게 하실 겁니까?"

"금괴는 도망가지 않아. 카모만 출국시키지 않으면 돼."

"카모하고 대통령까지 같이 치워 버리고 새 출발을 하지요."

윤석이 정색하고 말을 잇는다.

"새 술은 새 부대에 담아야 합니다."

"무슨 술이냐, 물이라고 해라."

농담처럼 말했지만 강정규의 얼굴도 어느덧 굳어 있다. 전쟁을 마치고 왔더니 안에서 썩은 종기가 터진 것 같은 상황이다. 강정규가 고개를 끄덕였다.

"좋아, 이렇게 나가면 국민만 불쌍해진다. 서둘러야겠다."

“어떻게 하는 것이 낫겠나?”

이광이 둘러앉은 간부들에게 물었다. 이곳은 시내 리스타빌딩의 회장실 안, 둘러앉은 간부들은 해밀턴, 안학태, 조백진이다. 지금 간부들은 안학태로부터 시에라리온 상황을 들은 것이다. 라이베리아군으로부터 기갑연대 장비를 인수받은 것부터 반타 대통령과 카모에 대한 이야기다. 그때 먼저 해밀턴이 입을 열었다.

“반타는 당분간 놔두고 감시하는 것이 낫겠습니다. 그놈 실체를 파악한 이상 어디로 도망갈 수는 없을 테니까요. 그놈 대행 역할을 할 인사도 없으니까 기반을 굳히고 나서 제거하지요.”

이광이 고개만 끄덕였을 때 이번에는 조백진이 나섰다.

“카모는 잡아서 은닉한 재산을 회수하는 것이 낫지 않겠습니까?”

“그래야겠지요.”

안학태가 동의했다.

“그놈 덕분에 반타 정체를 알게 되었지만 그런 놈은 빨리 제거하는 것이 낫습니다.”

다시 이광이 고개만 끄덕이자 해밀턴이 정리했다. 강정규는 해밀턴의 직접 지시를 받는 것이다.

“그럼 강정규에게 지시하겠습니다.”

해밀턴이 확인하듯 말했을 때 안학태가 이광에게로 고개를 돌렸다.

“시에라리온 개발이 속도를 내는 중인데 내부에서 문제가 있는 것 같습니다.”

“무슨 일이야?”

이광이 묻자 안학태가 헛기침을 했다.

“법인의 기조실은 비서실 소속이기 때문에 저한테 보고가 들어옵니다.”

모두의 시선을 받은 안학태가 말을 이었다.

"법인 정책담당관이 휴가 신청을 내고 지금 한국으로 돌아갔습니다. 그런데 3개월 장기 휴가를 낸 겁니다."

"……."

"정책담당관은 법인장을 보좌하는 고위직이어서 법인장의 휴가 결재를 받아야 하는데 결재도 받지 않고 간 겁니다."

"누구야?"

이광이 묻자 안학태가 입맛을 다셨다.

"윤서인입니다."

"그렇군."

그때 해밀턴이 끼어들었다. 한국어 회의였고 해밀턴도 한국어에 유창하다.

"잠깐. 한국 여당에서 당 정책위원을 지낸 여자 아니오?"

"그래요."

"그 여자가 법인장하고 좋은 사이라고 들었는데, 무슨 문제가 있는 거 아니오?"

"과연 연합 사장이라 금방 아시는군."

안학태의 칭찬을 받은 해밀턴이 쓴웃음을 지었다.

"다 소문이 났을 텐데요, 뭘."

그때 안학태가 이광에게 말했다.

"그래서 한국에 연락을 해서 윤서인 씨를 만나 이야기를 듣도록 했습니다."

이광이 고개만 끄덕였기 때문에 회의가 끝났다. 카모 건만 결정된 셈이다.

"너희들을 쿠웨이트로 다시 데려간다."

권철이 말하자 모두 시선을 주었는데 모두 생기 띤 얼굴이다. 바닷가 사원 연수원의 회의실에 모인 대원은 모두 22명. 권철을 따라 지구를 헤집고 다닌 역전의 용사들이다. 그러니 권철의 눈빛만 봐도 다음 말을 알 정도는 되었다.

"내가 이번에는 '쿠웨이트 리스타 법인장' 겸 쿠웨이트 정부의 복구 담당관이 되었어. 그러니까 너희들도 제각기 다른 역할이 주어질 거다. 어때? 갈 테냐?"

"당연하지요."

옆쪽의 강재호, 이규석 등이 서둘러 대답했고 나머지 대원들은 환호성을 질렀다. 모두 권철의 복심이다. 수많은 전쟁을 치르면서 피로 맺어진 혈우(血友)가 된 것이다. 만족한 권철이 고개를 끄덕였다.

"좋아. 지난번 이라크군 점령 때 하다가 만 사업도 이번에는 크게 벌여야겠다."

"이번에는 엄청난 자금을 주무르게 될 거다."

간부들만 남았을 때 권철이 말했다.

"너희들도 쿠웨이트에 사업체 하나씩을 갖게 해 주마. 거기서 나오는 수입이 월급의 몇 배가 될 테니까."

모두 권철과 수십 번 생사고락을 함께한 전우인 데다 성격을 아는 터라 싱글벙글 웃는다. 권철이 말을 이었다.

"인생이 길어야 80년이야. 가만있어도 시간이 지나는 거다. 지나간 일들을 돌아보고 후회해 봐야 아까운 시간만 까먹게 돼."

그렇게 말하는 권철의 두 눈이 번들거리고 있다.

“새로 만들고 새로 즐겨야 돼. 어차피 죽는 인생, 바쁘게 살아야 한단 말이다.”

이것이 권철 자신에게 하는 말이었지만 모두 고개를 끄덕인다. 권철과 호흡이 맞기 때문인 데다 그 속뜻까지 아는 것이다.

오전 10시 반, 베트남 호치민 시간이다. 이곳은 베트남이 북베트남에 의해서 통일되기 전에 사이공이었던 도시다. 시내 중심부에 위치한 래디 안호텔의 특실 안, 랜드에서 날아온 정남희가 김기대로부터 보고를 받고 있다.

“구엔 총리가 기다리고 있습니다. 언제든지 연락만 하면 시간은 낸다고 했습니다.”

정남희가 고개만 끄덕이자 김기대는 말을 이었다.

“받아들일 준비는 되어 있습니다. 중국보다 조건이 좋고 정부를 믿을 만합니다, 사장님.”

“공무원들의 자세는?”

“융통성이 많습니다.”

“너무 많으면 곤란하지 않아?”

“예, 그렇습니다.”

김기대가 한숨부터 쉬었다.

“지금은 고위층이 서둘고 있어서 관리들이 나서지 않고 있지만 일단 기반을 굳혔을 때 접근해 올 것 같습니다.”

“그들을 걸러낼 방법은?”

“정권 실세들의 지원을 받고 있으면 심하게 대들지는 못할 것입니다.”

“고위층은 구엔 총리인가?”

"예, 구엔 총리가 최고 지휘관 역할이지만 그 위에 탑반동 주석이 있습니다."

"탑반동 주석은 업무에 관여를 하나?"

"거의 안 합니다. 베트남 국민의 정신적인 지주 역할을 합니다."

정남희가 고개를 끄덕였다. 탑반동 주석은 70세로 베트남의 최고 실권자다. 그러나 행정 업무는 구엔 총리가 책임지고 있는 것이다. 탑반동은 거의 외부에 모습을 나타내지 않는다. 정남희가 김기대를 보았다.

"좋아. 오늘 저녁에 구엔 총리하고 식사 약속을 잡아."

"예, 사장님."

"그리고 내일 낮에는 탑반동 주석하고의 면담 신청을 해."

"예, 사장님."

"가능하겠어?"

"언제든지 연락만 하면 시간을 맞추겠다고 했습니다."

김기대가 번들거리는 눈으로 정남희를 보았다.

"오늘 사장님이 오신다고 했기 때문에 기다리고 있을 것입니다."

특급 대우다. 지금까지 베트남 총리가 이렇게 외국 사업가를 만난 적이 없는 것이다. 그만큼 베트남에서는 리스타 사업체를 유치하려는 열망을 보이고 있다는 증거다. 정남희가 누구인가? 이광의 지시를 받고 10년 전 중국에 발을 디딘 후로 중국에 산업 기반을 건설해 준 공로자다. 훈장도 받았다. 그것을 베트남 측에서 모를 리가 없는 것이다.

구엔 총리는 후앙 경제산업장관과 함께 들어섰는데 웃음 띤 얼굴이다. 이곳은 호치민시 아시아호텔의 양식당 귀빈실 안. 정남희와 김기대가 자리에서 일어서 맞는다.

"리스타 베트남 법인장이십니다."

김기대가 구엔에게 정남희를 소개했다.

"오, 반갑습니다."

구엔이 정남희의 손을 잡으면서 눈을 가늘게 떴다.

"미인이십니다, 사장님."

"감사합니다, 각하. 정남희입니다."

정남희가 사근사근한 목소리로 대답했다. 후앙과도 인사를 마친 정남희가 원탁에 앉았다. 오후 7시다. 구엔은 둥근 얼굴에 머리가 반백으로 인상이 좋다. 종업원이 마실 것을 내려놓고 소리 없이 물러갔다. 먼저 구엔이 입을 열었다.

"조사를 하셨겠지만 베트남이 중국보다 조건이 나을 것입니다."

정남희는 시선만 주었고 구엔이 말을 이었다.

"우리는 리스타의 어떤 조건도 받아들일 것입니다."

"감사합니다."

"중국에서 철수한 후에 새로운 투자지를 찾으셨습니까?"

"아닙니다."

고개를 끄덕인 구엔이 정남희를 보았다.

"이 회장님이 중국의 등 위원장하고 절친한 사이시더군요."

정남희는 쳐다만 보았고 구엔의 말이 이어졌다.

"장쩌민 주석하고도 각별한 사이인 것으로 알고 있습니다."

"……."

"그래서 중국에 있던 사업체들을 무사히 철수하게 되셨겠지요."

정남희의 시선을 받은 구엔이 다시 빙그레 웃었다.

"앞으로 정 사장님이 원하시면 언제라도 제가 만나 드릴 수 있습니다."

"감사합니다."

정남희가 웃음 띤 얼굴로 대답했다.

"회장님께 그렇게 보고하겠습니다."

식사를 마쳤을 때는 오후 9시 반이 되어 있었다. 호텔 현관 앞에서 구엔 일행을 배웅한 정남희가 옆에 선 김기대에게 물었다.

"베트남은 엄청난 역동성을 지닌 국가야."

"예, 그렇습니다, 사장님."

김기대가 고개를 끄덕였다.

"전쟁이 끝나고 이제 17년이 되었습니다. 인구가 폭발적으로 늘어나서 노동력이 넘쳐나고 인구의 70퍼센트가 20세 미만입니다. 최상의 조건입니다."

"실무자인 장관은 식사 중에 한마디도 하지 않더군."

"거드름을 피웠다가 저한테 호되게 당했거든요."

정남희의 시선을 받은 김기대가 쓴웃음을 지었다.

"저한테 은근히 급행료를 요구했거든요. 보좌관을 시켜서 말했는데 총리를 만나는 데 10만 불이 필요하다고 했습니다."

"……."

"그래서 내가 직접 총리한테 연락을 하겠다고 했더니 놀라서 보좌관을 해임시켰습니다."

"……."

"그러다가 이렇게 된 것입니다."

정남희가 고개를 끄덕이며 말했다.

"당분간 투자 보류다."

숨을 들이켠 김기대를 향해 정남희가 말을 이었다.

"우리가 서둘 것 없어."

"알겠습니다."

김기대가 정색하고 정남희를 보았다.

"그럼 저도 철수하겠습니다."

결정은 정남희가 한다.

3장
군산연과의 회동

"아, 웬일이십니까?"

얀타주 지사실 안, 자리에서 일어선 카모가 윤석을 맞았다. 윤석이 카모를 찾아온 것이다, 오후 2시 반.

"앉으시지요."

카모가 자리를 권했을 때 윤석이 고개를 저었다.

"아니, 내가 시간이 없어서."

윤석이 고개를 돌려 뒤에 선 장교들을 보았다.

"체포해."

그때 장교들이 카모에게 다가가 손에 수갑을 채웠다. 그 순간 카모의 얼굴이 굳었다.

"아니, 왜 이러십니까?"

"대령, 너를 체포한다."

"무슨 혐의로 이러십니까?"

"반역 음모다."

"말도 안 됩니다."

"끌고 가."

윤석이 말하자 장교들이 카모를 양쪽에서 끌었다. 집무실 밖으로 나오자 기다리고 있던 호위대들이 움직였다. 윤석이 경비대를 이끌고 온 것이다.

그 시간에 강정규는 반타 대통령과 마주 앉아 있다. 이곳은 대통령 집무실 안, 강정규가 반타에게 물었다.

"각하, 얀타주의 금광 세 곳의 채굴권을 프랑스 업자한테 넘겨주셨습니까?"

"응? 금광? 나는 모르는 일인데?"

반타가 고개를 기울였다.

"그 이야기를 왜 묻소?"

"정보를 받았습니다."

강정규의 얼굴에 쓴웃음이 번졌다.

"각하께서 프랑스 업자들로부터 3백만 불씩 9백만 불을 받으셨더군요."

"……."

"아들이 유학 시절인 8년 동안에도 매월 1만 불씩을 받으셨고."

"……."

"그건 얀타주 지사 카모가 밝혀낸 것입니다. 그런데 조금 전 CIA를 통한 정보가 왔습니다."

"……."

"가타주, 마그란주의 금광, 다이아몬드 광산의 채굴권을 주겠다고 프랑스, 영국 업자들로부터 모두 2천 3백만 불을 받으셨어요."

"그건 오해요. 내가 요구한 것이 아니라 저쪽에서 먼저……."

"당신은 썩었어."

강정규가 의자에 등을 붙이면서 말했다.

"흐린 물에서는 깨끗한 물고기가 못 사는 법이지만 말이야."

"고문관, 내가 그 돈을 다 돌려줄 작정이오."

"대통령, 내가 당신의 전임 아지스를 쏴 죽였어. 그놈도 더러운 물고기였지."

고개를 든 강정규가 똑바로 반타를 보았다.

"내가 당신까지 쏴 죽여야 되겠소?"

"고문관, 살려 주시오."

반타가 핏발이 선 눈으로 강정규를 보았다. 검은 얼굴이 번질거리고 있다.

"나는 고문관이 시키는 대로 하겠소. 제발 목숨만은 살려 주시오."

자리에서 일어선 반타가 두 손을 모았다. 기도하는 자세다.

이번에는 한국에서 여당 대표 박만수가 왔다. 그리고 박만수와 함께 청와대 비서실장 유기영이 동행했다. 여당과 청와대의 최고위급 인사가 온 것이다. 함께 온 수행원이 40여 명이나 되었기 때문에 리스타랜드 시청에서는 그들에게 바닷가의 5층짜리 호텔을 통째로 제공했다.

오후 3시, 랜드에 도착한 지 2시간이 지났을 때 박만수에게 리스타그룹 비서실장 안학태가 찾아왔다.

"어서 오십시오."

안학태와 안면이 있는 박만수가 웃음 띤 얼굴로 맞았다. 박만수는 58세, 5선 의원으로 당 대표가 된 지 2년. 대통령 김원국의 의중을 가장 잘 알고 있는 최측근이다. 지난번 다녀간 김우진은 박만수의 심복으로 분류된다.

안학태는 보좌관을 대동했고 곧 호텔의 회의실로 들어가 박만수와 마주 앉았다. 박만수는 유기영과 둘이다. 보좌관도 참석시키지 않았다. 그만큼 비밀을 지키려는 것이다.

"내가 죽겠습니다."

박만수가 고개까지 저으며 이맛살을 찌푸리더니 옆에 앉은 유기영을 가리켰다.

"여기 계신 유 실장도 머리가 한 움큼씩 빠지고 있답니다."

유기영의 얼굴에 쓴웃음이 번졌다.

"내가 곧 대머리가 되겠습니다."

그러나 유기영은 이미 반 대머리다. 그때 안학태가 정색하고 묻는다.

"아니, 무슨 일이 있습니까?"

"아시면서."

한숨을 쉰 박만수가 말을 이었다.

"이번에 회장님을 꼭 설득시켜야겠습니다. 그러지 못하면 내가 당 대표직을 내려놓아야 합니다."

안학태가 쓴웃음만 지었고 박만수의 말이 이어졌다.

"지금 국가 운명이 기로에 서 있어요. 흥하느냐 망하느냐의 기로란 말입니다."

"그럴 리가 있습니까?"

"아니 사실이오. 농담이 아닙니다."

"우리 회장님과 무슨 상관이 있습니까?"

"회장님께서 도와주시지 않으면 우리나라는 망합니다."

그때 안학태가 정색하고 박만수, 유기영을 번갈아 보았다.

"제가 회장님을 대리해서 왔습니다. 회장님께서는 정치에 참여하지 않으십니다. 결심이 변하지 않으십니다."

"회장님을 만나게 해주시오."

유기영이 말을 이었다.

"내가 대통령 말씀을 직접 전해 드리려는 겁니다."

안학태의 시선이 유기영, 박만수를 차례로 스치고 지나갔다. 회장을 만나게는 해야 될 것이다.

안학태의 보고를 들은 이광이 고개를 돌려 바다를 보았다. 바닷가의 별장 베란다에 앉은 이광의 표정은 무겁다. 한동안 바다를 보던 이광이 물었다.

"내 효용 가치는 뭐야?"

"지명도와 때 묻지 않은 회장님의 경력이지요. 민정당은 회장님을 대통령 후보로 내세우면 승리할 것입니다."

"내가 거부하면 어떻게 될 것 같나?"

"순순히 물러날 것 같지 않습니다."

안학태가 말을 이었다.

"그들의 생사가 걸린 일이니까요."

"그들이라니, 누군가?"

"민정당입니다."

그러고는 안학태가 덧붙였다.

"국민은 아닙니다."

이광의 시선을 받은 안학태가 쓴웃음을 지었다.

"그들은 국민을 대변한다고 믿고는 있습니다."

"순순히 물러나지 않으면 어떻게 나올 것 같나?"

"리스타 한국 본사에 대한 압력입니다."

"……."

"세무조사를 시키면 한국 본사가 문을 닫게 될 가능성도 있습니다."

"탈세를 했단 말인가?"

"탈세한 것은 없습니다만 얼마든지 위법 사실을 적발해낼 수가 있지요."

"……."

"회장님에 대한 소환, 악성 루머 살포, 국민들은 쉽게 속아 넘어갑니다."

"……."

"그리면 귀국할 수 없을지도 모릅니다."

"그 정도로 악랄한가?"

"회장님이 경쟁 당인 신민당의 손을 들어주신다면 다 망하게 되니까요."

"그렇겠군."

이광의 얼굴에 쓴웃음이 번졌다. 신민당은 제1야당으로 의석수 120석이다. 지난번에 의석수 154석인 민정당에게 밀려 대통령도 빼앗겼지만 지금은 절치부심하고 대선후보 최기성을 내세워 일찍부터 전력투구하고 있다. 그때 안학태가 말을 이었다.

"지금 민정당 당 대표가 이곳에 와 있다는 것을 신민당 측에서도 알고 있을 것입니다."

바닷가 별장의 저녁 만찬에 초대된 인사는 박만수와 유기영, 그리고 대변인 서영혜다. 서영혜는 초선의원이지만 사회활동을 많이 했고 대학의 정치학과 교수이며 미국에서 박사학위를 받았다. 더욱이 미모인 데다 날카로운 말솜씨로 인기가 많은 여자다. 38세, 사회생활에 방해가 된다고 결혼도 하지 않았다는 소문이 났다.

오후 7시, 식당으로 들어선 셋을 이광이 맞는다. 이광은 안학태와 둘이다.

"잘 오셨습니다."

박만수 일행과 인사를 나눈 이광이 원탁으로 안내해서 자리에 앉았다. 원탁에는 이미 한정식 요리가 차려져 있다. 랜드의 발전상과 날씨, 한국에 대한 겉치레 인사가 오고갔다가 곧 박만수가 본론을 꺼냈다.

"안 실장께 말씀드렸지만 당의 생사가 걸린 일입니다. 우리는 이 회장님이 오시지 않으면 망합니다."

박만수가 절실한 표정으로 이광을 보았다.

"국민을 팔아서 죄송합니다만 우리를 지지하는 유권자들과 신민당 지지자들까지 포용할 수 있는 인물은 회장님뿐입니다. 받아들여 주시지요."

그때 이광이 고개를 저었다.

"나보다 나은 인물이 얼마든지 있습니다. 지금 말씀하시는 박 대표가 후보로 나선다고 해도 가능성이 있습니다."

"아니, 무슨 말씀을."

눈을 둥그렇게 뜬 박만수가 이광을 보았다.

"나는 전혀 뜻이 없습니다. 오해하지 마세요. 나는 꿈도 꾸지 않습니다."

"나도 그렇습니다."

이광이 말을 이었다.

"그럼 다른 곳에서 후보를 찾아보시든지 해야겠군요."

"한국에서 사업 기반을 굳혀야 되지 않겠습니까?"

"내 사업체는 90퍼센트 이상이 외국에 설립되어 있습니다. 정확히 말하면 92퍼센트지요."

이광의 얼굴에 쓴웃음이 번졌다.

"한국 사업장의 주 업무는 인력 송출이지요. 사원을 뽑아서 전 세계 사업장에 취업시키는데 매년 5천 명이 나갑니다."

찻잔을 든 이광이 말을 이었다.

"세계 각국에 나와 있는 리스타의 한국인 사원이 30만이 넘습니다. 가족까지 합치면 115만 명이지요."

그렇다. 매출액으로 비교하면 한국 사업장의 매출은 리스타 전체 매출액의 5퍼센트다. 이광이 심호흡을 했다. 그들도 알고 있을 것이다.

그때 유기영이 말했다.

"제가 대통령님 말씀을 전해 드리겠습니다."

이광의 시선을 받은 유기영이 정색하고 말했다.

"지금까지 이 회장님은 기업을 일으켜 부를 축적하셨으니 앞으로는 국민을 위해 봉사해 주셨으면 고맙겠다고 하셨습니다."

"……."

"그리고 국민을 위한 이 회장님의 봉사는 역사에 남을 것이라고도 하셨습니다."

"……."

"대통령은 국가와 국민을 이끌어 가는 역할입니다. 이 회장님만 한 분이 없다고 하셨습니다."

이광이 의자에 등을 붙였고 방 안에 정적이 덮였다. 안학태는 외면하고 있었지만 박만수 등은 이광을 주시한 채 대답을 기다리고 있었다. 이윽고 이광이 입을 열었다.

"사양하겠습니다."

고개를 든 이광이 차례로 박만수와 유기영을 보았다. 정색한 표정이다.

"난 안 합니다. 내 결심은 변하지 않습니다. 그렇게 알아주시기 바랍니다."

그러자 박만수와 유기영은 입을 열지 않았다. 모두 굳은 표정으로 제각기 시선을 돌렸기 때문에 다시 정적이 덮였다.

식사를 하는 둥 마는 둥 하고 손님들이 별장을 떠났을 때 비서실에 들렀다가 온 안학태가 이광에게 말했다.

"회장님, 최 대표 전화를 받으시지요."

고개를 끄덕인 이광이 안학태가 건네주는 전화기를 받았다. 최 대표란 서울에 있는 리스타 법무팀의 대표 최경호다. 전화기를 귀에 붙였을 때 최경호가 말했다.

"회장님, 방금 안 실장한테서 이야기 들었습니다."

이광이 듣기만 했고 최경호가 말을 이었다.

"잘하셨습니다. 정치권에 이용당하시면 안 됩니다."

"지난번에도 말했지만 후유증이 걱정되는데 어떻게 생각하시오?"

"이 정보가 신민당 측에 들어갈 것입니다. 신민당이 반가워하겠지요."

"……."

"적의 적은 우군이니까요. 정치판에서는 철저히 적과 아군뿐입니다."

그러더니 목소리를 낮췄다.

"당분간 아무도 만나시지 않는 것이 낫습니다, 회장님."

이광의 얼굴에 쓴웃음이 번졌다.

"신민당에서 찾아올 수도 있겠군."

혼잣소리처럼 말했을 때 최경호가 바로 말을 받았다.

"그럴 가능성이 많습니다. 민정당 제의를 거절했으니 신민당이 나설 가능성이 많습니다. 랜드에 찾아가서 회장님이 신민당을 지지하셨다는 발표를 하는 겁니다. 회장님이 부인을 하셔도 그랬다고 밀어붙이면 국민들은 믿을 겁니다."

"……."

"나중에 오해가 있었다고 하면 되거든요. 당선을 위해서는 무슨 짓이든 할 겁니다."

"아예 못 오게 해야겠군."

이광이 긴 숨을 뱉었다. 국민을 위한다는 미사여구가 장식품처럼 느껴졌기 때문이다. 전화기를 내려놓은 이광이 안학태를 보았다.

"시에라리온으로 가지."

"예, 회장님."

바로 대답한 안학태의 얼굴에 웃음이 떠올랐다. 그곳까지 찾아오지는 못할 것이다.

다음 날 오전 10시, 안학태가 박만수 일행의 숙소로 찾아갔다. 12시에 출발할 예정이기 때문이다.

"죄송하게 되었습니다."

먼저 박만수를 만난 안학태가 사과를 했다. 박만수의 방에는 둘뿐이다.

"서울에 돌아가셨을 때 저희들 법률팀의 최경호 대표가 찾아뵐 것입니다."

"아, 그래요? 알겠습니다."

고개를 끄덕인 박만수가 안학태를 보았다.

"그런데 안 실장님."

"예, 대표님."

"이번에 나하고 함께 온 우리당 대변인 있지 않습니까?"

"아, 예."

안학태의 시선을 받은 박만수가 말을 이었다.

"서영혜 대변인을 이곳에 두고 가도 되겠습니까?"

"아니, 무슨 일 있습니까?"

"서 대변인이 대변인직에서 물러났습니다. 전국구 의원인데 일신상의 이유로 전국구 의원직도 사직할 예정입니다."

"아아, 예."

"지난번 우리 당 정책위원이었던 윤서인 씨도 이곳에서 근무하지 않았습니까?"

"그렇습니다만……."

"서영혜 씨 간판이 좋습니다. 윤서인 씨보다도 낫지요."

"아아, 예."

"리스타에서 일하게 해 주실 수 있습니까? 서영혜 씨는 리스타에서 일하고 싶다는데요."

"그건 대표님 개인적인 부탁이십니까?"

"본인의 부탁도 있고 어젯밤에 당 간부들하고 협의를 했습니다."

박만수의 얼굴에 쓴웃음이 번졌다.

"이 회장님이 우리 당 대선 후보를 승낙해 주셨다면 더 말할 것이 없겠지요. 그때는 서영혜 씨가 대선 후보 대변인으로 아주 적당했을 테니까요."

"……."

"이번에 거절해 버리시는 바람에 서영혜 씨 입장이 난처해졌습니다."

"……."

"대선 후보를 승낙하셨다면 서영혜 씨를 이곳에 두고 가려고 했거든요. 본인도 그럴 작정이었고."

그때 안학태가 고개를 들었다.

"그건 회장님께 상의를 드려야겠습니다. 제가 결정할 사항이 아닌 것 같습니다."

"지금 말씀드릴 수 있을까요?"

박만수의 얼굴을 본 안학태가 쓴웃음을 지었다. 그러나 대답하지는 않았다.

호텔에서 달려온 안학태로부터 보고를 받은 이광이 눈을 가늘게 떴다.

"그 여자 미인이더군."

안학태는 숨만 쉬었고 이광이 초점이 흐려진 눈으로 안학태를 보았다.

"저녁 식사 때 한마디도 않더군. 웃는 모습이 좋았어."

"……."

"그런 계획을 짜고 데리고 왔구먼."

"……."

"내가 지금은 잠잠해진 것 같지만 전에는 여자관계가 많았으니까 그럴 만도 해."

"……."

"그런데 미인계가 조금 노골적인데, 이 사람들이 날 무시하는 게 아닌가?"

"거절하겠습니다."

마침내 안학태가 말했다.

"저도 불쾌합니다. 거절하고 오겠습니다."

"그렇게 해."

의외로 이광이 순순히 승낙했기 때문에 숨을 들이켠 안학태가 자리에서 일어났다. 그때 이광이 말했다.

"단호하게 거절해."

"예, 회장님."

"그리고 호텔을 나올 때 그 여자를 만나라고, 박만수 모르게 말이야."

"예, 회장님."

"그 여자한테 살짝 말해, 서울로 돌아갔다가 혼자 돌아오라고. 그리고 이것을 비밀로 하라고. 그러면 알 거야."

"죄송합니다."

다시 돌아온 안학태가 웃음 띤 얼굴로 박만수에게 말했다. 그러나 시선은 박만수한테서 떼어지지 않는다. 박만수 옆에는 유기영이 앉아 있었는데 잠자코 시선만 준다. 그때 박만수가 고개를 끄덕였다.

"알겠습니다. 힘드신 모양이군요."

"예, 갑작스러운 일이고 제가 회장님께도 받아들이면 곤란하다고 건의를 했습니다."

"그런 말씀 안 하셔도 됩니다."

박만수의 얼굴에 쓴웃음이 번졌다. 그때 유기영이 물었다.

"그럼 안 되는 겁니까?"

"예, 안 됩니다."

자르듯 말한 안학태가 이제는 정색했다. 유기영을 응시한 채 죄송하다는 말도 하지 않는다. 안학태가 손목시계를 보더니 자리에서 일어섰다.

"그럼 저는 이만."

둘은 일어서지도 않았고 안학태는 방을 나왔다. 그때 안학태의 비서실 직원이 다가와 낮게 말했다.

"서영혜 씨가 차 안에서 기다리고 있습니다."

머리만 끄덕인 안학태가 현관 앞에 주차된 승용차로 다가갔다. 기다리고 있던 직원이 뒤쪽 문을 열어 주었고 안학태는 안으로 들어섰다. 뒷좌석에 앉아 있던 서영혜가 고개를 들었다. 긴장한 표정이다.

"무슨 일이시죠?"

"내가 지금 서 의원을 영입하지 못하겠다고 통보를 하고 온 길입니다."

서영혜가 눈만 깜박였고 안학태가 말을 이었다.

"회장님의 지시였습니다."

"……."

"이렇게 서 의원을 비밀리에 만나는 것도 회장님의 지시입니다."

안학태의 얼굴에 쓴웃음이 떠올랐다.

"나하고 이야기한 내용을 두 분께 말씀드려도 상관없습니다. 그건 서 의원께서 판단하실 문제고요."

"무슨 말씀이신데요?"

서영혜가 갈라진 목소리로 묻자 안학태가 정색했다.

"두 분과 함께 서울로 돌아가신 후에 다 정리하시고 다시 이곳으로 오시지요.”

“…….”

“제가 전용기를 보내 드리겠습니다. 이것은 회장님의 지시입니다.”

“…….”

“무슨 말씀인지 아시지요?”

“알겠어요.”

고개를 끄덕인 서영혜가 똑바로 안학태를 보았다.

“두 분께 아무 말씀도 드리지 않겠습니다. 그리고 돌아간 후에 바로 다음 날 이곳으로 오게 해 주세요.”

“다음 날 말입니까?”

“의원직 사퇴서도 냈고 정리를 다 하고 온 상태거든요. 그리고…….”

서영혜가 시선을 준 채 말을 이었다.

“전 민정당이나 여권의 중개자, 또는 밀정 노릇을 하려는 것이 아닙니다. 그리고 어떤 부탁이나 지시도 받지 않았어요.”

“…….”

“제가 원했습니다. 지난번 당 정책위원이었던 윤서인 씨 이야기도 들었거든요.”

“…….”

“물론 당에서나 대통령 측근 쪽에서는 저를 어떻게든 이용하려고 하는지도 모릅니다.”

고개를 끄덕인 안학태가 서영혜를 보았다. 부드러운 시선이다.

“자, 그럼 내일 전용기를 보내지요.”

“누구시죠?”

전화기를 귀에 붙인 윤서인이 물었다. 오후 2시, 윤서인이 집에서 전화를 받는다. 그때 수화구에서 사내의 목소리가 울렸다.

"그룹 비서실의 최남영 상무입니다. 안녕하세요."

"아, 안녕하세요."

최남영과는 만난 적이 있다. 리스타에 입사할 때 최남영이 담당자였던 것이다. 그때 최남영이 말했다.

"제가 지금 서울에 있습니다. 이번 휴가 문제도 상의할 겸 한 번 뵈었으면 좋겠는데 오늘 저녁에 시간이 어떠신지요?"

정중한 제의였지만 무거운 분위기가 느껴졌다. 최남영은 인사 담당인 것이다.

"네, 괜찮습니다."

"그럼 7시에 강남의 르네상스호텔 로비에서 뵙지요."

"알겠습니다."

전화기를 내려놓은 윤서인이 어깨를 늘어뜨렸다. 올 것이 왔다는 생각이 들었다.

쿠웨이트 왕궁의 접견실 안, 핫산 왕세자가 권철의 손을 잡고 웃었다.

"권 사장, 다시 쿠웨이트로 돌아왔군."

"전하, 축하드립니다."

권철이 허리를 꺾어 절을 했다. 핫산을 이번에 처음 만나지만 쿠웨이트가 이라크에 점령당했을 때 권철은 핫산의 심부름을 많이 했다. 점령지 안에 숨어 있던 핫산의 측근들을 숨겨 주었고 이라크군에 체포된 측근을 석방시켜 준 적도 있다. 핫산은 권철을 이용하여 쿠웨이트에 숨겨 둔 일부 재산을 보호하기도 했던 것이다. 권철은 경제보좌관 둘을 대동하고 있었기 때문에 핫산 일행과 원탁에 둘러앉았다. 핫산이 입을 열었다.

"내가 이 회장한테 권 사장을 보내 달라고 부탁했어."

권철은 시선만 주었고 핫산의 얼굴에 웃음이 떠올랐다.

"당신 덕분에 살아난 내 측근이 16명이나 돼. 이 회장은 나를 살려 주었고."

"과찬이십니다, 전하."

"이번 쿠웨이트의 재건도 리스타에 맡기겠네. 권 사장이 경제 전반에 대한 투자 계획을 관리해 주게."

"예, 전하."

어깨를 편 권철이 핫산을 보았다.

"리스타에서 경제팀이 곧 보강될 것입니다. 쿠웨이트 재건팀입니다, 전하."

"맡기겠어."

핫산이 옆에 앉은 두 사내를 소개했다.

"경제장관과 건설장관이네. 이들을 권 사장의 재건팀에 포함시켜 주게."

"예, 전하."

권철이 고개를 숙였다. 수천억 불의 예산 사용권을 갖게 된 것이다.

오후 7시, 서울 강남의 르네상스호텔 로비에서 윤서인과 최남영이 마주보고 앉아 있다. 최남영은 46세, 비서실 소속 인사 담당 상무로 안학태의 측근이다. 별명은 그림자, 비서실에 근무한 지 10년이 되었지만 있는 듯 없는 듯 흐린 존재라는 의미로 그런 별명을 갖게 되었지만 안학태는 물론 이광도 최남영을 신임했다. 공산주의 체제에서는 비서가 최고 실력자지만 자본주의 사회, 특히 기업에서는 비서가 그림자 역할이 되어야 하기 때문이다. 예를 들어서 사장의 내막을 주르르 꿰고 있는 비서가 설친다면, 그 회사는 망하지 않겠는가. 사장을 허수아비로 만들기 때문이다. 자, 그 그림자 비서 최남영이 입을 열었다.

"프리타운에는 언제 돌아가실 예정입니까?"

"좀 쉬고 싶어요."

질문을 예상하고 있었기 때문에 윤서인이 바로 대답했다. 최남영이 다시 묻는다.

"언제까지 쉬실 겁니까?"

"법인장님께 휴가원을 낼 예정인데요. 생각을 해 봐야겠어요."

고개를 끄덕인 최남영이 무표정한 얼굴로 윤서인을 보았다.

"시에라리온의 상황이 급하고 윤 이사님의 역할이 대단히 중요합니다. 이런 상황에서 장기간 휴가를 내시면 곤란한데요."

최남영이 목소리를 낮췄다.

"어디 아프십니까?"

"네, 몸이 좋지 않아요."

"저런."

"그렇게 말씀하시니까 말인데요."

윤서인이 정색하고 말을 이었다.

"제 대신 다른 사람을 보내 주셨으면 좋겠어요. 저는 회사에 누를 끼치는 것 같아서 퇴직하는 것이 나을 것 같은데요."

"……."

"시에라리온 상황이 제 자리를 비운 채 놔둘 수가 없다고 생각합니다."

"그렇게 생각하십니까?"

"네, 죄송하게 생각하고 있어요. 의욕이 꺾인 것도 모두 제 자세가 잘

못되었기 때문입니다."

"알겠습니다. 법인장님께 그렇게 전달하겠습니다."

고개를 든 최남영이 똑바로 윤서인을 보았다.

"저는 법인장님의 지시를 받고 온 것입니다."

최남영과 헤어져 집으로 돌아오면서 윤서인은 지금까지 어깨를 누르고 있던 무엇인가가 사라졌다는 것을 깨달았다. 며칠 동안 정체 모를 그것 때문에 잠도 제대로 자지 못했던 것이다. 그것은 강정규와의 '관계'라는 것이었다. 그것도 공적이 아닌 사적 관계. 그것이 최남영을 만나고 나서 확실하게 구분, 정리되었다. 지금까지 공사(公私)가 뒤죽박죽 섞여 있었기 때문에 제대로 분간도 못 했던 것이다. 그것을 강정규가 최남영을 보내 단칼에 정리했다. 강정규는 그런 사람이다. 공과 사를 분명히 가린다. 서울로 도망치듯 날아왔을 때 집으로 전화 한 통화 해 주지 않는 것이 그 증거다. 이것으로 끝났다. 윤서인은 택시 뒷좌석에 등을 붙였다. 나는 공사(公私)를 뒤섞어 놓았다가 결국 사적 감정으로 일을 그르쳤다.

정남희가 베트남에서 다시 랜드로 돌아왔다. 곧장 이광의 별장으로 온 정남희가 바닷가에서 달려오는 아들 훈이를 두 팔로 안고 웃었다. 밝은 표정이다. 오후 3시 반, 훈이는 바닷가 파라솔 밑에서 유모와 이광과 함께 놀고 있었다.

"당분간 보류시켰습니다."

이광의 옆에 훈이를 안고 앉은 정남희가 보고했다. 대나무로 만든 긴 의자에 두 다리를 뻗고 앉은 이광이 고개만 끄덕였다. 정남희가 반짝이는 눈으로 이광을 보았다.

"그쪽이 생각할 여유를 주려고 합니다. 서둘 필요가 없다고 생각합니다."

"잘했어."

"적당한 시기는 회장님께서 말씀해 주시지요."

"알았어."

"김 이사는 베트남에서 시장 조사를 하도록 시켰습니다."

그때 훈이가 정남희에게 바다로 들어가자고 떼를 썼다.

"애하고 놀아라."

이광이 정남희에게 말했다.

"훈이가 착하고 예민해. 너하고 함께 있는 시간이 많아야 돼."

"고맙습니다."

훈이 손을 잡고 일어난 정남희가 가라앉은 얼굴로 이광을 보았다. 그리고 얼른 외면했다. 이광은 강은서와의 사이에서 '한'이를 낳았지만 또 다른 아들 '상철'이도 있었던 것이다. 상철이는 강은서가 데려온 자식이다.

권철은 쿠웨이트에서 또 여자를 만났다. 금방이다. 권철의 주위에 아름답고 지적이며 매력이 펄펄 풍기는 여자가 꼬이는 건가? 쿠웨이트 르마니호텔의 로비 라운지 안, 권철이 앞에 앉은 페트리샤를 보았다. 금발을 뒤로 해 끈으로 묶고 카키색 작업복 소매를 팔꿈치까지 걷어 올렸다. 역시 카키색 바지에 더러운 운동화를 신었다. 그러나 화장기가 없는 얼굴은 매끈했고 진남색 눈동자, 오뚝한 콧날, 윤기 있는 입술을 보면 빨려 들어가는 것 같다. 페트리샤는 CNN의 기자로, 권철하고 인터뷰를 하고 있는 것이다.

"우리가 듣기로는 권 사장께서 쿠웨이트 부흥 계획 예산을 총괄하고 계신다는데 맞지요?"

페트리샤가 묻자 권철이 쓴웃음을 지었다.

"아닌데요."

"쿠웨이트 정부 고위층한테서 직접 들은 말이에요, 권 사장님."

"오늘 저녁에 식사나 같이하실까?"

오후 2시 반이다. 그때 숨을 고른 페트리샤가 정색하고 권철을 보았다.

"난 아프가니스탄의 종군기자 출신이에요, 권 사장님. 쉽게 생각하지 마세요."

"음, 마호메트를 취재하셨더군."

그 순간 페트리샤가 숨을 들이켜고는 눈을 가늘게 떴다. 실제로 탈레반의 부사령관 마호메트를 독점 취재한 것이 페트리샤였던 것이다. 커피잔을 든 권철이 페트리샤를 보았다.

"나도 그때 아프가니스탄에 있었는데, 페트리샤 씨."

"작년에 말인가요?"

"내가 아무디를 죽였거든."

그 순간 페트리샤의 눈동자가 검게 변했다.

"정말이세요?"

"모르시나? 아무디가 사살되고 나서 마호메트가 자수했지 않소?"

"맞아요."

"아무디 시체가 어디에 있었는지 알고 계시지요? 동굴에 던져 놓았어."

"맞아요. 정말이세요?"

고개를 끄덕인 권철이 다시 물었다.

"어때요? 저녁 먹고 술이나 한잔하지."

"좋아요."

페트리샤가 제 옷차림을 훑어보다가 권철을 보았다.

"그런데 옷이 이것뿐인데 어떡하죠? 작업복밖에 갖고 오지 않았어요."

"그럼 여기 명품 가게에 가서 옷을 사도록 하지, 내가 사 드릴 테니까."

권철이 웃음 띤 얼굴로 페트리샤를 보았다.

"내가 명품가게 사장을 이곳으로 부를 테니까 페트리샤 씨는 따라가도록 해요."

"세상에."

기가 막힌 페트리샤가 쓴웃음을 지었을 때 권철이 손짓으로 지배인을 불렀다.

르마니호텔도 쿠웨이트 왕족들의 단골 호텔이어서 아래층은 명품 가게가 즐비하다. 그때 지배인이 서둘러 다가왔다. 페트리샤는 르마니를 자주 출입하는 터라 지배인이 이렇게 헐레벌떡 다가오는 것을 처음 보았다. 정부 고관 앞에서도 거드름을 피우던 지배인이다. 지배인이 다가와 섰을 때 권철이 말했다.

"지배인, 아래층 상가에서 명품 옷가게 사장들을 셋만 이곳으로 오라고 하지."

그때 놀란 페트리샤가 말했다.

"제가 갈게요."

안 간다는 말은 못 나왔다.

윤서인이 떠났다고 시에라리온 발전 계획이 지연되거나 보류되지는 않는다. 시에라리온은 체제부터 개조 작업을 시작했는데 국민들의 전폭적인 지지를 받았다. 국민들은 종족 차별을 하지 않고 부정부패를 없앤데다 세금을 대폭 삭감하고 식량, 의료 지원을 아끼지 않는 정부를 신(神)

처럼 숭배하기 시작했다. 지금까지 꿈도 꾸지 못했던 세상이었다. 관리, 경찰은 폭압을 부리지 않았으며 친절하기까지 했다. 이것이 모두 리스타 덕분인 것이다. 마을마다 리스타 파견소가 있어서 신고만 하면 즉각 해결이 되었다. 지금까지 주민을 괴롭혔던 경찰 간부가 신고를 받고 나서 즉각 공개 처형을 당한 경우도 있다. 그것이 신문, 방송에 수십 번 보도되었기 때문에 특권층의 월권행위는 싹 없어졌다. 오후 3시 반, 강정규가 회의를 마치고 집무실로 돌아왔을 때 홍만준이 따라 들어왔다. 홍만준은 '리스타 법인'의 이사로 진급했으며 동시에 시에라리온 경찰청장이다. 경찰의 총수인 것이다. 홍만준이 보고했다.

"고문관님, 카모한테서 아지스의 재산을 환수했습니다. 모두 9상자로 금괴와 다이아몬드, 미화까지 포함해서 2억 2천만 불 가치가 됩니다."

쓴웃음을 지은 강정규가 고개만 끄덕였을 때 홍만준이 말을 이었다.

"카모가 아지스의 재산을 모두 반납시킨 공로도 있지만 이대로 놔둘 수만은 없을 것 같습니다."

"그렇다고 처형할 수도 없지 않아?"

"끈질긴 놈입니다. 생존력이 강합니다."

홍만준이 정색했다.

"반타 대통령의 비리를 고발한 것도 아지스 재산을 숨긴 것을 물타기 하려는 수작이었습니다."

"무슨 말이야?"

"카모가 우리한테 정보가 새 나갔다는 것을 미리 파악했던 겁니다."

"……."

"카모의 정보원이 경찰에도 있었습니다. 그 정보원한테서 자백을 들었습니다. 카모가 매일 경찰의 동향을 보고받고 있었다는 겁니다."

"……."

"트럭에 아지스의 재산을 싣고 국외 탈출을 하기 전에 우리한테 정보가 나간 것을 알게 되어서 부랴부랴 반타의 비리 사실을 털어놓고 초점을 흐리려고 한 것이지요."

"복잡한 놈이군."

"교활한 놈입니다. 무언가 또 숨겨 놓았을지도 모릅니다."

"처형해라."

"예, 고문관님."

어깨를 늘어뜨린 홍만준이 강정규를 보았다.

"처형하기 전에 또 뭔가를 털어놓을지도 모릅니다. 죽으면 다 소용없으니까요."

홍만준이 나가고 나서 윤석이 들어왔다. 윤석은 대통령궁 경비대장, 정보부장을 맡고 있다. 정보부장은 한국의 국정원장 같은 역할이다. 윤석이 강정규 앞에 섰다.

"방금 비서실에서 연락이 왔습니다."

"비서실?"

"그룹 비서실의 최남영 이사한테서요."

"아아."

"서울에 가서 윤서인 이사를 만났다고 합니다."

"……."

"윤 이사가 퇴사하겠다는 의사를 밝혔다고 합니다."

"……."

"고문관님께서 승낙하시면 바로 퇴사 조치를 하겠다는데요."

"그러지."

"승낙하셨다고 할까요?"

확인하듯이 윤석이 묻자 강정규가 고개만 끄덕였다. 윤석이 말없이 몸을 돌렸다.

"음, 눈이 부시는군."

감동한 권철이 눈을 가늘게 뜨고 페트리샤를 보았다. 4시간 후인 오후 6시 반, 다시 르마니호텔의 로비 라운지. 명품으로 치장하고 머리까지 다듬은 페트리샤는 눈이 부시도록 아름답다. 마치 몸에서 빛이 나는 것 같다. 지나는 남자들은 페트리샤의 미모에 정신을 빼앗긴 것처럼 시선을 떼지 못한다. 권철의 시선을 받은 페트리샤가 부끄러운 듯 손바닥으로 볼을 덮으면서 웃었다. 대리석 같은 흰 피부가 붉어졌고 눈이 반짝였다. 그때 권철이 주머니에서 보석 상자를 꺼내 페트리샤 앞에 놓았다.

"자, 명품에 어울리는 액세서리가 필수적이지. 받아."

"뭔데요?"

페트리샤가 검정색 보석 상자를 보면서 물었다. 얼굴이 경계심으로 굳어졌다.

"선물이야."

"아유, 안 돼요."

페트리샤가 고개까지 저었다.

"옷값만 해도 수천 불이 될 건데."

페트리샤는 아래층 명품 가게 두 곳에서 옷과 구두까지를 갖춰 입었는데 가게의 코디가 옷을 골라 주면서 가격도 말해 주지 않았다. 그래서 페트리샤는 입고 나서 가격을 물었지만 나중에 말해 주겠다고만 했던 것이다. 그 말을 들은 권철이 빙그레 웃었다.

"페트리샤 씨, 그건 '브랑통'과 '꼴랑' 가게를 무시하는 거야."

"무슨 말이에요?"

"거긴 수천 불짜리 옷은 안 팔아. 지금 당신이 걸친 옷값은 대충 6만 불이야."

"악!"

"당신처럼 아름다운 여자는 그걸 걸칠 자격이 있어. 그 가게 사장들이 이구동성 그렇게 말했어."

"돈 낼게요."

"내가 다 끝냈어."

정색한 권철이 눈으로 탁자에 놓인 보석 상자를 가리켰다.

"열고 걸쳐, 페트리샤."

페트리샤가 한동안 권철을 보더니 홀린 것처럼 보석 상자를 열었다. 그 순간 페트리샤가 입을 딱 벌렸다. 눈도 커졌다. 놀라서 소리도 나오지 않는 것 같다.

"어서."

권철이 다시 재촉하자 페트리샤는 보석을 집어 들었다. 다이아와 루비, 에메랄드가 박힌 목걸이다.

"목에 걸어, 페트리샤."

권철이 말하자 페트리샤는 초점을 잃은 눈으로 앞쪽을 응시하면서 목걸이를 목에 걸었다. 권철이 커다랗게 고개를 끄덕였다.

"그 옷가게 주인들이 추천한 목걸이야. 발센로랑 제품이지."

그러고는 덧붙였다.

"잘 어울리는군. 화장실에 가서 목걸이가 어울리나 보고 오지그래."

페트리샤가 홀린 듯이 일어났다가 권철을 내려다보았다.

"이거 모조품 아니죠?"

"시가를 알려 줄까?"

"알려 주세요."

"얼마 안 돼."

"얼만데요."

"120만 불."

숨을 멈춘 페트리샤가 눈을 감았다가 떴다. 기절하지 않으려는 것 같았다. 그때 먼 곳에서 권철의 목소리가 들렸다.

"내가 보석이 많아, 페트리샤. 아마 1억 불어치는 될 거야."

그것을 이라크군 쿠웨이트 점령 시에 온갖 수단으로 획득했다는 것을 말해 줄 필요는 없다. 지금도 주머니에 다이아 반지가 대여섯 개 들어 있어서 팁 대신 주기도 하니까.

"난 이런 경우 처음이에요."

술잔을 든 페트리샤가 지그시 권철을 보았다. 밤 10시 반, 힐튼호텔의 클럽 안이다. 이곳은 이라크군 쿠웨이트 점령 시에 권철이 통째로 빌려 클럽과 호텔을 운영했던 곳이다. 클럽은 최고급으로 치장되었고 쇼도 초특급이다. 쿠웨이트가 해방된 후에도 영업을 계속하고 있다. 왜냐하면 이 힐튼호텔을 권철이 인수해 버렸기 때문이다.

"다시 태어난 것 같아요."

페트리샤가 말했을 때 권철은 고개를 끄덕였다.

"항상 새로운 일이 일어나지."

"여자한테는 항상 이래요?"

"당신 같은 여자는 처음이야, 페트리샤."

"이런 일이 처음이라는 말은 안 하는군요."

"말 어렵게 하지 마, 페트리샤."

한 모금 위스키를 삼킨 권철이 손짓을 하자 갑자기 지배인이 나타났다. 지금까지 지배인이 권철의 손만 쳐다보고 있었던 것 같다.

"여기 술 한 병 더."

"예, 보스."

허리를 굽힌 지배인이 몸을 돌렸을 때 페트리샤가 눈을 크게 뜨고 지배인과 권철을 번갈아 보았다. 클럽 지배인은 백인이다. 40대 중반쯤으로 세련된 용모다.

"방금 지배인이 권 사장님한테 보스라고 했어요?"

"그런데 왜?"

"마치 마피아 보스처럼 부르는군요."

"그 이상이지."

권철이 5백 평이 넘는 홀 안을 둘러보면서 말했다. 홀은 손님들로 꽉 찼다.

"내가 이 클럽의 주인이니까."

"정말?"

놀란 페트리샤가 다시 눈을 둥그렇게 떴다.

"이 호텔 주인이 쿠웨이트인이라던데."

"내가 호텔까지 다 인수했어."

"오 마이 갓."

"이라크군 점령 때부터 내가 영업을 했지. 그땐 하루 수입이 3백만 불이 나올 때도 있었어."

"이라크군 점령 때 말이에요?"

"그래. 지금보다 장사가 더 잘되었지. 이라크군이 약탈한 다이아 반지로 위스키 한 병을 샀으니까."

"설마."

"돼지 같은 이집트 여자 데리고 호텔방으로 들어가려면 3만 불을 내야 했어."

"저런."

"그 돈은 모두 쿠웨이트 은행 금고에서 약탈한 것이라 내가 회수했지."

"……."

"1년 동안 내가 이라크군이 약탈해 간 재물과 현금의 절반은 회수했을 거야."

"얼마나 돼요?"

"아직도 세어 보지 않았지만 현금으로 환산하면 20억 불 정도."

"으악!"

"힐튼호텔 특실 구경 안 해 봤지?"

불쑥 권철이 물었기 때문에 페트리샤가 한숨을 쉬었다.

"술 금방 시켰지 않아요?"

"거기로 가져오라고 하면 돼."

권철이 자리에서 일어서자 페트리샤는 따라 일어섰다. 여기서 다른 소리를 한다고 해도 다 위선이다. 이 남자 앞에서는 가식을 빼야만 한다. 페트리샤의 본능이 그렇게 알려 주고 있다.

"강정규는 윤서인하고 헤어진 건가?"

이광이 묻자 안학태가 쓴웃음을 지었다. 랜드의 바닷가 별장 테라스에서 이광과 정남희, 안학태가 앉아 있다. 오후 7시 반, 안학태가 별장으로 보고하러 왔다가 같이 저녁을 먹고 셋이 이야기 중이다. 정남희는 훈이, 유모와 함께 별장으로 옮겨 왔기 때문에 자연스럽게 어울리게 되었다.

"예, 퇴사 처리를 했으니까 헤어진 것으로 봐야겠지요."

"헤어진 이유는 뭐야?"

"강 사장이 테일러 제거 작전에 직접 참가하고 돌아온 후에 헤어진 것입니다."

"그게 이유야?"

"그것과 관계가 있는 것 같습니다. 숙소에서 동거했으니까요."

이광의 시선이 정남희에게 옮겨졌다.

"정 사장 생각은 어때?"

정남희가 손바닥을 볼에 붙인 것은 볼이 달아올랐기 때문인 것 같다. 그러나 테라스는 어두워서 볼이 붉어진 것은 드러나지 않는다.

"글쎄요. 저는……."

정남희도 윤서인과 비슷한 입장이었기 때문이다. 그때 이광이 혼잣소리처럼 말했다.

"강정규가 융통성이 부족해."

안학태와 정남희는 입을 다물었고 이광의 말이 이어졌다.

"권철과 대조적이야."

"일장일단이 있습니다, 회장님."

안학태가 입을 열었다.

"회장님께서 그것을 아시고 둘을 번갈아서 시험해 보시는 것 아닙니까?"

이광의 얼굴에 웃음이 떠올랐다.

"누가 최고 경영자로 적당할 것 같나?"

안학태는 입을 다물었다, 방금 둘이 일장일단이 있다고 했기 때문이다. 고개를 돌린 이광이 정남희를 보았다.

"한 놈은 정직하고 곧고, 결단력이 강하고 판단력이 뛰어나. 부하들로부터 존경을 받고 희생적이지. 책임감, 실행력도 훌륭해."

숨을 고른 이광의 얼굴에 웃음이 떠올랐다.

"다른 한 놈은 융통성, 임기응변이 탁월해. 부패했지만 부하들의 신임을 받고 재물에 대한 집착은 없어. 맺고 끊는 것이 분명해서 뒤가 지저분하지는 않지만 탈법, 규칙 따위는 우습게 넘기는 놈이야."

"여자관계는요?"

"그것도 대조적이지."

그때 안학태가 자리에서 일어섰다.

"늦었습니다. 저는 이만 가 보겠습니다."

안학태는 가족을 랜드로 불러 함께 살고 있는 것이다. 랜드에는 초·중·고교와 대학까지 세워져 있어서 교육 문제도 해결되었다. 안학태가 테라스를 떠났을 때 정남희가 웃음 띤 얼굴로 이광을 보았다.

"안 실장님이 앉아 있기 거북했던 것 같네요."

"너에 대한 처우가 애매했기 때문이겠지."

"전 앞으로 정 사장으로 취급받을 예정입니다."

정색한 정남희가 말을 이었다.

"회장님도 절 부하 직원으로만 대해 주세요. 제가 회사에 남아 있는 한에요."

"그렇군."

"아까 저한테 물으셨는데 그 대답을 해 드릴게요."

"내가 맞춰 볼까?"

정남희가 눈을 흘겼을 때 이광이 얼굴을 펴고 웃었다.

"권철이지?"

"불쌍해요."

바로 대답한 정남희가 외면했다.

"그 사람 생각하면 가슴이 아파요."

"……."

"그 사람, 회장님하고 판박이에요."

외면한 채 정남희가 말을 이었다.

"회장님 생각하면 눈물이 나요."

"그만."

"하지만 권철이 회장님 뒤를 잇게 만들면 안 돼요. 회장님이 시낸 시대하고는 다르니까요."

그때 이광이 자리에서 일어섰다.

"이곳을 제2의 한국으로 만드는 거야."

강정규가 시에라리온 지도를 눈으로 가리키며 말했다. 대통령 고문관실 안, 소파에는 윤석과 김태규, 홍만준까지 심복이 둘러앉아 있다. 오후 5시 반, 오늘은 저녁 식사를 같이하는 날이어서 강정규의 방에 모인 것이다. 강정규가 말을 이었다.

"난 재일교포로 일본에서 태어나 자랐기 때문에 고국에 대한 추억이나 향수가 없어."

고개를 저은 강정규가 웃음 띤 얼굴로 셋을 둘러보았다.

"그저 민족, 같은 말을 써 왔고 같은 문화적 습성을 DNA로 이어 온 민족의식뿐이었다니까."

"그렇습니다."

윤석이 말을 받았다.

"이스라엘과 어떤 면에서는 비슷하지만 그 반대의 경우도 가능하지요."

윤석의 얼굴에는 웃음이 떠올랐다.

"이스라엘은 수천 년 만에 고향 땅으로 돌아와서 전 세계에 흩어진 민족을 모았지만 한국은 수천 년 만에 좁은 땅을 벗어나려는 것 아닙니까?"

"그렇다."

이제는 강정규가 정색했다.

"우리가 개척하면 우리 땅 아니냐? 우리 영토고 우리 자손들의 고향이 된다."

"새 땅에서 새 기상이 태어날 겁니다."

불쑥 김태규가 말하더니 어깨를 부풀렸다가 내렸다.

"좁은 반도에서 한 번도 밖으로 진출하지 못하고 침략이나 받고 속국 노릇을 한 것 때문에 안에서 내분만 일어났습니다."

강정규가 듣기만 했더니 김태규는 열띤 목소리로 말을 잇는다.

"왕의 아버지 문제로 조정의 당쟁이 10여 년간 일어나 수백 명이 사화로 죽고 조정 관리들이 동인, 서인, 남인, 북인, 노론, 소론 등으로 파가 갈려 모함하고 죽이기를 되풀이했습니다."

"……."

"새 땅에서는 새 기풍이 일어나겠지요. 그것이 바로 랜드와 이곳입니다."

"이곳 면적이 남한만 한데 인구는 8백만도 안 돼. 1천만쯤 이주해 와도 되지 않겠어?"

웃음 띤 얼굴로 강정규가 말했을 때 홍만준이 입을 열었다.

"윤 정책보좌관이 그 이야기를 하더군요. 저도 들었습니다."

그때 윤석과 김태규가 동시에 숨을 들이켰고 홍만준이 잠깐 주춤했다. 홍만준은 윤서인이 돌아간지 모르는 것이다. 그때 강정규가 입을 열었다.

"윤서인 씨는 서울로 돌아갔어."

"아, 그렇습니까?"

당황한 홍만준의 얼굴이 일그러졌다. 홍만준은 윤서인과 강정규가 동거하고 있었다는 것까지는 안다. 강정규가 말을 이었다.

"나하고의 개인적인 문제 때문에 그만둔 것 같다. 모두 내 불찰이다."

셋은 제가기 외면했고 강정규의 얼굴에 쓴웃음이 번졌다.

"내가 공과 사를 구분 못 하고 윤서인 씨를 대했기 때문이야."

"사장님, 그런 말씀은 저희들한테 안 하셔도 됩니다."

윤석이 정색하고 강정규를 보았다.

"솔직히 말씀드려서 저는 사장님이 그런 일까지 저희들한테 사과하시는 것이 불편합니다."

"저도 같은 생각입니다."

김태규가 거들었다.

"가끔 약점을 보여 주십시오. 이번 일도 사과하지 마시고 그냥 웃고 넘기셔도 되지 않겠습니까?"

"어디 그럴 수가 있나?"

강정규는 심호흡을 했다.

"참고하겠다. 내가 너무 경직되어 있는 것 같기도 해."

"저희들은 그런 사장님한테서 배우고 있기는 합니다."

홍만준이 말했을 때 강정규가 고개를 끄덕였다.

"성격 개조는 힘들겠지만 융통성이 부족해, 내가. 자네들은 그걸 닮지는 마라."

이것이 강정규의 스타일이다.

군산연 회장 리처드 볼룸의 전화가 왔을 때는 오전 10시 반이 되었을 때다. 전화는 비서실로 걸려왔고 먼저 안학태가 받은 다음에 이광과 연결이 되었다.

"회장님, 이제야 연락드립니다."

볼룸이 정중한 말투로 인사를 했다.

"아닙니다. 급한 일 없습니다."

이광이 가볍게 받았을 때 볼룸의 말이 이어졌다.

"파리에서 뵙는 것이 어떻겠습니까?"

스피커 버튼을 눌러 놓았기 때문에 앞에 선 안학태가 긴장하고 이광을 보았다. 이광이 웃음 띤 얼굴로 대답했다.

"좋습니다. 장소는 어디로 할까요?"

"그것은 회장님이 정하시지요."

"알겠습니다. 그럼 참석 인원은?"

"저는 사무총장 제랄드 피셔, 그리고 분과위원장 세 명쯤 데리고 가고 싶습니다. 모두 회장님을 뵙고 싶어 해서요."

"그럼 나도 사장단 두셋하고 같이 가지요. 비서실장하고요."

"알겠습니다. 시간은 일주일쯤 후가 좋겠는데요."

"그러지요."

"장소 알려 주시면 그때 뵙겠습니다."

"그러지요."

통화를 끝낸 이광이 앞에 선 안학태를 보았다.

"해밀턴, 오 사장, 그리고 조 사장이면 되겠지?"

"예, 회장님."

고개를 끄덕인 안학태의 얼굴에 쓴웃음이 번졌다. 이광이 생각난 듯 말했다.

"장소는 랑제르성(城)이 좋겠어."

"알겠습니다."

이광의 얼굴이 밝아졌다.

"오랜만에 랑제르성에 가 보는군. 구입해 놓고 두 번밖에 가 보지 못했어."

랑제르성은 16세기에 세워진 고성(古城)으로 리스타에서 매입한 후에 대대적인 개보수 공사를 해 놓았다. 3층 건물에 방이 27개, 회의실, 무도장, 수영장과 잘 가꿔진 정원이 있는 데다 부속채가 두 동이나 있어서 손님 접대에 최적격이다.

이광은 강은서와 아이들을 데리고 두 번 들른 적이 있었던 것이다. 이광이 들뜬 얼굴로 말을 이었다.

"거기, 한이가 타던 자전거하고 장난감들이 방에 있을 거야."

"……."

"그대로 둬, 치우지 말고."

"알겠습니다."

안학태가 외면한 채 말했을 때 이광이 눈을 가늘게 떴다.

"옷장에 애들 엄마 옷도 그대로 있겠군."

"……."

"내 침실 정리는 해 놓지."

"알겠습니다, 회장님."

그러고는 안학태가 서둘러 몸을 돌렸다.

저녁을 먹던 정남희가 고개를 들고 이광을 보았다. 바닷가의 별장 테라스에서 둘이 마주 앉아 있다. 바닷바람이 가볍게 불어와 피부를 스치고 지나갔다. 파도 소리, 비린 물 냄새, 식탁에 차려진 저녁은 한정식이다. 김치찌개, 한국에서 공수해 온 젓갈류, 금방 버무린 풋김치.

이광이 정남희의 시선을 받고는 먼저 물었다. 얼른 입을 떼지 않았기 때문이다.

"뭔데?"

"아뇨, 그냥."

"할 말이 있는 눈치인데."

"아뇨."

"네 나이가 몇이지?"

"왜 물으세요?"

고개를 든 정남희가 눈을 흘겼다.

"회장님 나이에서 일곱 살을 빼면 되지 않아요?"

"그렇다면 마흔둘인가?"

"이젠 사십 대예요."

"벌써 그렇게 되었구나."

"오랜 세월이 흘렀죠."

"그럼 임신은 할 수 있는 거냐?"

"네?"

놀란 듯 눈을 크게 떴던 정남희의 얼굴이 붉어졌다. 오후 7시 반, 베란다의 불을 밝혀 놓았기 때문에 얼굴 붉어진 것도 다 드러난다. 대답 없이 정남희가 눈만 흘겼기 때문에 이광이 다시 묻는다.

"몰라서 묻는 거야. 할 수 있어?"

"돼요."

"임신한 거냐?"

"네?"

"그걸 말하려고 한 것 같아서 말이야."

"참, 내."

시선을 내렸다가 든 정남희가 이광을 보았다. 두 눈이 번들거리고 있다.

"피임할까요?"

"난 그 이야기하려는 거 아냐."

쓴웃음을 지은 이광이 젓가락을 내려놓았다. 부드러운 시선이다.

"네가 고맙다."

"전 자격 없어요."

"뭐가?"

"회장님 아이를 가질 자격."

"누가 그래?"

"앞으로 피임할게요."

"그러지 마."

정색한 이광이 정남희를 보았다.

"신의 뜻에 맡겨."

정남희는 숨만 들이켰고 이광의 말이 이어졌다.

"예상하지 못했던 이야기지만 그대로 둬. 난 지금 이대로가 좋으니까."

"네, 알겠습니다."

고분고분 대답한 정남희가 고개를 숙였을 때 이광이 다시 물었다.

"나한테 할 이야기가 있었던 거냐?"

"네."

이제는 정남희의 눈빛이 또렷해졌고 입술이 꾹 닫혔다가 열렸다. 회의 때 보이는 자세다.

"중국에서 철수한 기계와 원자재까지 창고에 쌓여 있습니다. 5만 톤급 화물선으로 5척 분량이나 되는 엄청난 양이죠."

"베트남으로 옮기면 금방 경제 부흥이 일어날 수가 있지. 아마 3년쯤 후부터 연간 경제 성장률이 8퍼센트로 솟아오를 것이라는군."

"시에라리온으로 생산지를 옮기면 어떨까요?"

불쑥 정남희가 물었기 때문에 이광이 들고 있던 물그릇을 내려놓았다. 파도 소리가 크게 들려왔다. 바람결에 정남희의 이마 위로 머리칼이 흔들렸다. 이광은 시선만 주었고 정남희가 말을 이었다.

"언제부터인가 회사에서 베트남이라는 고정관념에 사로잡혀 있다는 생각이 들었습니다."

"……."

"베트남이 노동력이 풍부하고 사회 분위기, 국민 인성이 좋으며 지리적으로 중국과 가깝다는 이점이 있기는 합니다."

"……."

"그런데 시에라리온은 우리 민족이 세계로 뻗어 나갈 제3의 기반이 아닌가요? 이곳 랜드는 제2의 기반이고요."

"……."

"한국은 회장님 대(代)에서 세계에 영토를 확보하게 되었습니다. 그래서 시에라리온에 이번 기회에 산업 기지를 건설하는 것이 어떻겠습니까?"

정남희의 시선을 받은 이광이 얼굴을 펴고 웃었다. 그러나 입을 열지는 않았다.

서영혜가 방으로 들어서자 박만수가 웃음 띤 얼굴로 맞았다. 오후 8시 반, 이곳은 소공동의 레밍턴호텔 특실이다. 박만수는 40대쯤의 사내와 함께 앉아 있었는데 서영혜는 처음 보는 사람이다.

"아, 이 사람은 국정원 직원이야. 서영혜 씨를 앞으로 도와줄 사람이지."

박만수가 사내를 소개했다. 그때 사내가 서영혜에게 고개를 숙였다.

"황기철입니다."

다시 셋이 둘러앉았을 때 박만수가 서영혜에게 물었다.

"내일 출발이지?"

"네, 오후예요."

"전용기를 보내 준다니 대단한 예우인데."

박만수가 웃음 띤 얼굴로 말을 이었다.

"이광이 민주당과 손을 잡으면 우리에게 말해. 알고 있지?"

"알고 있습니다."

"이광 측에서 서영혜 씨를 의심하는 것 같지는 않지?"

"그러니까 저를 받아들이는 것 아닙니까?"

"그래."

박만수가 고개를 끄덕였다.

"서영혜 씨가 잘 한 거야."

"하지만 조심해야겠죠."

그때 황기철이 말했다.

"제가 랜드에서 인테리어 사업체를 운영하고 있어요. 사업이 잘되는 편이지요."

황기철의 얼굴에 웃음이 떠올랐다.

"랜드에 한국인이 6만 가깝게 되는 데다 이제는 외국 관광객까지 몰려드는 상황이라 경기가 호황이지요."

"황 선생은 어떤 역할이죠?"

서영혜가 묻자 황기철이 정색했다.

"제가 연락원입니다. 보고하실 것이 있으면 저한테 말해 주시면 됩니다."

그때 박만수가 거들었다.

"이건 당 차원이 아니라 국가적인 차원에서 일하는 거야. 이광의 비리, 주변 상황, 측근들의 분위기, 자금 동향, 사생활까지의 모든 정보가 필요해."

박만수가 목소리에 열기를 띠었다.

"이광이 국가의 적이 될 가능성도 있다고. 랜드로, 시에라리온으로 벌여 나가는 건 대한민국을 분산시킬 의도야. 이것을 반역으로 볼 수도 있는 거야."

그러고는 박만수가 길게 숨을 뱉었다.

"그래서 우리가 이광을 끌어들이려고 한 건데 거부했어. 이광이 신민당과 제휴하면 최악이고 혼자 나가는 건 차(次)악이라고. 그렇게 알면 돼. 지금 서영혜 씨는 국가를 위해서 일하는 거야."

어깨를 늘어뜨렸던 서영혜가 똑바로 박만수를 보았다.

"최선을 다하겠습니다."

비행기 문이 열리면서 정남희의 모습이 드러났다. 반소매 셔츠에 바지를 입고 운동화를 신었다. 모두 흰색이어서 환하다. 선글라스에 흰 모자, 트랩 위에 서 있는 모습이 멀리서 봐도 아름답다. 그러나 강정규에게는 상관이다. 정남희는 회장과 함께 리스타를 창립한 창립 공신이나 같다. 정남희의 현재 직책은 아시아지역 '리스타 법인 총괄 사장'이다. 중국 법인 사장을 거쳐 아시아 지역을 총괄하는 직책이다. 정남희가 트랩 아래에서 기다리는 강정규를 보더니 웃음 띤 얼굴로 내려왔다. 정남희는 보좌관 둘을 대동하고 있다.

"제가 법인장 강정규입니다."

부동자세로 선 강정규가 고개를 숙였다가 들면서 인사를 했다. 강정규가 직접 공항 영접을 나온 인사는 정남희가 처음이다.

"뵙게 되어서 반갑습니다."

"말씀 많이 들었어요."

정남희가 웃음 띤 얼굴로 말하더니 손을 내밀었다. 강정규는 윤석과 홍만준까지 대동했기 때문에 그들과도 인사를 마친 정남희는 대기시킨 차에 올랐다. 강정규가 옆자리에 앉은 후 차가 출발했을 때 정남희가 창밖을 둘러보며 말했다.

"부족 간 갈등은 심하지 않지요?"

"예, 사장님."

강정규가 바로 대답했다.

"멤데족, 템네족을 공평하게 관리해 줬더니 모두 만족하고 있습니다."

고개를 끄덕인 정남희가 다시 물었다.

"국민성은 어때요?"

"순박하고 부지런합니다. 지금까지 내란이 일어난 건 극히 일부분의 선동 분자들이 충동질을 했기 때문입니다."

"교육 수준을 높이면 해결되겠지요?"

"그렇습니다."

강정규가 슬쩍 정남희를 보았다. 갑자기 정남희가 시에라리온을 방문한다는 연락을 받고 놀랐던 것이다. 강정규는 정남희를 처음 본다. 그때 정남희가 입을 열었다.

"내가 아시아에다 아프리카 지역까지 맡게 되었어요."

숨을 들이켠 강정규를 향해 정남희가 말을 이었다.

"시에라리온을 아프리카의 중심으로 만들 가능성을 체크해 봐야겠어요."

"사장님, 그러시면……."

"중국에서 철수한 생산 설비를 시에라리온으로 옮기면 대변혁이 일어나겠죠?"

숨을 들이켠 강정규의 말문이 막혔다. 그것까지는 생각해 보지 못했기 때문이다. 정남희의 얼굴에 웃음이 떠올랐다.

"소화해 낼 수 있겠어요?"

"너무 갑작스러운 일이어서……."

"중국은 3년 만에 궤도에 올랐어요."

"이곳도 그 정도는 될 것입니다."

"라이베리아나 주변국과의 관계는 괜찮겠어요?"

"만일 그렇게 된다면 더욱 확실하게 관리하겠습니다."

정남희가 고개를 끄덕였다.

"시에라리온은 강 사장한테 맡기겠어요."

정남희는 그럴 권한이 있는 것이다.

또 한 대의 리스타 전용기가 리스타랜드 공항에 착륙했다. 오후 3시 반, 트랩에서 내린 사람은 서영혜다. 가방을 메고 내린 서영혜의 앞으로 사내 하나가 다가와 섰다.

"랜드 시청의 김 과장입니다."

"안녕하세요."

서영혜가 환하게 웃었다.

"저기 차로 가시죠."

옆에 주차된 SUV 차량을 가리킨 사내가 앞장을 섰다. VIP 대접이다. 뒤쪽 문을 열어 준 사내가 말을 이었다.

"숙소로 안내해 드리겠습니다."

"어딘데요?"

"예, 바닷가에 간부용 빌라가 있습니다."

뒷좌석에 오른 서영혜가 만족한 한숨을 내쉬었다. 한국에서는 장관이라도 이런 대접을 못 받는다.

그 시간에 바닷가의 이광 별장 응접실에 해밀턴과 오금봉, 안학태가 이광을 중심으로 둘러앉아 있다. 해밀턴과 오금봉은 이번 군산연 리차드 볼룸과의 만남 때문에 모인 것이다. 커피 잔을 든 해밀턴이 이광에게 말했다.

"CIA에서도 알고 있습니다. 군산연 측에서 이야기를 한 것이지요."

그때 오금봉이 웃음 띤 얼굴로 이광을 보았다.

"보험에 든 셈이지요. 우리가 리스타를 만나니까 CIA 측에서 감시를 해 주기 바란다는 의미입니다."

고개를 끄덕인 이광이 셋을 둘러보았다.

"이번에 군산연 측에서 어떤 이야기를 할 것 같소?"

"휴전입니다."

해밀턴이 바로 대답했다.

"그래서 리스타의 방해를 받지 않고 사업을 하려는 것이지요."

"쿠웨이트, 사우디, 이라크, 그리고 중국에까지 리스타를 통하면 엄청난 무기를 판매할 수가 있지 않겠습니까?"

오금봉이 말하자 해밀턴이 거들었다.

"리비아, 아프가니스탄도 마찬가지입니다."

"전쟁만 할 수는 없지."

이광이 결론을 냈다.

"전쟁 중인 나라도 뒤에서 협상을 해야 되는 법이니까."

그때 해밀턴이 웃음 띤 얼굴로 이광을 보았다.

"그보다도 더 골치 아픈 일이 있습니다."

세 쌍의 시선을 받은 해밀턴이 주머니에서 소형 녹음기를 꺼내 탁자에 놓았다.

"우리 '연합' 직원이 서울에서 녹음한 내용을 들어 보시지요."

해밀턴이 이광을 향해 쓴웃음을 지어 보였다.

"서영혜 씨와 며칠 전 이곳에 다녀간 여당 대표 박만수와의 대화 내용입니다."

버튼을 누르면서 해밀턴이 말을 이었다.

"서영혜 씨는 지금쯤 랜드에 도착했겠군요."

그때 녹음기에서 사내의 목소리가 울렸다. 박만수의 목소리다.

"아, 이 사람은 국정원 직원이야. 서영혜 씨를 앞으로 도와줄 직원이지."

눈을 뜬 권철이 품에 안겨 있는 페트리샤의 이마에 입을 맞췄다.

"왜 그러는 거야?"

페트리샤가 꼼지락거렸기 때문이다. 벽시계가 오전 5시 반을 가리키고 있다. 힐튼호텔 최상층의 '프레지던트룸' 안이다. 그때 페트리샤가 사지를 벌려 권철을 감아 안았다.

"나 지금 일어나려고."

"어딜 간다고 그래?"

"오늘 뉴욕 본사에 다녀온다고 했지 않아? 보고도 할 겸 집에 다녀오려고."

"아, 참, 그렇지."

고개를 끄덕인 권철이 몸을 일으켰다. 따라 일어선 페트리샤도 알몸이다. 권철이 페트리샤의 알몸을 눈이 부시다는 표정으로 바라보았다. 페트리샤와 이곳에서 동거한 지 어느덧 일주일이 되어 간다. 그때 권철이 탁자의 메모지와 펜을 집더니 뭔가를 적고 나서 페트리샤에게 내밀었다.

"이거 받아."

팬티를 입고 난 페트리샤가 쪽지를 받더니 물었다.

"뭔데, 뭐야?"

"뉴욕에 있는 사람 전번과 이름이야."

"누군데?"

"그 사람한테 전화를 하면 너한테 현금 1백만 불을 줄 거야. 받아서 써."

"생산 조건은 좋네요."

강정규의 브리핑을 들은 정남희가 고개를 끄덕이며 말했다. 이곳은 강정규의 고문관실 안, 정남희는 공항에서 바로 이곳으로 온 것이다.

"다른 조건은?"

정남희가 묻자 강정규의 표정이 굳어졌다.

"현재 대통령도 부패 혐의가 있기 때문에 거취를 고려하고 있습니다."

"어떻게요?"

"갈아치워야겠는데 대타가 없습니다."

강정규가 현(現) 대통령 마이클 반타에 대해서 설명을 하자 정남희가 물끄러미 시선을 주었다.

"여긴 국적을 받으려면 어떻게 하죠?"

"신청을 하면 바로 시에라리온 시민권이 발급됩니다. 특별한 사유가 없는 한 1시간이면 끝납니다."

"그럼 선거권, 피선거권도 갖게 돼요?"

"물론입니다."

대답은 시에라리온 경찰청장을 맡고 있는 홍만준이 대답했다. 정남희의 시선을 받은 홍만준이 쓴웃음을 지었다.

"제가 시에라리온 국적을 받았고 현재 시에라리온 경찰청장입니다."

"그렇군요."

고개를 끄덕인 정남희가 강정규를 보았다.

"강 사장은 선거로 시에라리온 대통령이 될 수 있겠어요?"

"예?"

놀란 강정규가 눈을 크게 떴을 때 정남희의 얼굴에 웃음이 떠올랐다.

"주는 것이 있으면 받는 것도 있어야죠. 중국에서 떼어낸 거대한 산업 시설을 이곳에 옮기는 조건으로 강 사장이 대통령이 돼 보세요.”

그 순간 홍만준과 김태규, 윤석까지 동시에 고개를 끄덕였다. 셋 모두 꿈에서 깨어난 표정이 되어 있다. 정남희가 말을 이었다.

“이곳을 제2의 고향으로 만들 바에는 이곳에 뿌리를 박아야죠.”

알바노가 웃음 띤 얼굴로 페트리샤를 보았다. 눈가에 잔주름이 맺혔지만 잘생긴 용모다. 브래드 피트와 턱과 눈, 입술이 비슷하다. 본인도 그것을 의식하고 있어서 머리 스타일도 브래드 피트와 같은 갈색으로 염색을 했고 입술은 항상 삼분의 일쯤 벌리고 다닌다. 그렇다. 페트리샤도 이 용모에 반했다. 그 용모에다 5백만 불이 넘는 대형 음식점 소유주, 뉴욕 맨해튼의 2백만 불짜리 고급 빌라, 포르쉐와 벤츠에 끌려 연애를 했고 만난 지 두 달 만에 결혼을 했던 것이다. 페트리샤가 CNN의 수습기자로 연설문 복사나 하고 있었을 때다. 그런데 그 환상은 결혼 6개월도 안 되어서 깨졌다. 고급 식당은 알바노의 보스 소유였고 빌라는 저당 잡힌 것을 알바노가 사용하는 중이었다. 포르쉐와 벤츠는 회사 명의로 리스된 것이었다. 알바노의 재산은 옷가지 몇 벌과 얼굴뿐이었던 것이다. 알바노의 신분이 밝혀졌을 때 페트리샤는 기절을 할 뻔했다. 한 달에 생활비로 이만 불씩 가져오던 알바노가 4개월째부터 영업이 안 된다면서 몇천 불씩 내놓길래 식당에 갔다가 지배인한테서 들었던 것이다. 지배인은 알바노가 ‘영업 사장’이라고 했다. 페트리샤가 알고 있는 줄 알았는지 옆쪽 ‘마피아 패밀리’인 ‘쿠르노파’에서 경쟁 식당을 오픈했기 때문에 영업이 안 된다고 했다. 그렇다. 알바노는 뉴욕 ‘마피아 패밀리’의 일원이었던 것이다. 그것도 간부급도 못 된 식당 지배인급 마피아. 집에 돌아온 페트리샤가 알바노에게 따졌다가 그날 밤 폭행을 당했다. 알바노는 권총까지 빼 들고 페트리샤를 위협했다. 집을 떠나거나 맞은 사실을 발설하면 페트리샤뿐만 아니라 부모, 동생들까지 다 죽인다고 했던 것이다. 그러고 나서 1년, 페트리샤는 집안일은 잊고 일에 매달린 끝에 해외 취재원으로 활약하고 있다.

"페트리샤, 그 목걸이 멋있는데."

알바노가 지그시 페트리샤의 목걸이를 보았다. 오후 7시 반, 페트리샤는 알바노가 일하는 식당에서 저녁을 먹는 중이다.

뉴욕에 도착한 지 3시간째다. 알바노가 식당에서 저녁을 먹자고 했기 때문에 이곳에 온 것이다. 알바노가 목걸이를 응시한 채 말을 이었다.

"다이아가 붙었어. 진짜라면 몇십만 불 되겠는데."

"모조품이야."

"그럼 그렇지."

포도주 잔을 든 알바노가 고개를 끄덕였다.

"진짜라면 그렇게 하고 다닐 수가 없지."

페트리샤의 얼굴에 쓴웃음이 떠올랐다. 목걸이는 권철이 준 120만 불짜리다. 호텔 아래층 보석상이 확인까지 해 준 것이다. 그때 알바노가 브래드 피트의 표정을 짓고 페트리샤를 보았다.

"페트리샤, 내가 30만 불이 있어야겠는데."

"……."

"내가 주식 투자에 실패해서 부채가 남았어. 그래서 당신이 은행에 보증을 서 줬으면 좋겠는데."

"지난번에도 17만 불 보증 서 줬잖아?"

"30만 불이 더 필요해."

"안 돼. 난 능력이 없어."

"당신은 CNN의 유명한 해외 특파원이야. 당신 보증이면 1백만 불도 돼, 페트리샤."

"그래서 나한테 늙어 죽을 때까지 그 부채를 갚으라고?"

"페트리샤, 이러지 마. 우린 부부야."

알바노가 브래드 피트처럼 눈을 가늘게 뜨고 페트리샤를 보았다.

"내가 죽으면 페트리샤 너도 죽어."

"무슨 말이야?"

"내가 마피아라는 것을 밝히고 내 와이프가 CNN의 유명한 해외 특파원이라고 말하는 거야."

"개새끼."

"그리고 너하고 섹스할 때의 필름이 있어, 알지? 우리가 전에 수십 장 찍어 놓은 것."

"넌 사람이 아냐."

"그걸 플레이보이지가 1백만 불로 사 갈 용의가 있다고 했어."

"너 같은 놈은 죽어야 돼."

"네가 오기를 기다렸어, 페트리샤. 오늘 밤까지 결정해. 내일 보증을 서야 되니까."

오전 6시 10분, 전화벨이 울렸기 때문에 권철이 침대에 누운 채로 전화기를 들었다.

"여보세요."

"보스, 저 백차만입니다."

권철과 일하다가 뉴욕의 '리스타 연합'으로 돌아갔던 부하다. 페트리샤한테 전번을 적어 준 부하인 것이다.

"응, 그래. 전화 받았냐?"

"예, 보스. 지금 페트리샤 씨를 만나고 나서 전화드리는 겁니다."

"돈 줬어?"

침대에서 일어나 앉은 권철이 묻자 백차만이 입맛 다시는 소리를 냈다.

"돈보다도 보스한테 부탁해서 사람 하나를 죽여 달라는데요."

"어? 누구?"

"남편이랍니다."

"남편?"

"예, 보스."

"제 입으로 남편이라고 해?"

"예, 그 남편을 죽여 달라는데요. 그래서 제가 지금 전화드리는 겁니다."

"페트리샤는 어디 있어?"

"카페 안쪽에 있습니다."

"날 바꿔 줘."

마침내 권철이 어깨를 늘어뜨리고 말했다. 페트리샤가 결혼했다는 것도 알고 있었다. 남편 되는 놈이 마피아 졸병이라는 것도 안다. 페트리샤를 만난 지 이틀 만에 다 조사해 놓았던 것이다. 그런데 죽여 달라니.

"여보세요."

페트리샤의 목소리가 수화구에서 울렸기 때문에 권철이 고개를 들었다. 전화기를 고쳐 쥔 권철이 입을 열었다.

"페트리샤, 나야."

"권, 미안해요."

페트리샤의 목소리는 낮았지만 또렷했다.

"뭐가?"

"이런 부탁을 해서요."

"아니, 별거 아냐, 페트리샤."

"나에게 남편이라는 존재가 있어요, 권."

"알고 있어, 페트리샤."

"죽여 줄 수 있어요?"

"이유가 뭐야?"

"날 협박해서 돈을 뜯어 가고 있어요."

"……."

"이번에 또 30만 불을 빌리는데, 보증을 서라는군요."

"……."

"지난번에도 17만 불을 빌려줬는데."

"갓댐."

"권, 미안해요."

"지금 이 전화 내용이 녹음되면 난 골로 간다, 페트리샤."

"그럴 리가 있어요?"

놀란 듯 페트리샤가 더듬거렸을 때 권철이 말했다.

"미스터 백을 바꿔."

알바노가 다가서자 쥬세페는 눈을 가늘게 뜨고 물었다. 이곳은 카페 안쪽 사장실.

"너, 와이프가 왔다면서?"

"예, 보스."

"그럼 돈 준비되는 거냐?"

"예, 될 것 같습니다."

그때 쥬세페가 얼굴을 일그러뜨리며 웃었다.

"알바노, 넌 운이 좋은 놈이야."

알바노가 고개를 돌렸을 때 쥬세페가 말을 이었다.

"네가 그 여자하고 결혼하지만 않았다면 넌 지금 내 앞에 서 있지 못했을 거다."

"보스, 죄송합니다."

"이 자식아, 공금을 훔쳐서 카지노에서 날리는 놈이 어디 있어? 50만 불이나 말이다."

알바노가 어깨를 늘어뜨렸다. 브루클린의 카페 '쥬리앙'은 쥬세페 소유로, 카리라스 패밀리의 연락 사무소 역할을 한다. 카리라스 패밀리는 뉴욕의 5대 마피아 패밀리에는 못 들지만 10위 안에는 낀다. 쥬세페는 카리라스 패밀리의 중간 보스로 알바노의 직속상관이다. 쥬세페가 이제는 잇새로 말했다.

"알바노, 너 알지? 네가 카리라스 대부님의 친척만 아니었다면 넌 이미 바닷속에 들어가 있을 거다. 알지?"

"압니다, 보스."

"대부님도 불같이 화를 내셨어. 하마터면 내가 총에 맞을 뻔했단 말이다. 네놈 때문에 말이다."

쥬세페가 다시 얼굴을 일그러뜨리고 웃었다.

"내가 대부님 친구 아들만 아니었다면 나도 죽었단 말이다, 이 개자식아."

"미안합니다, 보스."

"자, 30만 불 언제 채울 거냐?"

"내일 페트리샤 데리고 은행에 가면 됩니다. 다 말해 놓았어요."

"내일 돈이 입금돼?"

"예, 보스. 오후 5시까지는 됩니다."

"됐어."

고개를 끄덕인 쥬세페가 손을 저었다.

"나가 봐."

밤 11시 반이다. 그러나 쥬리앙 카페는 이 시간이 골든아워, 황금 시간대다. 주변 직장인, 마피아 관련 사업가들, 그리고 카리라스 패밀리의 중간 보스들이 모여들어서 떠들썩한 술판이 벌어지기 때문이다. 안쪽에 홀이 만들어졌고 항상 3인조 밴드에 맞춰 팝송을 부르는 가수가 있어서 쥬리앙은 꽤 유명한 고급 사교장이다. 사장실을 나온 알바노가 홀로 들어섰을 때 종업원 루시가 다가왔다.

"알바노, 밖에서 몬티가 찾는다고 연락이 왔어요."

"몬티가?"

놀란 알바노가 숨을 들이켰다. 몬티는 패밀리의 대부 카리라스의 보좌관이다. 별명은 '산타', 카리라스가 몬티를 통해 승진, 금일봉을 주기 때문이다. 그때 루시가 웃음 띤 얼굴로 말을 이었다.

"산타가 선물 가져온 것 아녜요? 빨랑 나가 봐요. 전화박스 앞에서 기다린다고 했으니까."

"몬티가 왔어?"

"몬티가 보낸 사람이 나한테 말하고 갔다니까 그러네. 팁을 50불이나 주고 갔어요, 알바노."

30대 중반의 루시는 쥬리앙에서 5년이 넘게 근무한 고참이다. 풍만한 몸매에 섹시해서 카리라스의 간부 중에서 루시를 겪지 않은 놈은 첩

자라는 농담도 있다. 머리를 기울인 알바노는 '산타'가 선물을 줄 이유가 없다는 생각을 했다. 그러다가 카리라스 대부가 작년에 심부름을 갔을 때 말했던 것이 떠올랐다.

"넌 식당보다 카페에서 일하는 게 낫지 않아?"

그러고는 대답도 듣지 않고 지나갔지만 그때 가슴이 철렁 내려앉는 기분이 들었던 것이다. 식당보다 카페가 백배는 낫다. 이곳 쥬리앙 카페의 매출은 지금 알바노가 일하는 고급 식당 '로마'보다 매출이 10배는 더 나오는 것이다. 당연히 카페를 맡게 되면 수입이 10배는 더 늘어난다. 그래서 중간 보스급이 되어야 카페를 맡을 수 있을 것이다. 밖으로 나온 알바노가 길가에 있는 공중전화 박스로 다가갔다. 길 끝 쪽 주차장 근처여서 인적이 없고 가로등도 없어서 어두운 곳이다. 공중전화 박스에는 사람 하나가 들어가 있었는데 이쪽에 등을 보이고 있다. 산타 몬티다. 몬티는 중간 보스급이어서 항상 부하 둘을 대동했는데 오늘도 밖에 사내 하나가 서 있다. 박스로 다가간 알바노가 유리문을 손으로 가볍게 두드렸다. 밖에 서 있던 경호원은 처음 보는 얼굴인지라 물끄러미 알바노를 보았다. 그때 몬티가 몸을 돌렸다. 유리문을 사이에 두고 몬티와 마주보고 선 알바노가 이맛살을 찌푸렸다. 몬티가 아니다. 그때다. 알바노의 뒤에 선 사내가 머리칼을 움켜쥐었다. 머리가 뒤로 젖혀진 알바노가 입을 딱 벌린 순간이다. 알바노는 목에 뜨끔한 충격을 받고 눈을 부릅떴다. 버럭 소리를 질렀지만 소리 대신 딱 벌린 입에서 피가 뱉어졌다. 목이 잘린 것이다. 목에서 뿜어져 나온 핏줄기가 전화박스의 유리에 거칠게 부딪쳤다. 그것을 전화박스 안에 선 사내가 물끄러미 바라보고 있다. 동양인이다. 이윽고 뒤에서 머리칼을 움켜쥐었던 사내가 알바노를 앞으로 밀었다. 전화박스에 몸을 부딪치며 넘어진 알바노는 그때까지 의식이 있었기 때문에 저도 모르게 얼굴을 두 손으로 감쌌다. 머리통이 떨어질 것 같았기 때문이다. 피가 아직도 뿜어졌고 피에 젖은 손은 끈적였다. 고통은 느껴지지 않았다. 알바노는 부릅뜬 눈을 감았다. 브래드 피트를 닮은 눈이 감기자 알바노는 전혀 다른 얼굴이 되었다.

서영혜가 비서실장 안학태를 만났을 때는 랜드로 돌아온 지 이틀째 되는 날 오전 10시경이었다. 안학태가 시 중심부에 위치한 비서실장실로 부른 것이다. 방으로 안내되어 들어선 서영혜를 안학태가 웃음 띤 얼굴로 맞았다.

"서영혜 씨, 잘 쉬었어요?"

"네, 실장님. 이틀간 푹 쉬었습니다."

자리에 앉은 서영혜가 말을 이었다.

"빌라가 궁전 같았어요."

바닷가의 간부용 빌라는 독채로, 방이 4개, 베란다와 풀장이 있고 바닷가 모래사장으로 연결이 된다. 빌라에는 고용인 3명이 상주하고 있어서 청소와 취사까지 해 주는 것이다. 비서실장실은 48층에 위치해서 랜드가 다 내려다보인다. 반쯤 열어 놓은 베란다 쪽 작은 창을 통해 맑고 시원한 바람이 들어왔다. 그때 안학태가 서영혜에게 물었다.

"서영혜 씨 능력을 발휘할 업무를 찾아보았는데……."

고개를 든 안학태가 차분해진 얼굴로 서영혜를 보았다.

"세 군데가 있어요. 하나는 시에라리온 대통령실 정책보좌관."

서영혜는 눈만 크게 떴고 안학태의 말이 이어졌다.

"두 번째는 '리스타 쿠웨이트 법인'의 전무로 법인장 보좌 역할을 하는 것."

"……"

"세 번째는 '리스타 뉴욕 법인'의 법인장인데, 어느 것을 택하고 싶어요?"

그때 서영혜가 물었다.

"그룹 비서실에서는 역할이 없을까요?"

안학태의 시선을 받은 서영혜가 쓴웃음을 지었다.

"회장님과 비서실장님을 옆에서 돕고 싶습니다."

"그건 당장엔 어렵겠는데."

안학태가 다시 차분한 표정으로 말을 이었다.

"비서실에 간부 요원이 1백 명 가깝게 되는데 모두 10년 가깝게 일해 온 사람들이어서 갑자기 영입해 오면 곤란해요."

"아, 그렇군요."

"셋 중에서 택하든가 아니면 내가 다른 곳을 알아볼 테니까."

"알겠습니다. 오늘 중 결정하겠습니다."

서영혜가 말을 이었다.

"신경 써 주셔서 감사합니다."

서영혜를 보낸 안학태가 이광의 별장으로 찾아와 보고했다.

"세 가지 조건을 말해 주었습니다. 그런데 서영혜는 회장님이나 제 옆에서 돕고 싶다고 하길래 그건 어렵다고 말해 주었습니다."

그때 이광은 웃기만 했고 마침 이광과 함께 있던 해밀턴이 정색하고 말했다.

"제 생각입니다만 쿠웨이트에 보내 권철한테 맡기는 것이 낫지 않겠습니까?"

이광의 시선을 받은 해밀턴이 말을 이었다.

"정체를 안 이상 어디에서 근무하든 간에 암세포처럼 번식할 테니까요. 빨리 제거하는 것이 낫습니다."

"역이용해 보는 것이 어떨까?"

이광이 여전히 웃음 띤 얼굴로 해밀턴에게 물었다.

"적이라고 다 죽일 수는 없지 않겠어? 경력이 아깝기도 하고 말이야."

"시에라리온은 리스타의 미래가 걸려 있는 곳입니다. 그런 곳에 보내다니요."

그러자 안학태가 쓴웃음을 짓고 대답했다.

"그건 떡밥입니다."

해밀턴은 한국어에 유창했지만 떡밥의 의미를 몰랐기 때문에 안학태를 보았다. 시선을 받은 안학태가 설명했다.

"고기를 잡을 때 미리 미끼를 뿌려 두는 거요. 그래서 낚시에 꿰인 미끼를 자연스럽게 물도록 말이오."

"그렇군. 시에라리온을 그렇게 내놓고 물기를 기다린단 말이오?"

"그래요."

"물면 어떻게 하려고?"

"시에라리온에서 강정규한테 맡기는 것이오. 강정규식으로 처리하겠지요."

그때 이광이 말했다.

"정체를 안 이상 우리가 역이용하는 거야. 두고 보자고."

오전 9시 반, 검시실 의사가 페트리샤에게 말했다.

"꽤 심합니다. 각오하세요."

페트리샤가 고개만 끄덕이자 의사는 흰색 시트를 걷었다. 이곳은 병원 시체실 안, 경찰병원이어서 냉기가 가득한 시체실 벽은 캐비닛으로 덮였다. 그중 하나를 꺼내 시트를 젖힌 것이다. 그 순간 반듯이 누워 있는 알바노의 상반신이 드러났다. 알몸이다. 흰 피부, 창백한 얼굴. 눈을 감고 있어서 전혀 다른 얼굴 같았지만 알바노가 맞다. 브래드 피트를 닮은 구석은 하나도 없다. 그리고 알바노의 목에 기다란 상처가 있다. 목이 거의 끝부분까지 베인 것이다. 그때 의사가 말했다.

"목뼈만 남겨 놓고 깨끗이 잘렸어요."

페트리샤가 시체만 내려다보았더니 의사가 말을 이었다.

"아주 익숙한 솜씨입니다. 정육점 같은 데서 근무한 놈인 것 같네요."

"여보쇼, 그런 말을 왜 해?"

이곳까지 안내해 온 형사가 나무라듯 말했을 때 페트리샤가 몸을 돌렸다. 그 순간 페트리샤의 눈앞에 권철의 웃음 띤 얼굴이 떠올랐다. 그러자 가슴이 따뜻해지면서 저절로 긴 숨이 뱉어졌다.

서재로 들어온 훈이가 주춤거리며 다가오더니 3미터쯤 앞에 섰다. 이광의 시선을 받은 훈이가 조심스럽게 물었다.

"아저씨, 뭐 해요?"

"책 본다."

"무슨 책?"

"이거."

이광이 읽고 있던 책을 내밀자 다가온 훈이가 받아 보더니 도로 건네주었다. 그림이 없었기 때문인 것 같다. 그때 이광이 물었다.

"넌 뭐 하냐?"

"놀아요."

훈이가 똑바로 이광을 올려다보았다. 네 살이지만 말을 잘 듣고 착하다. 얼굴도 정남희를 닮아서 잘생겼다.

"아저씨는 이 집 주인이야?"

"그래."

"내가 여기 와서 놀아도 돼요?"

"그래."

그때 열린 문 밖에서 훈이의 유모가 힐끗거리더니 서둘러 다가왔다. 40대쯤의 유모가 훈이 손을 쥐면서 이광에게 말했다.

"회장님, 죄송합니다. 제가 잠깐 한눈을 파는 사이에……."

"아니, 앞으로 이곳에서도 놀라고 했어요."

이광이 웃음 띤 얼굴로 말했다.

"마음대로 돌아다니게 놔둬요, 제 집처럼 말이오."

훈이의 얼굴 위로 상철의 모습이 겹쳐지고 있다. 어느덧 상철이가 제 엄마, 그리고 한이와 함께 사라진 지 1년이 지나간다. 아, 한아.

권철은 페트리샤는 싹 잊어버리고 지금 쿠웨이트 재건 사업 회의 중이다. 막대한 예산을 관리하는 터라 하루에 절반은 생산자, 건설업자를 만나고 있다. 지금도 원유 시설 복구공사 관계로 건설업자들과 상담 중이다. 건설 업체는 한국의 선호건설. 이라크군이 폭발시킨 5개 정유 시설 복구공사인 것이다. 원탁에는 선호건설의 부사장 유미연과 공사담당 전무 한창수가 앉아 있다. 권철은 예산담당 보좌관 박영준만 참석시켰으니 모두 한국인만 모인 셈이다. 권철이 입을 열었다.

"솔직히 프랑스, 독일, 헝가리 건설 업체까지 12개 회사가 입찰에 참가

하는 바람에 선호건설은 3순위였어요, 헝가리가 1순위, 터키 업체가 2위였으니까."

"알고 있습니다."

한창수가 앉은 채로 고개를 숙였다. 선호건설은 한국의 10대 건설회사 안에 들지만 외국의 대기업과 비교하면 아직 경험과 설비 등이 부족하다. 그래서 이번에 권철은 선호건설에 유리하도록 정보를 유출하는 등 여러 가지 특혜를 준 것이다. 한창수가 말을 이었다.

"이렇게 도와주신 은혜는 결코 잊지 않겠습니다."

한창수는 48세, 정유 시설 공사의 전문가여서 믿고 일을 맡길 만하다. 그러나 엄청난 특혜를 준 것은 사실이다. 공사 대금은 32억 불, 대형 공사 중 하나다. 작년의 선호건설 국내외 공사 수주 금액이 달러로 환산해서 8억 불이었으니 연간 수주액의 4배를 단숨에 달성한 셈이다. 권철의 시선이 유미연에게로 옮겨졌다. 36세, 선호건설 창업자이며 회장인 유선호의 장녀다. 이번 오더 수주 때문에 유미연이 직접 날아온 것이다. 미모에 날씬한 체격. 권철의 시선을 받더니 얼굴이 붉어졌다. 6년 전에 국내 굴지의 재벌 명보그룹의 장남과 결혼했다가 3년 만에 이혼했고 밝고 대담한 성격이다. 선호건설의 해외 오더 수주의 절반은 유미연이 해낸다는 소문이 났다. 이번 쿠웨이트 정유 시설 복구공사도 유미연이 먼저 권철에게 접근해 왔던 것이다.

"나는 유 부사장님을 존경합니다."

그날 밤, 10시가 되었을 때 힐튼호텔 최상층 VIP 룸에서 벨소리가 울렸다. 안에서 경호원이 문을 열자 유미연이 들어섰다.

"응접실에 계십니다."

경호원이 말하자 고개를 숙여 보인 유미연이 응접실로 들어섰다. 소파에 앉아 TV를 보고 있던 권철이 웃음 띤 얼굴로 유미연을 맞았다.

"아, 어서 와요."

시선이 마주치자 유미연이 눈을 흘기는 시늉을 했다.

"사람들 있는 데서 그렇게 말씀하시면 어떻게 해요?"

"왜? 그럼 유 부사장이 몸으로 뛰어서 받은 오더라고 말해야 정확할까?"

"어머나."

유미연의 얼굴이 붉어졌다.

"내가 언제요?"

"지금 그럴 작정으로 온 거 아뇨?"

"권 사장님 너무하시네."

"왜? 내 소문 못 들었소?"

"들었어요."

"들은 것보다 더할 거요."

탁자에 놓인 술병을 든 권철이 잔에 술을 따라 유미연의 앞에 놓았다.

"오늘 밤은 여기서 자고 가시지."

"그러려고 왔어요."

"역시 소문대로 여장부군."

권철의 얼굴에 다시 웃음이 떠올랐다.

"나하고 궁합이 맞겠어."

"권 사장님 나이가 어떻게 돼요?"

"서른다섯."

"나보다 연하이신데."

"그러니까 유미연 씨가 행복한 거지."

"뭐가요?"

"젊은 애인 데리고 있으니까."

"나, 참."

"그거 마시고 풀장에 들어가지."

"풀장이 있어요?"

유미연이 눈을 둥그렇게 떴다. 고개를 끄덕인 권철이 자리에서 일어섰다.

"여긴 프레지던트룸이야, 유미연 씨."

유미연에게 다가간 권철이 손을 잡아 일으켰다.

"난 풀장에서 홀랑 벗고 수영하는 것을 좋아해."

4장
리스타 대통령

"시에라리온으로 가겠어요."

서영혜가 말하자 안학태가 눈썹을 조금 모으더니 곧 고개를 끄덕였다.

"그래요. 그렇게 발령을 내지."

"법인장 정책 보좌관이 되는 건가요?"

"아니."

"그럼요?"

긴장한 서영혜가 묻자 안학태가 지그시 시선을 주면서 대답했다.

"대통령 보좌관이 되는 거요. 비서실 소속의 보좌관."

"네? 그럼 현재 대통령이……."

"마이클 반타 대통령이지."

"그럼 그 대통령의……."

"아니, 곧 대통령이 바뀔 거야."

안학태가 자연스럽게 말을 내렸다.

"누구로 바뀌지요?"

"강정규 대통령으로."

"아니, 그분은 법인장 아니신가요?"

"곧 반타 대통령이 강정규한테 대통령직을 위임할 거야."

"……."

"지난번 아지스 대통령이 죽고 나서 반타가 물려받은 것처럼."

"……."

"강정규를 포함해서 시에라리온에 파견된 리스타 직원들은 모두 시에라리온 국적을 획득했어."

"……."

"서영혜 씨도 바로 시에라리온 국적을 취득하도록, 알겠지?"

"예, 실장님."

"그럼 됐어."

자리에서 일어선 안학태가 웃음 띤 얼굴로 서영혜를 보았다.

"시에라리온은 제3의 한국이 될 거야. 아니, 새롭게 태어나는 제1의 한국이 될지도 모르지."

안학태가 손을 내밀었기 때문에 서영혜가 엉겁결에 악수를 했다.

밤 9시 반, 서영혜가 시내에서 쇼핑을 하고 나서 '파라다이스 인테리어' 사무실로 들어섰다. 집에 가는 길에 차를 세우고 쇼윈도 구경을 하는 시늉을 하다가 들어선 것이다. 그때 안에서 서둘러 나오는 비서 로리타와 마주쳤다. 로리타는 뭔가 놀란 듯 눈동자의 초점이 흐려져 있다. 로리타와는 한 번 만난 적이 있기 때문에 서영혜가 물었다.

"로리타, 안에 사장님 계셔?"

황기철을 찾는 것이다. 그때 로리타가 눈동자의 초점을 잡고 말했다.

"지금 경찰서에 가는 길인데요. 같이 가실래요?"

"아니. 왜?"

"사장님이 오후 5시까지 돌아오신다고 해서 기다리고 있었는데……."

"그래서?"

"방금 경찰서에서 연락이 왔어요. 낚싯배가 뒤집혀서 사장님이 익사하셨다고요."

"……."

"지금 시체가 경찰병원에 있대요."

서영혜의 눈동자도 흐려졌다. 연락원이 없어졌다.

숙소로 돌아온 서영혜가 한동안 베란다에 앉아서 어둠에 덮인 밤바다를 보았다. 낚싯배가 뒤집혀 익사했다니 이제는 연락원이 없어졌다. 석연치 않지만 어쩌겠는가? 한국에 전화를 해서 상황을 알려 줄 수도 없다. 이렇게 되었을 때에 대한 대비책을 듣지 않았기 때문이다.

이광이 파리에 도착했을 때는 오후 3시경이었다. 드골 공항에서 랑제르성까지는 헬기로 이동했기 때문에 5시가 되었을 때 일행은 응접실에 둘러앉아 차를 마셨다. 둘러앉은 인원은 이광과 안학태, 해밀턴, 오금봉, 그리고 '리스타 투자금융'의 하사드까지 참석했다. 하사드는 런던에 일 때문에 왔다가 이광이 부른 것이다.

"볼룸이 CIA에 연락을 했다는군요."

해밀턴이 이광에게 말했다.

"방금 CIA의 윌슨한테서 연락이 왔습니다."

이번에는 안학태가 이광에게 보고했다.

"군산연 홍보실에서 이번 만남을 보도해도 되겠느냐고 연락이 왔습니다."

"흥, 군산연의 홍보를 하려는 거군."

오금봉이 말을 받았을 때 하사드가 거들었다.

"그렇게 되면 군산연 가입 회사 주식이 오르겠지요. 전체를 계산하면 몇십억 불이 될 것입니다."

모두 하사드를 향해 웃음을 띠어 보였다.

그때는 하사드가 가장 빨리 손을 쓸 것이기 때문이다. 아마 군산연 가입 회사보다 더 빠를 것이다. 그때 이광이 입을 열었다.

"리스타와 군산연의 친선 회담이 결렬되었다면 주가가 폭락하겠죠."

"그렇지요. 수십억 불이 넘을 것입니다."

하사드가 생기 띤 얼굴로 이광을 보았다.

"파탄이 났다가 극적으로 좋은 분위기를 연출한다면 1백억 불쯤 벌어들일 수 있습니다, 회장님."

"군산연이 그럴 가능성도 있지 않을까?"

불쑥 이광이 물었을 때 하사드도 입을 다물었고 모두 긴장했다. 잠시 후에 먼저 입을 연 것은 해밀턴이다.

"제가 그 생각을 못 했습니다. 군산연의 볼룸이 휴전이나 화해를 하자는 제의를 하려는 것으로만 생각했거든요."

해밀턴의 시선을 받은 이광이 쓴웃음을 지었다.

"가족을 잃은 사람이 그렇게 간단하게 마음 정리가 될까?"

"과연 그렇습니다."

한숨을 쉰 해밀턴이 어깨를 늘어뜨렸을 때 오금봉이 똑바로 이광을 보았다. 오금봉 또한 한국 정보국의 2인자 출신이다.

"겉으로는 화해나 휴전을 내세우고 군산연의 주가를 조작하려는 계획 같습니다."

그때 이광의 시선이 하사드에게 옮겨졌다.

"그래서 하사드를 부른 거요."

"갓댐"

이광이 위층의 서재로 올라갔을 때 해밀턴이 한숨을 쉬면서 투덜거렸다.

"내가 그 생각을 못 했군. 그래서 하사드 씨를 회장님이 부른 거야."

"회장님이 당신과 같은 수준의 머리를 갖고 있는 줄 아는 모양인데."

오금봉이 쓴웃음을 지었다.

"분할 거 없어, 해밀턴 씨. 그래서 우리가 회장님을 모시고 있는 것이니까."

"머리 좋은 부하는 없어야 정상인가?"

그때 하사드가 웃음 띤 얼굴로 자리에서 일어섰다.

"결과가 어떻든 추가 차익으로 수십억 불을 벌게 될 겁니다."

"강 사장."

정남희가 부르자 강정규는 상반신을 세웠다. 시에라리온 대통령궁 안, 고문관실에서 정남희와 강정규가 마주보고 앉아 있다. 강정규 좌우에는 김태규와 윤석, 홍만준까지 셋이 둘러앉았는데 이들이 강정규의 심복이다. 지금까지 대마도 수복 작전부터 포함하여 수많은 작전을 함께 치러 온 것이다. 정남희가 말을 이었다.

"이제 강 사장은 시에라리온 국민이 되었지?"

"예, 사장님."

강정규가 똑바로 정남희를 보았다.

"사장님께서는 내일 귀국하시는 것이 나을 것 같습니다."

고개를 끄덕인 정남희가 웃음 띤 얼굴로 말했다.

"내일 내가 가고 나서 윤서인 씨 일을 맡을 사람이 올 거야. 들었지?"

"알고 있습니다."

강정규의 얼굴에도 웃음이 떠올랐다.

"그래서 이 사람들하고 상의를 했습니다. 저희들이 알아서 처리하겠습니다."

둘러앉은 셋의 얼굴에도 웃음이 떠올랐다. 모두 서영혜의 본색을 아는 것이다.

그동안에 김기대는 베트남에 머물면서 정부 측과 열 번도 넘게 회의를 했다. 회의는 만나서 얼굴 보고 이야기하는 것이 아니다. 실제로 베트남 측 고위 관리들이 준비도 하지 않고 회의에 나온 경우가 있었기 때문에 김기대는 그 사실을 가차 없이 구엔 총리에게 보고했다. 분개한 구엔 총리가 즉시 해당 고위 관리들을 감옥에 집어넣는 바람에 관리들은 식겁을 했다. 그다음부터는 정신을 바짝 차리고 준비를 해 왔지만 자세가 갖춰지지 않았다. 이것은 시켜서 되는 일이 아니다. 그렇다고 정신만 차린다고 되는 일도 아니다. 열정과 의욕, 그리고 기본기가 갖춰져야만 하는 것이다. 열정을 갖기 위해서는 애국심과 사명감이 일어나야 된다. 의욕은 끈기를 필요로 한다. 김기대는 그 DNA를 갖고 성장한 사람인 것이다. 김기대의 부친이, 숙부가 바로 '한국의 기적'을 일으킨 세대였기 때문이다. 세계 최빈국, 1인당 GNP가 67달러였을 때 '꿈에 그리던' 목표가 'GNP 1,000불'이었다는 이야기를 하면서 아버지는 울었던 것이다. 도무

지 실감이 나지 않는 이야기였지만 아버지가 '우는' 사연이니 10분의 1 정도는 공감을 했던 김기대다. 그 '10분의 1의 공감'이 김기대를 이렇게 만들었다. 그 '10분의 1'의 사고(思考)로 봐도 베트남 관리들의 자세가 글러먹었던 것이다. 그렇게 '경제 개발 계획'에 대한 회의를 10여 번 하는 동안에 관리들의 눈빛도 달라졌다. 첫째로 '이해'를 하기 시작한 것이다. 그 '이해'가 '기대'로 연결되고 이어서 '의욕', '열정'으로 이어지게 될 것이다. 그동안의 '자세'는 개인의 몫이다. 의지가 약한 놈은 떨어져 나가겠지. 김기대는 부장급 1명, 과장급 4명, 대리급 6명으로 구성된 팀을 이끌고 있었는데 모두 각 분야의 전문가들이다. 베트남 사업을 위해 정남희가 구성해 준 특별팀인 것이다. 오후 3시 반, 김기대의 팀이 베트남에 상주한 지 23일째 되는 날, 김기대가 호치민시 중심부에 위치한 '리스타 베트남 법인' 사무실에서 전화를 받는다. '리스타 아시아, 아프리카 총괄 사장' 정남희의 전화다.

"예, 사장님."

사흘에 한 번씩 보고서를 보내고 있었지만 통화한 지는 열흘쯤 되었다. 그때 정남희가 말했다.

"김 이사, 보고 들을 테니까 내일까지 랜드에 도착하도록 해."

그러고는 덧붙였다.

"모레 '베트남 경제 발전' 계획을 듣기로 하지."

"예, 사장님."

김기대가 심호흡을 했다. 이제 결정이 되면 대장정이 시작되는 것이다.

강정규가 들어서자 반타 대통령이 잠자코 시선만 주었다. 그날, 강정규한테서 추궁을 당한 후부터 반타는 식물인간이 되었다. 투명인간이 되었다고 해도 맞는 말이 될 것이다. 공식 석상에 일절 나타나지 않았을 뿐만 아니라 누구를 만나지도 않았다. 집무실에서 결재만 했고 들락거리는 사람은 고문관 강정규와 경호실장 윤석 등 비서실 직원뿐이었던 것이다. 연금 상태가 된 것이다. 그렇게 10여 일이 지났지만 국정(國政)은 전혀 지장이 없다. 행정 업무는 순조로웠고 관광객이 늘어났다. 앞쪽 자리에 앉은 강정규가 지그시 반타를 보았다.

"소원이 뭐요?"

불쑥 묻자 반타가 기다린 것처럼 대답했다.

"다 반환하고 계약을 취소하겠소. 그리고 물러날 테니까 살려 주시오."

"그렇게 되면 각하께서 뇌물을 받았다는 것이 세상에 알려지게 될 것 아닙니까?"

강정규가 쓴웃음을 짓고 다시 물었다.

"계약을 취소하면 세상이 다 알게 될 테니까 말입니다. 은밀하게 취소할 수는 없지 않습니까?"

"상관없소."

"각하의 명예에 엄청난 타격을 줄 텐데, 지금까지 전임 아지스와는 달리 청렴한 대통령으로 알려졌지 않습니까?"

"할 수 없지요."

"좋은 방법이 있는데요."

정색한 강정규가 반타를 보았다.

"대통령께서 사고로 돌아가시는 겁니다. 자동차 사고나 심장마비, 뇌출혈로 사망하시면 명예도 지키면서 떠나실 수 있지 않겠습니까?"

"살고 싶소."

반타의 얼굴에 땀이 솟아났고 두 눈이 번들거렸다.

"명예고 뭐고 다 싫소. 살고 싶소."

그러자 강정규가 고개를 끄덕였다.

"알겠습니다. 그럼 업자들을 불러 계약을 파기하고 받은 돈을 돌려주시지요. 업자들이 반발하고 국제재판소에 소송을 건다고 할 겁니다. 그럼 대통령직을 사임하시고 나한테 권한 대행을 맡기시지요."

"그렇게 하지요."

"일이 잘 끝나면 내가 1천만 불을 드리지요. 이건 내 직권으로 드리는 겁니다."

"고맙소."

반타가 벌떡 자리에서 일어서더니 방바닥에 무릎을 꿇었다.

"목숨을 살려 주고 돈까지 주다니, 이 은혜는 잊지 않겠소."

강정규는 잠자코 자리에서 일어섰다. 그때 갑자기 권철의 얼굴이 눈앞에 떠올랐다. 권철이라면 어떻게 했을까?

품에 안긴 유미연이 더운 숨을 권철의 가슴에 뿜으면서 물었다.

"지금 몇 시인 줄 알아?"

"왜 시간을 물어?"

권철이 유미연의 엉덩이를 손으로 움켜쥐고 끌어당겼다. 낮게 비명을 지른 유미연이 권철의 허리를 두 손으로 감아 안았다. 땀에 젖은 피부가 끈적였지만 매끄럽다. 둘은 지금 침대 위에 엉켜 있다. 힐튼호텔의 프레지던트룸 안이다. 유미연이 시간을 몰라서 물어본 것이 아니다. 벽시계는 오후 3시 10분을 가리키고 있다. 같이 점심을 먹고 나서 권철이 유미연을 이곳으로 데리고 온 것이다. 유미연이 웃음 띤 얼굴로 말했다.

"자기는 짐승이야."

"너도 마찬가지야."

"우리는 잘 어울리는 것 같아."

유미연이 다시 뜨거워진 권철의 몸을 비비면서 말을 이었다.

"자기 같은 남자는 처음이야."

"그렇겠지."

"무슨 말이야?"

"나 같은 놈이 어디 있을라고?"

"……."

"수십억 불짜리 오더를 주지 않나, 침대에서 몇 번씩 홍콩을 다녀오게 해 주지를 않나. 이런 수컷은 처음이겠지."

권철이 다시 유미연의 몸 위로 오르면서 사납게 말했다.

"그러니까 입 닥치고 가만있어."

유미연이 방을 나갔을 때는 오후 5시가 넘었을 무렵이다. 권철이 인터폰으로 연락했더니 로비에서 기다리고 있던 강재호가 서둘러 들어왔다. 앞자리에 앉은 강재호가 서류를 보면서 말했다.

"선호건설의 철강 등급이 C등급입니다. A등급과의 차이가 엄청나서 철강 가격만으로도 5천만 불 이상의 차이가 납니다."

권철이 쓴웃음만 지었고 강재호가 말을 이었다.

"우리가 검사를 안 하고 맡긴다고 했더니 바로 장난을 친 것입니다."

고개를 든 강재호가 권철을 보았다.

"선호건설 현장 상무한테서 들었습니다. 부사장이 그렇게 지시했다는 것입니다."

소파에 등을 붙인 권철이 웃음 띤 얼굴로 강재호를 보았다.

"너, 내 성격 알지?"

"예, 사장님."

"방금 유 부사장이 침실에 있다가 나갔어."

"예, 로비에서 나가시는 것 봤습니다."

"그 여자 매력적이다. 그렇지?"

"예, 맞습니다."

"내가 한국 업체라고 봐줬더니 내 배 위에 올라타려고 해. 난 그런 자세는 싫어하거든."

"……."

"오늘부터 그 여자 이곳 출입금지다."

"알겠습니다."

"날 만날 수도 없어."

"무슨 말씀인지 알겠습니다."

"네가 감사반을 구성해서 선호건설로 보내."

"예, 사장님."

"철강이 다 입고되는 날이 언제냐?"

"이틀 후에 다 입고됩니다."

"입고되었을 때 검사를 해서 불합격 통고를 하고 작업 중지시켜."

"그렇게 하겠습니다."

"난 그동안 이집트에 가 있을 테니까 네가 알아서 처리해."

"선호건설이 작업 중단하면 그 대타로 어떤 업체를 정할까요?"

"어디 여 사장이 운영하는 건설업체를 찾아봐라, 좀 미인으로."

"알겠습니다."

권철이 고개를 끄덕이자 강재호는 정색을 하고 일어나 밖으로 나갔다. 이것으로 유미연과의 관계도 끝났다. 페트리샤는 아직 뉴욕에서 돌아오지 않았다.

그 시간에 강정규는 랜드에서 날아온 서영혜를 만났다. 대통령궁의 고문관실 안이다. 서영혜는 시에라리온에 날아올 때도 전용기를 이용했다. 프리타운 공항에 마중 나온 고문관실 직원은 과장급이다. 명함을 보니까 '고문관실 총무과장 임성빈'이라고 적혀 있었던 것이다. 대기시킨 차는 SUV 승합차다. 국회의원 출신에 대변인까지 지낸 터라 서영혜는 자연스럽게 의전에 신경을 쓴다. 인사를 나눌 때 강정규는 웃음을 띠었지만 차분했다. 정중한 태도라고 봐도 될 것이다. 자리 잡고 앉았을 때 시에라리온 대통령 경호실장 윤석, 경찰청장이라고 소개된 홍만준이 동석했다. 모두 한국인이어서 외국 같다는 생각은 안 든다. 그때 강정규가 서영혜에게 물었다.

"윤서인 씨 아시오?"

안다. 당에 같이 있었고 몇 번 밥을 같이 먹은 적도 있다. 그런데 서영혜가 윤서인보다는 급이 높다. 서영혜가 대답했다.

"잘 알지는 못합니다."

급이 다르다는 간접적 표현이다.

"윤서인 씨가 여기서 근무하다가 돌아갔어요."

강정규가 똑바로 서영혜를 보았다.

"잘 모른다고 하니까 여기 있는 경호실장 겸 대통령 비서실장인 윤 실장한테서 설명을 들으시도록."

윤석을 눈으로 가리킨 강정규가 말을 이었다.

"서영혜 씨 직책이 대통령 비서실 소속 정책보좌관이니까."

그때 윤석이 말했다.

"그리고 여기 계신 고문관님은 며칠 후에 반타 대통령한테서 대통령직을 위임받게 될 거요."

서영혜의 시선을 받은 윤석의 얼굴에 웃음이 번졌다.

"반타는 지난번에 죽은 아지스 대통령직을 위임받았지요."

소리 죽여 숨을 뱉은 서영혜가 사내들을 보았다. 이곳은 다른 세상이다. 앞에 앉은 한국인 사내가 시에라리온 대통령이 된다는 것이다. 전(前) 같으면 믿지도 않을 일이었는데 지금 현장에서 직접 대통령이 될 인물과 마주보고 앉아 있다.

시에라리온은 제2의 리스타랜드가 될 지역이다. 그리고 제2의 한국이기도 하다. 그런데 '리스타 연합' 소속의 이사이며 '시에라리온 법인'의 사장이 대통령? 그러면 리스타 그룹 회장인 이광의 위상은?

그때 강정규가 말했다.

"자, 그럼 서영혜 씨는 윤 실장한테서 이야기를 듣도록."

이것으로 강정규의 면담은 끝났다.

파리 랑제르성 응접실에 앉은 이광이 전화를 받는다. 이광 앞에는 안학태와 해밀턴이 앉아 있다.

"원유 채출 공구 복구공사 업체인 한국의 선호건설을 교체하겠습니다."

권철이 이광에게 보고했다. 이광은 듣기만 했고 권철이 말을 잇는다.

"자재 검사를 일임했더니 철강을 불량품으로 들여왔고 시멘트도 함량 미달을 사용했기 때문에 공사를 중지시키고 다른 업체에 재작업을 맡길 예정입니다."

"잘했어."

이광이 말을 이었다.

"공사 관리를 철저히 해라. 한국 업체라고 봐주면 안 된다."

"예, 회장님."

"핫산 왕세자께 내 안부 전해라."

"네, 회장님."

"네가 내 대리인이야. 처신을 잘해."

"예, 명심하겠습니다."

통화가 끝났을 때 이광이 웃음 띤 얼굴로 안학태와 해밀턴을 번갈아 보았다.

"이놈은 개성이 너무 강해."

전화기를 내려놓은 권철이 앞에 앉은 강재호에게 말했다.

"옮겨야겠다."

"뭐 말씀입니까?"

눈을 크게 뜬 강재호에게 권철이 이맛살을 찌푸렸다.

"여기 말이다."

그때서야 강재호가 방 안을 둘러보았다. 이곳은 힐튼호텔의 프레지던트룸 안이다. 권철이 말을 이었다.

"주택가의 빌라 한 채를 얻어. 일반 시민이 사는 집으로."

"그러지요."

"페트리샤가 내 근처로 오는 걸 차단해."

"예, 사장님."

"다른 여자들도 마찬가지다."

강재호가 외면했기 때문에 권철이 헛기침을 했다.
"왜 대답을 안 하는 거냐?"
"너무 갑자기 그러시는 것 아닙니까?"
"무슨 말이야?"
"금연이 어디 하루아침에 됩니까?"
"금연이라니? 얀마, 내가 담배 끊는다고 했어?"
"그건 담배 끊는 것보다 더 어렵습니다, 사장님."
"이 빌어먹을 놈이."
어깨를 부풀렸다가 내린 권철이 눈을 부릅떴다.
"시킨 대로 해!"

회의가 하루 앞으로 다가왔기 때문에 저택은 회의 준비로 바쁘게 움직였다. 볼룸 일행이 저택에서 저녁을 먹기로 예정되어 있기 때문이다. 볼룸 일행은 경호원 포함해서 모두 47명. 리스타 측을 포함하면 1백 명이 넘는 인원이 저택에 모이게 될 것이다.
"취재 기자들이 온다는데요."
이맛살을 찌푸린 안학태가 말했을 때 해밀턴은 쓴웃음을 지었다.
"CIA는 위성으로 이곳을 비추고 있을 겁니다."
"설마, 그럴 리가."
안학태가 입맛을 다셨다.
"회의 내용도 감청할까요?"
"내가 조사를 했지만 아직 감청 장치는 발견되지 않았소."
해밀턴이 부하들을 시켜 저택을 샅샅이 수색했던 것이다.
"기자들은 밖에서 취재할 테니까 나갈 때 귀찮기만 할 뿐이오."

해밀턴이 손으로 천장을 가리켰다.

“위성이 이곳을 찍는다는 건 미국 대통령도 관심을 갖고 있다는 증거요. 위성을 한 곳에 박아 놓으려면 엄청난 비용이 들거든.”

그때 잠자코 있던 오금봉이 말했다.

“프랑스 언론에서 이번 리스타·군산연의 회담은 엄청난 군수품 오더와 관계가 있다고 방송을 했어요.”

그러자 해밀턴이 쓴웃음을 지었다.

“우리가 방해하지 않으면 1천억 불 오더는 할걸? 중동에서부터 중국, 아프리카 지역까지 무제한으로 쏟아부을 테니까.”

“벌써부터 주가가 뛰겠군.”

안학태가 말했을 때 오금봉이 정색했다.

“회의 주제를 리스타와 군산연의 사회에 대한 공헌으로 만들었지만, 이것도 갖가지 추측을 만들 수가 있는 주제지요.”

회의 주제를 양측이 서로 상의해서 만들었던 것이다. 알맹이가 없는 ‘친선 모임’이라고 해도 맞다. 응접실에는 오금봉, 해밀턴, 안학태 셋이 둘러앉아 있다. 내일 이광과 함께 회의에 참석할 리스타의 최고위 간부들이다. 하사드는 뉴욕으로 돌아갔기 때문에 리스타 최고위 간부의 절반이 모인 셈이다. 오후 6시 반이다. 그때 이광이 들어섰기 때문에 모두 자리에서 일어섰다. 내일 회의에 대비한 최종 리허설이다.

랜드로 돌아온 정남희가 별장에서 비서실 상무로부터 보고를 받는다.

“회장님께서는 쿠웨이트에 들르셨다가 시에라리온까지 다녀오신다고 했습니다.”

고개를 끄덕인 정남희에게 상무가 말을 이었다.

"사장님은 회장님께서 돌아오실 때까지 랜드에서 그룹 비서실을 관리하라고 말씀하셨습니다."

"알고 있어요."

이광한테서 들은 것이다. 이광이 안학태를 포함한 최고위층과 함께 자리를 비웠기 때문에 정남희가 결재 대행을 맡는 것이다. 위상이 서너 등급이나 솟구쳤다. 상무의 시선을 받은 정남희가 말을 이었다.

"그룹 비서실과 각 소그룹 비서실은 비상 대기할 것."

"예, 사장님."

"모든 정보는 그룹 비서실로 전달할 것이며 지시를 받도록 할 것."

"예, 사장님."

상무가 서둘러 방을 나갔다. 이곳은 이광의 별장이다. 정남희가 별장도 지키고 있다.

접견실로 들어선 볼룸이 웃음 띤 얼굴로 다가왔다. 볼룸이 앞장을 섰고 한 걸음쯤 뒤로 피셔, 그리고 간부 셋이 따르고 있다. 보좌관이나 경호원은 라운지로 들어오지 않는다. 이광은 자리에서 일어나 그들을 맞았는데, 뒤에 해밀턴, 오금봉, 안학태가 늘어서 있다. 접견실은 100평도 넘는 면적으로, 좌우로 의자가 배치되었고 각 의자 옆에 탁자가 놓였다. 마주보는 위치, 간격은 4미터쯤 되었으며 바닥은 양탄자가 깔려 있다.

서로 얼굴을 아는 처지인 데다 안부를 묻기에도 거북한 사이여서 다가온 볼룸에게 손을 내민 이광이 악수만 하고 뒤를 따라 다가온 피셔 등에게는 눈인사만 하고는 옆쪽 자리를 가리켰다. 그래서 자연스럽게 이광과 볼룸만 악수를 한 상태로 나머지는 눈을 마주치는 것으로 대신했다. 딱딱한 분위기였지만 자연스럽다. 모두 거물급 인사들이어서 어색하지가 않다. 탁자에는 마실 것이 여러 종류가 있었기 때문에 누가 왔다 갔다 하지 않아도 되었다. 오전 11시 정각, 밖은 화창한 날이었지만 접견실, 천장의 샹들리에는 휘황하게 켜져 있다. 모두 자리를 잡고 앉았을 때 이광이 먼저 입을 열었다.

"서로 안 보고 살 수는 없는 것이 세상 이치요. 더구나 군산연과는 자주 얽히는 관계로 거의 모든 지역에서 마주치고 있습니다."

이광이 눈도 깜박이지 않고 볼룸을 보았다.

"난 말 길게 하는 사람이 아니오, 볼룸 씨, 길게 말하는 인간들은 모두 사기꾼이라고 믿고 있어서."

"동감입니다."

볼룸도 정색하고 이광을 보았다.

"잘 알고 있습니다, 이광 씨."

볼룸은 67세, 군산연의 회장을 15년째 맡고 있는 터라 별명이 '대통령'이다. 탱크, 미사일, 대공포까지 수백 종의 무기를 생산하는 제너럴팩커드사의 회장, 한 해 매출액이 4백억 불 가깝게 되고, 세계 50대 부호에 드는 거물, 숨겨 둔 재산까지 합하면 세계 10위 안이라는 소문도 있다. 볼룸이 말을 이었다.

"그래서 짧게 말하지요. 우리는 리스타와 공존을 원합니다."

"어떤 식의 공존입니까?"

"이해가 마주치면 먼저 상의를 하도록 합시다."

볼룸이 준비한 것처럼 바로 말했다.

"그럼 즉시 조정이 될 것이오."

"이해라니? 우리는 당신들 경쟁 업체도 아니어서 이해가 부딪칠 일이 없어요."

이광이 고개를 젓고 말했다.

"리스타의 방해를 받기 싫으니까 타협을 하자고 말해야 되지 않습니까?"

"그렇습니다."

볼룸이 바로 동의했다.

"그 말이 맞습니다."

"조건은 여기 있는 사장들에게 맡기겠소."

이광이 눈으로 해밀턴, 오금봉 등을 가리키면서 자리에서 일어섰다.

"그놈들이 세계 3차 대전을 일으키자는 모의는 안 하겠지?"

후버가 묻자 윌슨이 머리를 기울였다.

"그럴 가능성도 있습니다."

"누가 주도할 것 같으냐?"

"당연히 이광이겠지요."

"내 생각도 그렇다."

"해밀턴이 심복이 되어 있습니다."

"연봉을 엄청나게 받기 때문이 아니냐? 해밀턴 그놈이 돈 욕심이 많거든."

"저도 그렇습니다."

"너는 간뎅이가 작아서 큰돈은 못 만진다."

"저를 무시하시는군요."

"네가 CIA 부장이 되면 달라질지도 모르지. 네 장점이 자리에 맞는 처신을 하는 것이니까."

"랑제르성에서 1박 2일 같이 모여서 회의를 한다니 뭔가 만들어 낼 것 같습니다."

"위성은 비추고 있나?"

"예, 24시간 고정시켜 놓았습니다."

"정보를 뽑아내, 수단 방법을 가리지 말고."

"예, 부장님."

"리스타가 랜드에 이어서 시에라리온까지 잡으면 세계 역사상 초유의 국가가 탄생한다. 경계해야 돼."

"그것은 우리 책임도 있습니다, 부장님."

윌슨의 얼굴에 희미하게 웃음이 떠올랐다가 지워졌다.

"우리가 리스타 용병대를 이용하다가 자연스럽게 발생한 상업 국가 아닙니까?"

"상업 국가 같은 소리 하고 있네."

만지작거리고 있던 파이프를 내동댕이친 후버가 윌슨을 노려보았다.

"내가 그랬지, 이광을 조심하자고. 그놈은 오히려 우리를 이용해 먹은 거다. 나도 그놈 술수에 넘어간 적이 많았단 말이다! 그놈은 이제 발을 디딜 땅을 만들었으니 제3차 대전을 일으킬 만하단 말이다!"

"알겠습니다. 주의하지요."

"랑제르성인지 랑데부성인지에서 그 개자식들이 무슨 회의를 했는지 알아내!"

후버가 소리치자 윌슨이 자리에서 일어섰다. 어깨는 부풀리고 있었지만 시선은 내린 자세다.

"소련이 해체된 상태에서 앞으로 미국의 적은 중국이 될 겁니다."

피셔가 리스타 측을 둘러보며 말했다.

"중국은 앞으로 10년쯤 후에는 인구가 13억이 넘을 것이고 인민군은 3백만에서 4백만이 될 겁니다."

피셔가 말을 이었다.

"중국의 무기 시장 규모가 내년에는 2백억 불에서 10년 후에는 그 10배에서 15배 정도로 상승할 것 같습니다."

그때 옆에 앉아 있던 하워드사 회장 하워드가 말을 받는다.

"중국이 무장을 강화하게 되면 그 주변 국가들, 베트남, 필리핀, 대만뿐만이 아니라 한국, 일본까지 무장을 하게 되니까 시장의 크기가 커지지요. 앞으로 아시아 시장의 규모가 연간 1백 퍼센트 정도 커질 것입니다."

"잠깐만."

마침내 안학태가 손을 들어 말을 잘랐다.

"본론을 말씀하세요. 그것이 우리하고 무슨 상관입니까?"

"리스타는 중국에 가장 영향력을 갖고 있는 기업입니다. 중국 경제개발의 기반을 닦아 주었고 중국 지도층과 엄청난 신뢰 관계를 맺고 있지요."

"아, 본론을 말씀하시라니까."

안학태가 정색했더니 피셔가 헛기침을 했다.

"아시아 지역에서 판매하는 군산연 무기 매출액의 3퍼센트를 리스타에 수수료로 지급하겠습니다."

말을 그친 피셔가 리스타 고위층을 둘러보았다.

"다만 조건이 있습니다."

그때 지금까지 잠자코 있던 오금봉이 입을 열었다.

"그건 그 제의를 받아들였을 때 내놓아야 되는 것 아닙니까?"

오금봉의 얼굴에 웃음이 떠올랐다.

"그건 우리 회장님의 승인을 받아야 되는 일이오. 우리가 결정할 수 없어요."

"시에라리온은 서아프리카의 천국이죠."

볼룸이 위스키 잔을 들면서 말했다. 옆방인 칵테일 바 안, 둘은 소파에 마주보고 앉아 있었는데 손님은 볼룸과 이광 둘뿐이다. 그러나 뒤쪽 벽에 종업원 둘이 서 있고 안쪽 바에는 바텐더 둘이 긴장한 표정으로 서 있다. 약간 어두한 분위기.

그러나 바 안은 1백 평 가까운 공간이다. 양탄자가 깔린 바닥, 천장의 샹들리에 불빛이 은근하게 반짝이고 있다. 볼룸이 말을 이었다.

"10년쯤 전에 프리타운에 한 번 가 본 적이 있습니다. 대통령궁에 갔었는데, 대통령 이름은 잊어버렸지만 경치는 머릿속에 남아 있군요."

이광은 고개만 끄덕이고 한 모금 위스키를 삼켰다. 바 안은 조용하다. 이광이 빈 잔을 옆으로 내밀었더니 종업원이 소리 없이 다가와 받았다. 이광이 손가락 하나를 내밀자 머리를 숙여 보이고는 바로 돌아갔다. 그때 볼룸이 한 모금 술을 삼키고는 이광을 보았다.

"라이베리아의 모하비츠가 대통령에 취임한 내막을 알고 계시지요?"

"압니다."

"저한테 2천만 불을 빌려가서 남아프리카 용병 2개 중대를 샀지요. 그 놈들을 이용해서 신변 경호를 하고 정적들을 암살했습니다."

잔을 흔들어 술을 더 시킨 볼룸이 웃음 띤 얼굴로 이광을 보았다.

"물론 CIA의 암묵적 동의를 받았지요. 이 회장님이 시에라리온에 기반을 굳히신 것보다는 못하지만 말입니다."

"……."

"말하자면 리스타와 군산연은 서아프리카에 나란히 붙은 2개국을 간접 통치하고 있는 셈입니다."

"……."

"우리의 결정으로 두 나라가 전쟁에 돌입할 경우도 있겠지요."

고개를 끄덕인 이광이 새로 가져온 술잔을 들고 의자에 등을 붙였다. 그러나 입을 열지는 않는다. 볼룸은 머쓱한 얼굴이 되더니 한 모금 술을 삼켰다. 잠깐 어색한 정적이 덮였다. 볼룸은 그 사이에 술잔을 또 비웠고 종업원이 다시 새 잔을 건네주었다. 바 안에서는 숨소리도 나지 않는다. 그때 볼룸이 다시 입을 열었다.

"결론적으로 리스타와 군산연은 이 세상에서 공존할 수밖에 없는 존재입니다. 우리는 그것 때문에 이곳에 온 것이지요."

이광이 그때까지 들고 있던 술을 한 모금 삼키더니 다시 입을 다물었다. 볼룸이 소리 죽여 길게 숨을 뱉었다. 다시 방 안에 정적이 덮이고 있다.

피셔와 안학태가 들어섰을 때는 그때다. 방 안 분위기를 모르는 둘이 제각기 이광과 볼룸의 옆에 앉더니 보고했다. 이광에게 몸을 기울인 안학태가 군산연의 제의를 낮게 말하고는 허리를 세웠다. 그때는 피셔와 볼룸의 이야기도 그쳤다. 그때 이광이 말했다.

"점심 준비가 되었을 텐데 점심을 같이합시다."

식당으로 가기 전에 볼룸과 피셔 등 군산연 고위층은 1층 휴게실에 둘러앉았다. 12시 10분이다. 그때 볼룸이 말했다.

"어차피 상부상조해야 할 관계야. 오늘 합의가 이뤄지지 않더라도 만났다는 것만으로도 의미가 있어."

볼룸의 얼굴에 웃음이 떠올랐다.

"이 회장이 내 이야기를 들어준 것만으로도 이번 만남은 성공이야."

이층의 회의실에 둘러앉은 이광과 리스타의 최고 간부들은 스피커에서 울리는 볼룸의 목소리를 들었다. 1층 휴게실에 녹음 장치를 해 놓았기 때문에 바로 스피커로 전달이 되는 것이다. 해밀턴이 힐끗 이광을 보더니 쓴웃음을 지었다. 스피커 장치의 버튼을 켠 것이 해밀턴이다.

"볼룸도 우리가 듣고 있는 줄 알고 저따위 정치적인 발언을 한 겁니다."

해밀턴이 말을 이었다.

"우리도 초대를 받았다면 저런 말을 하겠지요."

이광의 눈짓을 받은 해밀턴이 스피커를 끄고는 말을 이었다.

"저놈들은 협박과 제의를 적절하게 섞어 쓰고 있습니다. 쉽게 볼 놈들이 아니죠."

이광도 볼룸의 이야기를 다 전해 준 것이다.

점심을 먹고 일행은 랑제르성 안에서 휴식을 취했다. 수영장에서 함께 수영을 하고 비치가운 차림으로 칵테일을 마셨다. 몇 명은 이층 마사지실에 들어가 마사지를 받고 몇 명은 낮잠을 잤다. 피셔와 오금봉은 옆쪽 테니스 코트에서 2시간이나 테니스를 치고 사우나에 갔다. 보좌관들도 마찬가지여서 단체로 놀러온 분위기다. 그러고 나서 6시에 다시 회의, 8시에 저녁 식사가 예정되어 있었기 때문에 마지막 회의다.

회의실에는 이광과 볼룸까지 모두 참석했는데 벽시계가 6시 정각을 가리키고 있다. 이광이 먼저 입을 열었다.

"수수료 받는다는 것은 거부합니다. 그런 식으로 군산연과 함께 갈 수는 없습니다."

내용은 단호했지만 이광의 표정은 부드럽다. 이광이 볼룸과 군산연 지도부를 둘러보았다. 차분한 표정이다.

"다만 서로 협의할 일이 있을 경우에는 언제든지 소통할 수 있게 연락망을 만들어 두도록 합시다."

"좋습니다."

볼룸이 금방 동의했다. 이제는 볼룸이 리스타 지도부를 둘러보며 말했다.

"그것만으로도 엄청난 성과를 올린 셈이 되었습니다. 군산연 연합사의 주가가 1백억 불쯤은 뛸 것 같습니다."

그 말에 리스타 지도부도 쓴웃음을 지었다. 리스타 계열사도 마찬가지일 것이다.

그날 밤, 이제는 양측이 모두 바에 모여서 술을 마셨다. 바에는 4인조 악단에다 유명한 가수까지 초대되어 노래를 불렀고 눈이 부시는 미녀 20여 명이 오가면서 시중을 들었다. 밝고 떠들썩한 분위기다. 회담이 잘 끝났다는 분위기에다 술과 음악, 그리고 여자까지 합해졌다. 이광과 볼룸의 옆에는 여자가 둘씩 앉아 있었기 때문에 꽃밭에 있는 것 같았다. 술기운이 오른 해밀턴이 파트너를 데리고 플로어에 나가 춤을 추었고 볼룸 측에서는 하워드 존슨이 대표로 나갔다. 분위기가 떠들썩해졌을 때 볼룸이 옆에 앉은 이광에게 몸을 기울이며 말했다.

"사과드립니다."

이광은 웃음 띤 얼굴로 듣기만 했고 볼룸이 말을 이었다.

"그리고 삼가 조의를 표합니다."

술잔을 든 볼룸이 정색하더니 한 모금을 삼키고 나서 말을 맺었다.

"언젠가는 나도 죗값을 받게 될 겁니다."

그러고는 외면했기 때문에 이광도 잠자코 술잔을 들었다. 옆쪽에서 웃음소리가 들렸다. 춤을 추던 하워드가 하마터면 넘어질 뻔했기 때문이다.

강정규의 시에라리온 대통령 취임식은 라디오 방송으로 보도되었다. 대통령궁 안에 초청 인사 3백 명 정도가 모인 간략한 이취임식이다. 반타 대통령이 먼저 이임사를 했는데 국법에 의하여 대통령 고문관인 강정규에게 대통령직을 이임하겠다고 선언한 것이다. 이임 사유가 건강이라고 했지만 쌩쌩한 표정이어서 쳐다보는 외교관들이 민망할 정도였다. 대통령직을 넘겨받은 강정규가 시에라리온을 5년 안에 아프리카에서 가장 '잘사는 나라'로 만들겠다고 선언했다.

취임 연설은 1분도 안 되었고 간단명료했기 때문에 산골에 사는 시에라리온의 문맹 국민들의 귀에도 내용이 쏙쏙 들어왔다. 이취임식이 15분도 안 되어서 끝났기 때문에 초대된 외교 사절들은 감동했다. 더구나 참석한 외교관, 기자들에게 시에라리온산 다이아 반지 1개씩이 증정되었기 때문에 모두 입이 찢어졌다.

"이취임식은 이렇게 하는 거야."

다이아 반지를 손가락에 낀 프랑스 대사 장 끌로드 반담이 부인 마리에게 말했다. 마리도 1캐럿은 되는 다이아 반지를 만지작거리고 있는 중이었다.

"이취임식이 자주 있으면 좋겠군."

저도 모르게 그렇게 말했던 장 끌로드 반담이 주위를 둘러보았다.

"음, 강 사장이 대통령이 되었군."

보고를 받은 권철이 감동한 표정으로 고개를 끄덕였다.

이곳은 쿠웨이트 시티, 낡고 허름하지만 면적은 넓은 단층 주택 안이다. 힐튼호텔의 프레지던트룸과 비교하면 극빈자 숙소 같지만 권철은 대수롭지 않게 여기고 있다. 숙소를 옮긴 지 5일째, 응접실에서 권철이 앞에 앉은 강재호에게 물었다. 방금 강재호가 강정규의 대통령 취임을 보고한 것이다.

"부럽냐?"

"예? 뭐가 말씀입니까?"

"강정규 팀원들이 시에라리온 경찰청장, 내무장관, 광산장관, 근위부대장 등으로 출세했잖아."

"그렇군요."

"너도 그렇게 되고 싶지 않아?"

"부럽지 않습니다."

"내가 쿠웨이트 왕이 될 확률은 1억분의 1쯤 된다."

"아이고, 됐습니다, 사장님."

어깨를 부풀렸다가 내린 강재호가 정색하고 권철을 보았다.

"선호건설 유 부사장이 여러 번 연락을 해 왔습니다."

"당연히 그렇겠지."

"선호건설은 다음 달 중에 부도가 날 것입니다. 언론에도 다 보도가 되었습니다."

"할 수 없지."

고개를 끄덕인 권철이 벽시계를 보았다.

오후 2시가 되어 가고 있다.

그 시간에 유미연은 전무 한창수와 사무실에 앉아 있었는데 무거운 분위기다.

"15일 후에는 부도가 날 겁니다."

한창수가 외면한 채 말을 이었다.

"쿠웨이트에서 자금 지급을 거부해 버린 바람에 은행에 말을 꺼낼 엄두도 못 내고 있습니다."

"……."

"도저히 회생 불가능합니다."

"……."

"철강, 시멘트가 불량품으로 판정이 나는 바람에 돌이킬 수가 없습니다."

유미연이 어금니를 물었다. C급 원자재를 구입하라고 지시한 것이 자신인 것이다. 한창수가 극구 만류했지만 유미연이 고집을 부려서 들여온 것이다. 그때 한창수가 고개를 들고 유미연을 보았다.

"부사장님, 전 이제 할 일이 없습니다."

"……."

"회사 그만두겠습니다."

놀란 유미연이 고개를 들었지만 입을 열지는 않았다. 할 말이 없었기 때문이기도 했다. 한창수는 최선을 다한 것이다.

페트리샤가 쿠웨이트에 돌아온 지 사흘째가 되었다. 사흘 동안 페트리샤는 권철을 찾으려고 별짓을 다 했다. 권철의 사무실에 찾아갔다가 빌딩 현관에서 경비한테 쫓겨난 것을 시초로 정부 청사는 말할 것도 없고 힐튼호텔과 자주 다니던 클럽까지 뒤졌지만 권철과 통화 연결도 안 되었다. 그리고 사흘째가 된 지금, 권철이 자신하고 관계를 끊었다는 사실을 인정해야만 했다. 쿠웨이트는 좁다. 북쪽 끝에서 주요 인사가 방귀를 뀌면 남쪽 끝에서 5분도 안 되어서 냄새를 맡을 정도다.

오후 2시 반, 시내 식당에서 혼자 점심을 먹던 페트리샤는 문득 쿠웨이트를 떠나야겠다는 생각을 했다. 쿠웨이트 뉴스도 시청률이 떨어진 상태다. 떠나자. 권철이 자신을 피하고 있는 이유를 알 수 없지만 물어본다고 해도 해결될 일 같지가 않다. 페트리샤는 포크를 내려놓고 일어섰다. 식탁에는 겨우 한 조각을 베어 먹은 스테이크가 놓여 있다.

랜드로 돌아온 이광이 다음 날 오전에 모처럼 시내의 리스타빌딩으로 들어섰다. 리스타랜드 전체가 내려다보이는 회의실에서 기다리던 임원들이 자리에서 일어섰다. 비서실장 안학태, '아시아 아프리카 법인' 총괄사장 정남희, 그리고 이번에 베트남에서 돌아온 비서실 산하 기획조정실 이사 김기대다. 오늘은 김기대의 보고를 듣는 회의인 것이다. 그만큼 베트남 투자가 중요한 현안이었다. 먼저 정남희가 입을 열었다. 김기대는 기조실 이사지만 정남희가 총괄하는 '아시아 아프리카 법인'의 '베트남 법인장' 재량으로 시장조사를 해 온 것이다.

"베트남 시장 현황에 대해서 김 이사의 직접 보고를 들으시겠습니다."

이광은 시선만 주었고 김기대가 자리에서 일어나 벽에 붙은 상황판 앞으로 다가가 섰다. 절을 한 김기대가 입을 열었다.

"지도층을 많이 접촉하려고 노력했습니다. 지도층에 대한 보고서는 참조하시기 바랍니다."

각자의 앞에는 보고 자료가 놓여 있다. 김기대가 굳은 얼굴로 말을 이었다.

"노동력은 뛰어납니다. 6개월 안에 한국 공장 기준으로 70퍼센트의 생산력을 달성할 수 있으며 1년 후에는 100퍼센트가 가능합니다. 임금은 한국 기준의 20퍼센트, 중국의 40퍼센트 정도를 유지하게 될 것입니다."

김기대의 목소리에 열기가 올랐다.

"그러나 가장 큰 단점이 있습니다. 그것은 지도자층 일부와 중간층이 부패해서 개혁과 경제 발전의 걸림돌이 된다는 것입니다. 그것을 잘 이용하면 오히려 기업 측면에서는 더 경제적이 될 경우도 있지만 시간이 지나면 같이 썩어 가게 될 것입니다."

고개를 든 김기대가 이광을 보았다.

"최고경영자께서 판단하실 일입니다만 제 생각을 말씀드려도 되겠습니까?"

이광이 고개만 끄덕이자 김기대가 말했다.

"베트남 최고 지도자의 지지를 받아야만 합니다. 그러지 않고 투자를 했다가는 몇 년도 가지 못하고 분해될 가능성이 있습니다."

김기대가 말을 마치고는 어깨를 늘어뜨렸을 때 정남희의 시선이 이광에게 옮겨졌다. 결정은 이광의 몫이다.

오후 3시 반, 베트남 탑반동 주석은 비서가 건네주는 전화기를 받아 들었다. 흰 수염, 흰 머리. 탑반동은 베트남 통일을 눈앞에 두고 사망한 호치민 주석의 비서 출신이다. 그래서 호치민의 생활양식은 물론 행동도 똑같이 모방한다. 전화기를 귀에 붙인 탑반동이 심호흡부터 했다.

"예, 주석 각하."

상대는 중국 공산당의 군사위원회 주석인 등소평이다, 1987년에 공산당 중앙위원회를 사직하고 은퇴 형식으로 물러나 있지만 현재도 군사위 주석직은 유지하고 있는 중국의 지도자.

지금은 강택민 주석이 중국의 대표자지만 등소평이 배후에 있다는 것은 세상 사람들이 다 안다. 그때 수화구에서 등소평의 목소리가 울렸다.

"오, 탑반동 주석, 오랜만입니다."

"건강하십니까?"

탑반동이 공손하게 물었다. 70세인 탑반동에게 87세인 등소평은 어른이다.

"예, 할 일 없이 놀고 있으니까 건강합니다. 잘 계시지요?"

"예, 각하. 부디 건강하십시오."

탑반동에게 등소평은 호치민과는 다른 유형의 사부다. 중국의 개혁개방을 위해 반대 세력을 꺾고 호요방, 조자양에 이어서 장쩌민까지 주석을 내세우고 뒤에서 군림하는 등소평인 것이다. 호치민도 감당해 내지 못했을 것이었다. 탑반동은 전화기를 고쳐 쥐었다. 등소평이 전화를 해온 것은 4년 만이다. 그때 탑반동이 베트남 최고 실권자인 주석에 올랐을 때 등소평이 축하 전화를 해 주었던 것이다.

'등소평이 갑자기 웬일인가? 국경 분쟁 때문인가? 그것도 다 수습되었는데.'

머리가 혼란스러워진 탑반동이 숨만 쉬었을 때 등소평이 입을 떼었다.

"탑 주석, 리스타를 아시지요?"

"예, 압니다."

바로 대답한 탑반동의 심장 박동이 빨라졌다. 리스타를 모르는 세상 사람이 있는가? 다 안다. 등소평이 묻는 것은 다른 이유다. 그때 등소평이 가라앉은 목소리로 말을 이었다.

"이 회장을 만난 적 있습니까?"

"아직 만나지 못했습니다, 주석님."

"그러시군요."

"……."

"리스타가 중국 경제 개발의 초석이 되었지요. 리스타 덕분에 중국은 이제 자본주의 체제의 경제 발전 기반을 갖추게 된 겁니다."

"아아."

"10년 동안 리스타는 수백억 불을 투자해서 중국 근로자 수백만 명에게 경쟁 사회에서 활동하는 능력을 심어 주었습니다. 그 수백만 명이 지금은 수천만 명, 수억의 제자를 양성하고 있는 겁니다."

이제 등소평의 목소리에 열기가 올랐다.

"그러고 나서 리스타는 이번에 중국에서 철수했습니다. 이제 수백 수천 개 투자 업체가 중국으로 쏟아져 들어오고 있지요. 그들은 중국 경제를 부흥시킬 테지만 10년쯤 지나면 중국에 흡수될 것입니다. 왜냐하면 우리가 그동안 닦아 온 능력으로 그들을 압도할 테니까요."

"……."

"그것을 만들어 준 것이 리스타입니다."

"그렇군요."

"내가 이번에 리스타가 중국에서 철수하는 것을 은밀히 도왔습니다. 장 주석도 마찬가지지요. 리스타 이 회장에게 훈장도 보내 주었어요."

"아, 그렇습니까?"

"리스타 이 회장은 내 아들 같은 사람입니다."

"부럽습니다, 주석님."

마침내 탑반동이 감동 섞인 목소리로 이야기했을 때 등소평이 말했다.

"탑 주석, 내가 비밀을 말씀드리지요. 들으시겠소?"

“부탁합니다, 주석님.”

“지금 리스타는 ‘베트남 투자’를 망설이는 것 같습니다. 그 이유는 잘 아실 거요.”

“예. 제가 그걸 모르겠습니까? 중간 지도층, 또 고위층에 부패가 만연합니다. 제가 단속은 하고 있지만…….”

“나는 가끔, 아니 솔직히 자주 이 회장한테서 비자금을 받아서 썼소.”

“…….”

“당을 관리하는 데도 비자금이 많이 필요해. 특히 우리 같은 공산당 체제하에서는 말이오.”

“…….”

“그렇다고 중간 관리층이나 일부 지도자 놈들이 개인적인 탐욕으로 부정을 저지르는 것과는 다르지.”

“그렇습니다, 주석 각하.”

“이 회장과 그런 관계가 되시오. 그것이 베트남 발전을 위한 최선의 방법입니다.”

“감사합니다, 주석 각하.”

감동한 탑반동이 말했는데 목까지 메었다.

“명심하겠습니다, 주석 각하.”

대통령 비서실장 윤석이 서영혜를 보았다.

“국가 체제는 대통령 중심제로 일사불란하게 나가는 겁니다. 그리고 국가 제1의 목표는 잘사는 나라, 경제 발전입니다.”

서영혜가 잠자코 서류만 보았다. 이곳은 대통령 비서실장 집무실 안, 윤석은 비서실장 겸 경호처장을 겸하고 있다. 윤석이 말을 이었다.

"계획을 세워 보세요. 이번 주말까지 제출하시도록."

"알겠습니다."

고개를 든 서영혜가 자리에서 일어섰을 때 윤석이 덧붙였다.

"곧 경제 개발에 대한 조사단이 올 겁니다, 대규모 투자가 일어날 테니까."

서영혜는 잠자코 몸을 돌렸다. 시에라리온에 온 지 20일째다.

서영혜와 엇갈려서 방으로 오택수가 들어섰다. 오택수는 비서실 소속 보안 담당 과장이다. 앞에 선 오택수가 보고했다.

"서영혜 씨가 어제 한국과 통화한 내용을 녹음했습니다."

"내용은?"

"현재 상황과 자금 관계 등입니다. 중요한 내용은 없습니다."

서영혜는 시내의 중국 식당 전화를 이용해서 하루에 한 번 꼴로 한국으로 정보를 보내고 있는 것이다. 수신자는 여당 대표 박만수의 보좌관 김인동이다. 그러나 윤석이 서영혜는 중요 현안에서 배제시켰기 때문에 알맹이가 없고 절반은 '못 살겠다'는 하소연이다. 오택수가 쓴웃음을 띤 얼굴로 말을 이었다.

"한국으로 돌아갈 명분을 만들어야겠다고 했습니다. 여기서 조사를 할지 모르니까 사고나 사건을 만들어 달라고도 하는군요."

"나름대로 조심은 하는군."

고개를 끄덕인 윤석이 혼잣소리처럼 말했다.

"좁은 땅에서 머리 굴리는 것은 한계가 있어. 기껏해야 우물 안 구렁이다."

서영혜도 윤서인과 마찬가지로 떠나게 될 것이다. 윤석이 쓴웃음을 짓고 오택수를 보았다.

"서영혜는 본래 여당 측이 회장님 측근에 심어 놓으려다가 이곳까지 오게 된 거야."

윤석이 말을 이었다.

"지금은 시에라리온 대통령 비서실의 정책담당관이 되어서 내가 상대를 하게 되었지만 말이야."

서영혜가 윤석을 만나려고 해도 면담 신청을 해야만 하는 처지다.

랜드에 머물고 있던 정남희에게 '베트남 법인장' 김기대가 찾아왔을 때는 오후 2시 무렵이다. 정남희는 리스타빌딩의 집무실에서 김기대를 맞았다. 인사를 마친 김기대가 앞쪽 자리에 앉아 말했다.

"베트남 구엔 총리가 오늘 오전 11시에 저한테 전화를 했습니다."

"……."

"내용은 베트남의 탑반동 주석이 회장님을 뵙고 싶다는 것입니다."

"목적은?"

정남희가 짧게 묻자 김기대가 대답했다.

"베트남 경제 개발에 대한 협조를 부탁하려는 것이라고 분명히 말했습니다."

"……."

"시간을 정해 주면 언제라도 만나겠다고 했습니다. 장소도 우리 쪽에서 결정해도 좋다고 합니다."

"……."

"제가 총리로부터 직접 전화를 받았습니다, 사장님."

고개를 끄덕인 정남희가 인터폰을 누르며 말했다.

"회장님께 보고드릴 테니까 나하고 같이 가지."

30분쯤 후에 위층 회장실에서 김기대의 보고를 들은 이광이 먼저 정남희에게 말했다.

"등 주석님 전화를 받고 직접 나서기로 한 거야, 탑반동 주석이 말이지."

이광이 등소평에게 '베트남 사업'을 상의한 것이 아니다. 등소평의 전화를 받고 이야기를 하다가 베트남 사업에 대해서 묻기에 답보 상태라고만 대답했던 것이다. 중재나 특혜를 부탁한 것도 아니다.

그랬더니 며칠 후에 등소평한테서 탑반동한테 이야기를 했다고 전화가 온 것이다. 이광이 정남희한테만 말했기 때문에 김기대는 바짝 긴장했다. 그때 정남희가 말했다.

"만나셔야 할 것 같은데요. 그리고 베트남 사업에 대한 결심을 하셔야 되겠습니다. 이런 식으로 회장한테 말하는 사람은 리스타의 수십만 명 사원 중에서 10명 정도뿐일 것이다. 이광이 고개를 끄덕이다가 김기대에게 물었다."

"준비 상황은 어때?"

"예. 지시만 하시면 중국에서 철수한 원부자재를 바로 투입할 수 있습니다, 회장님."

"네 의견을 최종적으로 듣자."

그러고는 이광이 웃음을 띠었다.

"말해."

"예. 중국에서 철수한 공장 시설, 기계류는 물론 원부자재는 40만 명 근로자 분량입니다. 그것을 다 베트남으로 옮기는 건 위험합니다."

일어선 김기대가 똑바로 이광을 보았다.

"만일 베트남 측과 조건이 맞는다는 가정하에서 베트남 공장을 가동시키려면 우선 그 10분의 1인 4만 명 기준의 공장부터 시작해야 된다고 생각합니다."

이광이 고개를 끄덕였고 김기대의 말이 이어졌다.

"그러고 나서 차츰 증설해 가는 것입니다. 베트남 경제나 분위기를 우리가 선도해 나가야지 끌려가서는 안 될 것입니다."

"그렇지."

마침내 이광이 말하고는 정남희를 보았다.

"안 실장하고 상의해서 일정과 장소를 정해."

랜드 집무실에서의 이번 결정이 베트남을 흔들고 나서 아시아를 지나 아프리카 대륙을 횡단하더니 서쪽 끝의 시에라리온에 닿았다. 바람이다. 이것이 곧 태풍이 될 것이다. 시에라리온 대통령 비서실장 윤석이 랜드 비서실의 연락을 받고 대통령 집무실로 들어섰을 때는 오후 5시경이다.

"대통령님, 중국에서 철수한 공장 설비를 내일부터 시에라리온으로 이동시키기로 했습니다."

윤석이 들뜬 표정으로 말을 잇는다.

"베트남 경협은 진행 중이지만 시에라리온은 먼저 시작하는 것이지요."

"잘됐군."

강정규가 커다랗게 고개를 끄덕였다. 지금까지 공장 설비는 수백 개의 컨테이너에 담겨 각국의 항구에 보관시켜 놓은 상태다.

"베트남은 아직 구체적인 계획이 수집되지 않았기 때문에 먼저 시에라리온으로 공급한다는군요."

시에라리온은 이미 공장 건물이 완공되었고 실습생까지 수천 명 대기시킨 상태다. 그것이 한 달 후면 수만 명으로 늘어날 것이다. 준비가 다 갖춰져 있는 것이다. 고개를 든 강정규가 윤석을 보았다.

"서영혜는?"

"어제부터 아프다고 출근하지 않았습니다. 그런데 오늘 오후까지 두 번이나 서울에 연락을 하는군요."

"……."

"통화 내용을 들었더니 이곳에서 견디기 힘들면 핑계를 대고 귀국하라고 했습니다. 서울의 지시를 받고 있는 겁니다."

"……."

"서영혜는 이곳에 있는 동안 리스타의 예산 관계, 조직, 정부와의 관계까지 모두 자료를 수집해 놓았습니다."

"……."

"그리고 서울 기조실에서 연락이 왔습니다만 윤서인 씨가 민정당 간부들과 자주 접촉한다는 것입니다. 민정당에서 우리 약점을 찾으려는 것 같습니다."

"회장님이 민정당 제의를 거부했기 때문인 것 같군."

"그들에게 약점을 잡히지 않아야 됩니다, 대통령님."

고개를 끄덕인 강정규가 물끄러미 윤석을 보았다. 눈동자가 흐려져 있다.

사흘 후에 전용기로 호치민시에 도착한 이광 일행은 곧장 탑반동 주석의 관저로 직행했다. 공항에 도착한 지 1시간도 되지 않아서 호치민시 외곽에 위치한 주석의 저택 응접실에 이광과 탑반동이 마주 앉았다.

오후 5시 반, 탑반동은 현관 앞에서 이광을 맞을 때부터 시종 웃음 띤 얼굴이다. 마른 체격, 흰 염소수염, 날카로운 눈매, 호치민을 빼다 박은 용모였지만 피부가 희다. 부잣집 2세 분위기가 풍긴다. 이곳에서 탑반동을 만나기로 한 것은 리스타 측이다. 탑반동은 총리 구엔과 비서실장 키우만 참여시켰다. 이광은 정남희와 안학태, 김기대까지 넷이다. 먼저 탑반동이 입을 열었다.

"와 주셔서 고맙습니다. 영광입니다."

"아닙니다. 제가 영광입니다."

의례적인 인사를 마치고 나서 탑반동이 말을 이었다.

"베트남에 투자해 주신다면 우리가 최선을 다하겠습니다."

이광이 고개만 끄덕였고 탑반동이 말을 이었다.

"여기 있는 총리가 직접 챙길 것입니다."

그때 이광이 입을 열었다.

"잘 알겠습니다. 고려하겠습니다."

이광이 말을 이었다.

"하지만 여건을 검토해야 되겠지요."

"당연하지요."

탑반동이 웃음 띤 얼굴로 자리에서 일어섰다. 둘러앉은 지 5분도 되지 않았다.

"그럼 담당자들한테 맡기고 회장님은 저하고 차나 한 잔 드실까요?"

"그러시지요."

같이 일어선 이광이 탑반동을 따라 나가면서 안학태에게 말했다.

"그럼 맡기겠네."

옆방으로 옮겨 간 탑반동과 이광은 소파에 마주보고 앉았다. 붉은색아오자이 차림의 여자가 소리 없이 다가와 둘 앞에 찻잔을 내려놓고 돌아갔다. 양탄자도 붉은색, 기둥, 벽도 붉은색이었지만 방 안 분위기는 무겁다. 녹차 잔을 든 탑반동이 지그시 이광을 보았다.

"등 주석과 통화를 했습니다."

이광이 시선만 주었고 탑반동이 말을 이었다.

"여러 가지 조언을 해 주셨습니다."

"아, 그렇습니까?"

"등 주석께서 이 회장님과의 사연도 말씀해 주셨습니다."

"아, 예."

"이 회장님과 부자간처럼 지내신다고 하더군요."

"그렇습니다."

한 모금 녹차를 삼킨 탑반동이 이광을 보았다. 방 안은 조용해서 숨소리도 다 들린다.

"리스타 관련 사업은 제가 직접 챙기겠습니다."

"알겠습니다."

"리스타 사업은 총리가 주관해서 특전을 주도록 했지만 문제가 생겼을 경우에는 바로 비서실장 키우에게 연락하라고 해 주시지요."

"그러지요."

"그리고."

한숨을 쉰 탑반동이 말을 이었다.

"저하고 둘이서 정기적으로 만나십시다. 이것은 사적 만남입니다."

시선을 든 이광을 향해 탑반동이 웃어 보였다.

"등 주석님의 말씀을 듣고 깨달은 것이지요."

"……."

"돌아가신 호 주석님께서도 말씀하셨지요, 너무 맑은 물에서는 물고기가 살지 못한다고. 적당하게 물이 흐려져야 미생물도 풍부하고 물고기가 더 활력을 낸다고 하셨습니다."

"알겠습니다. 그렇게 하지요."

이광이 웃음 띤 얼굴로 고개를 끄덕였다.

그때 탑반동이 목소리를 낮췄다.

"약속이나 심부름은 비서실장 키우를 시키지요."

"저도 비서실장 안학태를 통하도록 하겠습니다."

이것으로 '역사적인' 합의를 했다.

"여, 대통령 각하."

권철이 떠들썩한 목소리로 말하면서 다가왔다. 얼굴에 웃음이 가득 펼쳐져 있다. 대통령 집무실 안, 강정규가 다가가 두 손으로 권철의 손을 잡았다. 강정규도 이를 드러내고 웃는다.

"미안해. 내가 공항에 나가야 되는데 일이 있어서 못 나갔어."

"아냐. 내가 국가 원수도 아니고."

권철이 고개를 흔들었다.

"그럼 이상하지. 체통을 지켜, 이 사람아."

권철을 따라온 강재호도 웃었고 공항에 마중 나간 윤석도 따라 웃는다. 권철이 시에라리온에 온 것이다. 그것도 도착 3시간 전에야 통보를 받았기 때문에 윤석이 서둘러 공항에 나가서 모셔왔다. 소파에 자리 잡고 앉았을 때 강정규가 눈을 가늘게 뜨고 물었다.

"갑자기 무슨 일이야? 3시간 전에야 도착한다는 연락을 해 오고?"

"아, 좀 시간이 나서."

"엄청 바쁠 텐데. 쿠웨이트 개발 자금이 1,500억 불이나 된다면서?"

"2천억 불이야. 500억 불 늘어났어."

"아이고."

"돈이 돈 같지가 않아. 2천만 원이라면 계산이 되겠지만 내 한계를 넘었어."

"나도 그런 돈 좀 만져나 봤으면 좋겠다. 여긴 꿈도 못 꿔."

"다이아몬드가 있잖아."

권철이 정색하고 강정규를 보았다.

"내가 듣기로는 지난번에 죽은 아지스 대통령이 엄청난 양의 다이아를 갖고 있었다던데."

"그렇지."

"그거 나한테 팔아."

그 순간 강정규의 얼굴이 굳었다. 그때 권철이 말을 이었다.

"내가 그 생각이 나서 온 거야. 갖고만 있으면 뭘 해? 내가 쿠웨이트 자금으로 사 줄 테니까. 현금으로 만들어 준다고."

"……."

"왕세자 전하께 허락도 받았다고."

"그것 때문에 왔군."

"내가 알기로는 20억 불이 넘는 가치라고 하던데 가격을 잘 쳐주지."

"으음."

"솔직하게 말해 주지."

의자에 등을 붙인 권철이 말을 이었다.

"전 세계의 다이아몬드는 영국 드뷔어스가 장악하고 있어. 그놈들이 장난을 쳐서 다이아몬드 가격을 마음대로 주무르고 있는 거야."

그때 권철이 옆에 앉은 강재호에게 말했다.

"네가 설명해."

"예, 사장님."

허리를 편 강재호가 강정규 쪽으로 몸을 돌리더니 입을 열었다.

"드뷔어스사는 전 세계 다이아몬드 거래량의 70퍼센트를 장악하고 있습니다. 그들은 수급을 조절하고 가격을 마음대로 정해서 엄청난 폭리를 취하고 있는데 지금까지 시에라리온산 다이아의 90퍼센트를 가져가고 있었습니다."

"시에라리온산으로 말인가?"

놀란 강정규가 묻자 강재호가 대답했다.

"예, 각하. 밀수로 대량 유출되고 있습니다."

"으음."

"만일 시에라리온산 밀수품을 통제하고 지금 리스타에서 보관 중인 다이아를 관리하면 드뷔어스는 타격을 받을 것입니다."

강정규가 고개를 끄덕이더니 권철을 보았다.

"오늘 저녁이나 같이 먹으면서 이야기를 하지. 내 부하들도 소개시켜 줄 테니까."

"좋아. 술까지 마시라고."

집무실을 나온 권철이 윤석과 함께 비서실 앞을 지날 때 마침 다가오던 서영혜와 마주쳤다. 병가를 내고 쉬던 서영혜가 윤석을 찾아온 것이다.

"실장님, 드릴 말씀이……."

다가선 서영혜가 말했을 때 옆에 서 있던 권철의 눈이 커졌다.

"비서실 직원이야?"

대뜸 묻는 것은 권철의 성품이다. 권철의 시선이 서영혜에게서 떼어지지 않았다.

"이곳까지 한국인 여자가, 더구나 이런 미인이 와 있다니. 강정규가 부럽군."

그때 윤석이 어깨를 늘어뜨리면서 먼저 서영혜에게 인사를 시켰다.

"서 보좌관, 쿠웨이트 법인의 권 사장님이셔, 인사해."

"안녕하십니까?"

놀란 서영혜가 고개를 숙여 절을 했다. 서영혜가 경력이 짧지만 쿠웨이트 법인 사장이며 쿠웨이트 경제 개발 책임자인 권철을 모를 리가 없다. 권철은 쿠웨이트나 중동 지역에서는 이광보다 더 유명한 인물이다. 그때 권철이 서영혜에게 한 걸음 다가섰다.

"보좌관이시라고? 어떤 업무를 맡고 있는데? 강정규, 아니 대통령 소속인가?"

"저기……."

당황한 서영혜의 얼굴이 붉어졌다. 오늘 윤석에게 회사 그만두겠다는 말을 하려고 온 것이다. 그때 윤석이 권철에게 말했다.

"제가 말씀드리지요."

고개를 돌린 윤석이 서영혜에게 말했다.

"조금 후에 이야기합시다."

그러고는 권철을 영빈관으로 안내했다. 영빈관은 대통령궁에서 차로 5분 거리밖에 되지 않는다. 영빈관으로 가는 동안 윤석이 서영혜에 대한 이야기를 해 주었다. 서영혜의 이력과 정체에 대한 설명이 끝났을 때 권철이 얼굴을 펴고 웃었다.

"강 대통령이 여복이 없군."

권철이 눈만 껌벅이는 윤석을 향해 말을 이었다.

"지난번 여기 법인에 보좌역으로 있던 여자가 귀국했지?"

윤서인이다. 놀란 윤석이 숨만 쉬었을 때 차가 영빈관에 도착했다. 차에서 내린 권철이 옆을 따르는 윤석에게 말했다.

"내가 쿠웨이트에 있다고 여기 소식을 모를 것 같나?"

"아닙니다, 사장님."

"그때 보좌역으로 있던 여자가 귀국해 버렸지?"

"예, 사장님."

그들은 영빈관 안으로 들어가 응접실의 소파에 앉았다. 권철은 강재호와 수행원 10여 명을 인솔하고 왔지만 모두 일사불란하게 움직인다. 그때 권철이 말했다.

"오늘 밤 술 마실 때 그 여자를 데려오게."

"네? 서영혜를 말입니까?"

"그래. 내가 처리해 주지."

의자에 등을 붙인 권철이 옆에 앉은 강재호를 보았다.

"우리가 데려가면 되지 않을까?"

"사장님."

심호흡부터 한 강재호가 힐끗 윤석을 보고 나서 물었다.

"무슨 용도로 쓰실 겁니까?"

"저 용모면 클럽에 내놓아도 하룻밤에 1만 불은 벌 거다."

"그건 그렇습니다만 본인이 거부할 것입니다."

"내가 데리고 있는 건 어때?"

"저 여자가 집에만 있으려고 하겠습니까?"

"다른 용도가 없을까?"

"정색한 권철이 강재호를 보았다.

"내가 여자가 필요해. 저런 인물을 그대로 한국에 돌려보내기는 아깝잖아?"

지금 둘의 이야기를 윤석이 숨을 죽이고 듣고 있다. 눈동자만 이쪽저쪽으로 왔다 갔다 하면서 듣는 것이다. 이것은 다른 유형의 보스와 부하의 관계다. 자신과 강정규의 관계와 비교가 되는 것이다. 일장일단이 있겠지만 이 관계도 신선하다. 강정규는 절대로 이런 행동은 못 한다.

그때 강재호가 고개를 기울였다가 말했다.

"억지로 끌고 갈 수는 없을 것 아닙니까?"

"그렇지."

"저런 여자면 쿠웨이트 사업에 참여해 보라면 욕심을 낼 겁니다."

그때 권철이 묻는 것 같은 시선으로 윤석을 보았다. 그러자 윤석이 고개를 끄덕이며 말했다.

"그럴 가능성이 충분합니다. 본래 회장님 주변에서 정보를 캐내려고 보내졌는데 이곳까지 오게 되었으니까요."

"으음, 욕심이 많은 년이군."

눈을 가늘게 뜬 권철이 강재호를 보았다.

"네가 머리 좀 짜내 봐라."

"재건 사업부의 조정관이 어떻습니까? 각종 재건 사업에 제대로 계약이 되었나, 원부자재가 규정을 맞췄나 등등을 체크하는 책임자로 말입니다. 수백억 불 공사를 관리하게 되는 것이지요."

"으음, 과연."

감동한 권철이 커다랗게 고개를 끄덕였다. 선호건설은 열흘쯤 전에 부도가 나서 쿠웨이트에서 철수했다. 부사장 유미연은 쿠웨이트를 떠났는데 한국으로도 돌아가지 않았다. 한국에 돌아가면 구속될 것이 분명했기 때문에 미국으로 도망갔다는 것이다. 권철이 이제는 윤석을 보았다.

"어때? 내가 데리고 갈까?"

"대통령께서도 기뻐하실 것입니다."

윤석이 한숨을 쉬었다.

"본인도 물론 만족할 것이고요."

"제 뜻대로는 다 안 될 거야."

권철이 웃음 띤 얼굴로 말을 이었다.

"쿠웨이트에서는 제 맘대로 오갈 수 없을 테니까. 그 여자가 안 보일 때는 유정 시설의 콘크리트 바닥에 묻혀 있는 것으로 알면 될 거야."

"그것 참."

저녁 식사 때 권철의 제의를 들은 강정규가 이를 드러내고 웃었다.

"윤 실장한테서 들었는데, 자넨 참 뛰어나."

"뛰어나? 뭐가?"

한정식 요리여서 젓가락을 든 채 권철이 눈을 크게 떴다. 원탁에는 여섯이 앉았다. 강정규와 권철, 윤석, 강재호, 그리고 강정규의 오랜 심복들인 김태규와 홍만준이다. 모두 권철 식구(?)들과 안면이 있기 때문에 친척 같은 분위기다. 모두 웃음 띤 얼굴이었고 강정규가 대답했다.

"임기응변력."

"젠장. 여자 다루는 법이라고 해."

"아냐, 그런 의미가 아냐."

정색한 강정규가 고개까지 저었다.

"난 서영혜를 그런 식으로 응용할 생각은 하지 못했어."

"이 사람아, 그건 색욕에서 시작되는 거야. 그래서 그래."

"그게 무슨 말이야?"

강정규가 물었을 때 부하들은 다 외면했다. 그때 권철이 쓴웃음을 지었다.

"난 여자를 보면 욕망이 일어나고 그것을 그대로 분출해. 그래서 하마터면 신세 조질 뻔한 경우도 많았지."

한숨을 쉰 권철이 말을 이었다.

"회장님한테 직접 혼나기도 했어. 아마 리스타에서 그런 일로 직접 깨진 놈은 내가 유일할 거야."

"그러니까 뛰어난 거지."

강정규가 웃지도 않고 말했기 때문에 권철이 입맛을 다셨다.

"젠장. 자넨 웃지도 않는군."

"진심이니까."

"거기, 서울에 간 윤 아무갠가 그 여자 데리고 와."

순간 강정규가 입을 다물었을 때 권철이 말을 이었다.

"부하들 있을 때 내가 일부러 말하는 거야. 그 여자, 당신을 좋아할 것 같은데. 오늘이라도 당장 전화해서 데리고 오라고."

"……."

"괜찮은 여자 같던데 한국에서 나쁜 놈들한테 물들게 하지 말고 말이야."

젓가락을 내려놓은 권철이 웃었다.

"난 여기서 골치 아픈 여자를 데리고 갈 테니까."

"다이아를 가져가."

강정규가 화제를 돌렸다.

"안 실장님 허락은 받았어."

비서실장 안학태를 말한다. 강정규가 말을 이었다.

"앞으로 시에라리온산 다이아는 모두 자네한테 넘기라는 지시야. 쿠웨이트에서 다이아 사업을 관리하도록 전문가들을 보충해 주시겠다는 거야."

권철이 숨을 들이켰다. 새 사업이다, 그것도 엄청난 사업. 군산연과 버금가는 조직인 드뷔어스의 다이아몬드 사업이다.

거대한 재력과 조직력을 바탕으로 드뷔어스는 전 세계의 다이아몬드 유통을 독점해 온 것이다.

"좋아."

권철이 번들거리는 눈으로 강정규를 보았다.

"내 체질에 맞는 사업이야."

서영혜가 영빈관의 바로 들어섰을 때는 오후 9시. 바 안에는 손님이 넷 앉아 있었는데 시에라리온 대통령 강정규와 비서실장 윤석, 그리고 리스타 쿠웨이트 법인장 겸 '쿠웨이트 국가 재건 사업단장'인 권철과 비서실장 강재호다.

"자, 이쪽으로."

자리에서 일어선 윤석이 서영혜를 맞았다. 그러고는 정식으로 인사를 시켰다.

"쿠웨이트 법인 사장님이시고 이쪽은 비서실장."

"잘 부탁합니다. 서영혜입니다."

서영혜가 공손하게 고개를 숙이고는 자리에 앉았다. 권철은 시선만 주었고 강재호는 고개를 끄덕여 인사를 받는다. 둘 다 무표정한 얼굴이어서 서영혜는 심호흡을 했다. 그러나 서영혜는 당 대변인에 초선 의원 출신이다. 전혀 위축되지 않았다. 그때 윤석이 입을 열었다.

"쿠웨이트 법인 사장님께서 서 보좌관께 관심을 가지셔서 뵙자고 한 거요."

서영혜의 시선이 권철에게 옮아갔다. 시선이 마주치자 권철이 눈을 가늘게 떴다. 오후에 복도에서 마주쳤을 때와는 다른 분위기다. 그때 권철이 물었다.

"서 보좌관 이야기는 들었는데, 나하고 같이 일할 생각이 없나?"

"네? 저는……."

서영혜에게는 난데없는 제의여서 당황했다. 그래서 윤석과 강정규까지 보았지만 태연하다. 미리 이야기가 된 분위기다.

그때 이번에는 강재호가 말했다.

"쿠웨이트 재건 사업단의 조정관을 맡는 거요. 법인장님이 재건 사업단장도 맡고 계시는 터라 법인장님 직속의 조정관이지."

강재호의 목소리가 이어졌다.

"잘 알겠지만 사업단 예산이 1차로 2천억이고 계속 증액되고 있어요. 그것을 정리, 조정, 감사하는 업무를 맡는 거요."

"……."

"법인장님이 대통령님께 부탁해서 허락을 받았는데 서 보좌관의 의사를 듣고 싶소."

그때 서영혜가 고개를 들었다.

"갑자기 말씀을 들어서 좀 당황스럽습니다."

네 쌍의 시선을 받은 서영혜가 말을 이었다. 서영혜의 시선이 권철에게 옮아갔다.

"생각해 주셔서 감사드립니다."

권철은 눈만 껌벅였고 이번에는 윤석이 말을 받았다.

"법인장님은 하루 더 묵으실 테니까 내일까지 생각해 봐요."

"알겠습니다."

그때 이번에는 강정규가 말했다.

"권 사장님이 이곳에서 우연히 서영혜 씨를 보고 제의를 해 오신 거요. 서영혜 씨한테는 대단한 행운인 것 같습니다."

"감사합니다."

서영혜가 다시 고개를 숙였다. 그때 윤석은 권철의 시선을 보고는 숨을 들이켰다. 권철은 서영혜를 바라보는 중이었는데 마치 쥐를 노리는 뱀 같은 시선이었다. 이것은 권철이 자신의 입으로 말해 온 색욕, 욕정 따위와는 달랐던 것이다.

서영혜가 바를 나갔을 때 윤석이 권철에게 말했다.

"제가 내일 아침에 불러서 다시 말해 보겠습니다."

그러자 권철이 빙그레 웃었다.

"아마 서울에 연락해서 내 제의를 검토해 보겠지."

권철이 강정규를 향해 말을 이었다.

"내가 데리고 가게 될 거야. 강 사장, 아니 대통령 각하."

"내일 오전에 다이아몬드 상담을 하지."

강정규가 웃음 띤 얼굴로 말을 이었다.

"전용기로 다이아몬드를 실어 가게 되겠군."

권철은 핫산 왕세자의 전용기를 타고 날아온 것이다.

탑반동과의 단독 면담을 끝낸 이광은 바로 그다음 날 아침에 안학태와 함께 랜드로 돌아왔다. 그래서 호치민시에는 정남희를 단장으로 김기대와 협상단 10여 명이 남아 본격적인 실무 협상을 시작했다. 오전 10시 반, 랜드의 별장 베란다에서 이광이 안학태의 보고를 받는다.

"시에라리온에 배치되었던 서영혜가 오늘 중으로 쿠웨이트로 옮겨갈 것 같습니다."

이광은 바다만 보았고 안학태가 말을 이었다.

"권철이 쿠웨이트로 데리고 가겠다고 강정규한테 제의했다는군요."

안학태의 얼굴에 웃음이 떠올랐다.

"골칫덩이를 데려가는 셈입니다."

"……."

"서영혜는 서울에다 수시로 연락을 했는데 시에라리온에서 못 견디겠다고 계속 불평을 해댔다는 것입니다."

"……."

"본래 민정당 수뇌부에서 서영혜를 회장님 측근에 매어 놓고 미인계를 쓰려던 것이 시에라리온까지 가게 된 것이니까요."

"……."

"권철이 다이아 때문에 시에라리온에 갔다가 서영혜를 본 것이지요."

그때 이광이 고개를 들고 안학태를 보았다.

"권철이 그놈이 혼란기의 지도자감이야. 전쟁 중에 가장 빛이 나는 놈."

"외람된 말씀입니다만."

안학태가 어깨를 치켜올리더니 조심스럽게 말했다.

"권철이가 회장님을 가장 닮은 것 같습니다."

"뭐가? 여자 밝히는 것 말이냐?"

"아닙니다."

정색한 안학태가 손까지 저었다.

"가만 보면 여자 문제를 강하고 거친 자신의 분위기를 부드럽게 하는 소재로 사용하는 것 같습니다."

"그놈이 그렇게 계획적이고 치밀하단 말이야? 나는 안 그래."

"계획적이라기보다 천성인 것 같습니다."

"천성이 교활한 것 같군."

"악의가 없습니다."

"나하고 비슷한 것 같지만 안 닮았어."

이광이 천천히 고개를 저었다. 시선이 아침 햇살을 받은 바다로 향해 있다.

"그놈이 아내를 잃고 견디어 가는 과정이 조금 안쓰러워."

안학태가 숨을 들이켰다. 전용기가 추락하면서 이광은 처자식을 함께 잃었던 것이다. 이광이 말을 이었다.

"이번에 드뷔어스의 다이아 지분을 우리가 떼어 가면서 다시 전쟁이 시작될 거야."

고개를 돌린 이광이 초점을 잡은 눈으로 안학태를 보았다.

"드뷔어스는 전문 용병단을 고용하는 집단이야. 아프리카에서 다이아 사업을 하면서 용병단 운용은 군산연보다 낫다."

"그렇습니다."

안학태가 끌리듯이 말했을 때 이광의 두 눈이 번들거렸다.

"권철은 쿠웨이트에 기반을 굳히고 핫산 왕세자와 함께 중동의 맹주로 성장하는 거야. 위로는 이라크, 아래쪽의 리비아가 힘을 실어 줄 테니까."

이광의 권철에 대한 용인술이 드러났다. 강정규는 아프리카에서, 권철은 중동에서 새 제국을 세운다. 발을 딛는 곳이 국가고 영토다. 몽골족은 러시아에도 나라를 세웠다. 이광이 다시 바다를 보았다.

"군산연은 당분간 협조 체제로 운용하지."

드뷔어스와의 전쟁에 대비해서 군산연이 내민 손을 잡아 준 것이다.

"가겠습니다. 잘 부탁합니다."

서영혜가 말하자 권철이 고개를 끄덕였다.

"당 대변인에 초선 의원 경력이면 간판은 더 말할 것도 없지."

이곳은 대통령궁 안의 소회의실이다. 권철을 중심으로 강재호, 윤석, 서영혜가 둘러앉았는데 오후 4시다. 권철은 강정규와 다이아몬드 상담을 다 마친 것이다. 권철이 말을 이었다.

"거기에다 하버드 박사 학력까지 포함되었어. 내 부하 직원으로는 과분한 인물이야."

서영혜가 시선을 내린 채 대답하지 않았기 때문에 권철이 쓴웃음을 지었다.

"그럼 2시간 후에 출발할 테니까 준비를 하라고."

마치 군(軍) 작전을 지시하는 것처럼 단숨에 말을 끝낸 권철이 자리에서 일어섰다. 2시간 후에 출발이라니. 서영혜가 서둘러 따라 일어섰다.

쿠웨이트로 날아가는 전용기 안, 핫산 왕세자의 전용기다. 권철이 앞쪽 응접실로 서영혜를 불렀을 때는 이륙한 지 30분쯤이 되었다. 응접실에는 권철이 손에 술잔을 들고 서영혜를 맞았다. 서영혜가 앞쪽 자리에 앉았을 때 권철이 물었다.

“한 잔 줄까?”

“아뇨, 됐습니다.”

사양한 서영혜가 무릎을 딱 붙이고 똑바로 권철을 보았다. 무릎에 노트와 볼펜이 놓여 있다. 고개를 끄덕인 권철이 한 모금 위스키를 삼키고는 지그시 서영혜를 보았다.

“하버드에 다닐 때 일본 유학생하고 1년간 동거를 했더군.”

놀란 서영혜가 숨을 들이켰을 때 권철이 잔에 위스키를 채웠다.

“내가 뉴욕 마피아들을 잘 알아. 아니, 내가 한때 그놈들을 주무르고 있었기 때문에 뒷조사하는 건 내가 FBI보다 나을 거야.”

잔을 들어 다시 한 모금을 삼킨 권철이 지그시 서영혜를 보았다.

“10년 전이지, 아니 11년 전인가?”

“…….”

“그놈 이름이 다무라지? 일본 다무라 상선의 사주 아들놈.”

“…….”

“그쪽 집안에서 반대를 해서 헤어진 것 같더군. 그 다무라란 놈도 제 아비 명령을 거역할 놈이 못 되고.”

“…….”

“그 다무라가 지금은 다무라 상선의 부사장이지?”

“그 얘기는 왜 하시죠?”

마침내 서영혜가 묻자 권철이 표정 없는 얼굴로 대답했다.

“남자한테 배신을 당한 여자는 대개 두 종류야.”

“잊고 새로 시작하는 부류와 품고 계속 비교하는 부류인데 서영혜 씨는 후자 같더군.”

“하루 만에 조사하신 건가요?”

"그런 셈이지."

"대단하시네요."

"뉴욕 마피아 정보원들이 대단하지."

"더 조사하실 건가요?"

"다무라 이후의 남자들도 조사할 거야, 11년 동안의 행적을."

"그 얘기를 하시는 이유를 말씀해 주시지요."

"내 성격이야."

그러고는 권철이 술병을 들어 보이면서 다시 물었다.

"지금 저녁 시간이야. 정말 한잔 안 하겠어?"

"주세요."

"그래야지."

고개를 끄덕인 권철이 새 잔에 술을 따라 건네주면서 말했다.

"맨정신에 듣기에는 좀 그럴 테니까."

"고맙습니다."

서영혜가 잔을 받아 들었을 때 권철이 말을 이었다.

"앞으로 민정당에 보고하는 일은 없도록 해."

순간 술을 삼켰던 서영혜가 하마터면 뿜을 뻔하다가 겨우 숨을 고르고는 허리를 폈다. 얼굴이 새빨갛게 변했다가 원상으로 돌아왔다. 권철이 말을 이었다.

"우리 회장님 약점 캐내려는 수작인데 이젠 너무 멀리 떨어졌잖아?"

"……."

"쿠웨이트로 가서 마지막으로 연락을 해. 이젠 정보 보내 드리지 못하겠다고."

"……."

"서영혜 씨는 그런 일에 어울리지 않아. 이젠 민정당에 더 이상 의리 지킬 일 없다고. 그만하면 됐어."

그때 숨을 죽이고 있던 서영혜가 고개를 들고 권철을 보았다.

"저는 그것이 애국하는 일이라고 생각했습니다."

"비례대표 의원 시켜 준 것에 대한 의리도 작용했겠지."

"알고 계셨군요."

"우리 회사를 쉽게 생각하지 마."

잔에 다시 술을 따른 권철이 서영혜의 잔에도 술을 채워 주며 웃었다.

"리스타에서 진짜 애국이 뭔지 알게 될 테니까 말이야."

"그렇다면……."

호흡을 고른 서영혜가 권철을 보았다.

"다들 알고 계셨군요?"

"그런 셈이지."

권철의 얼굴에 웃음이 떠올랐다.

"날 만난 것이 행운이야, 서영혜 씨는."

"네?"

"시에라리온 치안 상태가 좋은가?"

"예, 좋은 편인데요."

"그렇지만 가끔 무장 강도나 반군이 나타나지. 쿠웨이트 같은 곳도 그러니까."

"……."

"서영혜 씨가 무장 강도를 만날 수도 있어. 갑자기 말이야."

"……."

"그때 내가 나타난 것이지."

한 모금 술을 삼킨 권철이 지그시 서영혜를 보았다.

"무슨 말인지 이해가 가나?"

"갑니다."

"내가 지금 무슨 생각을 하는지 아나?"

"모릅니다."

"오늘은 많이 놀랐을 테니까 이쯤 해 두기로 하지. 술 더 줄까?"

"주세요."

"술이 센 편인가?"

"좀 마십니다."

서영혜가 권철이 따라 준 술을 한 모금에 삼키고는 긴 숨을 뿜었다.

"개운해요."

"그렇지?"

권철이 이를 드러내고 웃었다.

"서영혜 씨도 대충 눈치를 채고 있었을 거야. 영리한 사람이거든."

서영혜의 잔에 술을 채워 주면서 권철이 말을 이었다.

"내가 요즘 여자가 없어. 갑자기 주변이 텅 비어서 허전해."

서영혜가 응접실을 나간 후에 곧 강재호가 손목시계를 보자 권철이 혀를 찼다.

"왜 시계를 보는 거냐?"

"예?"

"너무 빨리 끝낸 것 같기 때문이냐?"

"무슨 말씀이신지……."

"내가 네놈 생각을 다 읽고 있어, 인마."

"저는 통……."

"나, 서영혜 건드리지 않았다."

"사장님, 저는……."

"내가 요즘 좀 허전하다고만 했어."

"……."

"같이 자자고는 안 했다."

그때 헛기침을 한 강재호가 서류를 펼쳤다. 다이아몬드 사업의 보고를 하려는 것이다. 그때 권철이 말했다.

"내가 서영혜한테 상황 설명을 다 해 주었다."

"뭘 말씀입니까?"

"서영혜가 간첩질을 하고 있다는 것."

"이런."

"시에라리온에 머물고 있다가는 언제 죽을지도 모른다는 것."

"이런."

"뭐가 이런이냐?"

"다 말해 주셨군요."

"술 잘 마시던데, 위스키는 10잔쯤 마셨다."

"서울에 보고할 겁니다, 사장님."

"그럼 죽는다는 걸 알 거다."

권철의 얼굴에 웃음이 떠올랐다.

"내 스타일을 파악했을 테니까."

의자에 등을 붙인 권철이 눈을 가늘게 떴다.

"다음 기회에는 잘될 것 같아."

5장
제국탄생

“열흘 후부터 컨테이너가 도착합니다.”

정남희가 말을 이었다.

“호치민시 근처 공단에서부터 생산 시설이 준비될 것입니다.”

고개를 끄덕인 이광이 서류를 보았다. 베트남에 생산 기자재가 보내지고 있는 것이다. 이제 중국에서 철수한 리스타의 생산 기자재가 베트남과 시에라리온으로 분산 배치될 예정이다.

“앞으로 탑반동 주석이 키우 비서실장을 통해서 연락을 해 올 거야.”

이광이 말하자 정남희가 상반신을 세웠다. 오후 8시 반, 저녁을 마치고 둘은 베란다에 나란히 앉아 있다. 정남희는 이제 이광과 함께 지낸다. 어떤 때는 같이 시내 회사로 출근했다가 같이 돌아올 때도 있다. 정남희의 시선을 받은 이광이 말을 이었다.

“비자금에 관한 업무는 네가 직접 처리해. 내가 탑반동 주석의 연락을 받고 나서 너한테 넘기는 것으로 하는 거지.”

“그럼 탑 주석은 키우 실장한테 맡기는 식이군요.”

"나하고 탑 주석은 인사만 주고받는 것이고."

"알겠습니다."

"비자금은 양쪽의 결속력과 우의를 다지는 방법이 될 거야."

"중국도 그렇게 하셨죠."

"중국은 내가 안 실장을 통해서 등 위원장과 심복이 통하는 식이었지만 지금은 너야."

"제 위상이 격상된 것인가요?"

"네가 나하고 같이 산다는 것을 세계 지도자들은 다 알 거다."

"리스타는 사원급까지 다 알겠지요."

정남희가 정색하고 이광을 보았다.

"괜찮으세요?"

"뭐가?"

"제가 사모님 역할을 하는 거요."

"넌 어떠냐?"

"전 솔직히……."

"난 잡지 않아."

"그 말씀 들으니까 가슴이 아프지만 제 입장부터 말씀드릴게요."

"말해."

"행복해요."

어깨를 부풀렸다가 내린 정남희가 말을 이었다.

"회사 그만두고 집에서 내조만 하라면 내일부터 그만둘게요."

"……."

"집에서 회장님 모시겠어요."

"안 돼."

이광이 고개를 저었다.

"너도 내 후계자 중 하나가 되었어."

놀란 정남희가 숨을 들이켰을 때 이광이 말을 이었다.

"어젯밤 자고 있는 너를 보다가 등잔 밑이 어둡다는 생각이 났어. 너는 리스타를 나하고 같이 일으켰던 공신이야."

"전 싫어요."

그때 이광이 손을 뻗어 정남희의 어깨를 움켜쥐었다. 그러나 입은 열지 않았다. 정남희가 손을 올려 어깨를 덮은 이광의 손을 감쌌다. 어두워진 밤바다 위를 배 한 척이 불을 깜박이며 지나고 있다. 파도 소리가 들렸고 밤바람에 비린 물 냄새가 났다.

마이클 드뷔어스가 고개를 들고 앞에 선 제시 포트만을 보았다.

"지금까지 시에라리온산 다이아는 기니를 통해 밀반출되었는데 이젠 반출량도 절반 이하로 뚝 떨어졌어. 보유량이 급감한 건가?"

"예, 회장님."

제시가 말을 이었다.

"다이아몬드 광산 채굴권이 다시 정부로 넘어가면서 앞으로는 정부가 통제할 것 같습니다. 단속이 심해졌습니다."

"젠장."

쓴웃음을 지은 드뷔어스가 앞에 놓인 서류를 옆으로 밀었다.

"그렇다면 우리가 리스타 놈들하고 다이아 협상을 하게 되는 건가?"

"예, 회장님."

제시의 시선을 받은 마이클이 외면했다. 마이클 드뷔어스는 63세, 31년째 드뷔어스사를 운영해 왔다. 부친 필립 드뷔어스한테서 회사를 인수받았지만 당시에는 기니에 작은 다이아 광산 1개를 소유했던 소매상 수준이었을 뿐이다. 그것을 마이클이 세계 제1의 다이아 도매상으로 발전시킨 것이다. 지금까지 마이클은 시에라리온산 다이아 거의 대부분을 가져갔다. 부패한 관리들과 결탁했기 때문에 터무니없는 가격으로 긁어모았다고 해도 과언이 아니다. 그런데 지금은 달라졌다. 6개의 광산이 정부 소유로 전환되면서 채굴자의 도둑질부터 단속되기 시작했다. 왜냐하면 채굴량의 절반 정도가 현장에서 도둑질이 되어 밀매 시장에 나왔는데 드뷔어스는 그 시장도 장악하고 있었기 때문이다.

"병신 같은 찰스 놈."

마이클이 갑자기 지난번에 죽은 라이베리아 대통령 찰스 테일러를 욕했다. 찰스가 시에라리온을 점령했다면 이런 일이 일어나지 않았을 것이기 때문이다. 마이클과 찰스는 이미 여러 번 거래를 했고 시에라리온을 점령한 후의 계획도 세워 놓은 상태였다. 그때 고개를 든 마이클이 제시에게 말했다.

"거기, 한국 놈이 대통령이 되고 나서 불만을 품은 놈들도 있을 것 아니냐? 찾아봐라, 우리가 적극 나서야겠다."

"예, 회장님."

"암거래상 조직이 그냥 무너지지는 않을 테니까. 그놈들도 강화시켜야 될 것이고."

"알겠습니다."

제시는 48세, 드뷔어스의 영업 담당 전무 직책이지만 밀수입 전담이다. 드뷔어스의 유통량 절반이 제시의 손을 거쳐 수입된다. 따라서 마이클의 심복이자 실세다.

"음, 굉장하군."

테이블에 진열된 다이아몬드 더미를 둘러보면서 핫산 왕세자가 연신 감탄했다. 이곳은 쿠웨이트 왕궁 안, 접견실이 다이아몬드 전시장이 되어 있다. 권철이 시에라리온에서 가져온 다이아몬드를 진열해 놓은 것이다.

"아직 다듬지도 않았는데 아름답다."

다이아몬드에서 시선을 떼지 못한 채 핫산이 말을 이었다.

"대단해. 앞으로 다이아몬드 사업에 전폭적인 지원을 할 거야."

"예, 전하."

권철이 부동자세로 서서 핫산을 보았다.

"하지만 말씀드렸다시피 드뷔어스 측에서 온갖 방해 공작을 할 것입니다."

"그건 리스타에 맡기겠어."

핫산이 웃음 띤 얼굴로 말을 이었다.

"나도 정보기관이 있어. 드뷔어스를 상대하려면 리스타가 적격이야. 리스타는 군산연에도 밀리는 회사가 아니지 않나?"

"그건 그렇습니다."

"'리스타 쿠웨이트'가 다이아몬드 사업의 중심이 되는 거야."

핫산이 다시 다이아몬드를 둘러보면서 말을 잇는다.

"난 배후 주주로 만족해."

그렇다. 쿠웨이트 왕가(王家)가 직접 나설 수는 없는 것이다. 자금 지원을 하고 배후 주주로 있으면 된다. 핫산은 이미 30억 불을 투자했다. 그래서 시에라리온산 다이아 3억 불 분량을 구입했다. 전(前) 대통령 아지스가 은닉해 놓았던 다이아를 구입한 것이다. 지금 접견실에 진열해 놓은 다이아몬드가 그것이다. 그리고 앞으로 시에라리온에서 생산되는 다이아몬드는 모두 '리스타 쿠웨이트'가 구입하는 조건으로 계약금 10억 불을 지급했다.

그 자금이 시에라리온 경제 발전 기금으로 쓰일 것은 당연하다. '리스타 쿠웨이트'의 다이아몬드 사업부는 별도 조직으로 분리되었는데 대주주는 핫산 왕세자로 지분 51퍼센트를 보유하고 49퍼센트는 리스타, 관리 사장에는 권철이 임명되었다.

권철의 심복 강재호가 실무책임자인 전무다.

"이곳을 숙소로 쓰시지요."

'쿠웨이트 국가 사업 재건단' 소속 총괄이사이며 '리스타 쿠웨이트 법인' 이사인 이규석이 서영혜에게 말했다. 그들은 쿠웨이트시 북동쪽 교외의 저택 응접실에 서 있었는데 벽 쪽에는 고용인들이 도열해 있다.

서영혜가 집 안을 둘러보았다. 2층 저택은 방이 18개, 응접실이 2개, 뒤쪽에는 실내 수영장, 헬스장이 설치되었고 앞쪽의 5백 평이 넘는 정원에는 잔디가 깔려 있다. 정원 왼쪽의 분수대에서 물줄기가 솟아오르고 있다.

"저 혼자 써요?"

고개를 든 서영혜가 묻자 이규석이 고개를 끄덕였다.

"예. 주차장에 벤츠와 스포츠카 2대를 준비해 놓았습니다. 조정관님 전용이지요."

숨만 쉬는 서영혜에게 이규석이 말을 이었다.

"고용인은 주방에 3명, 주택 관리에 4명, 정원사 2명, 운전사 2명, 경비원 3명, 합계 14명이고 모두 저택 안에서 거주하니까 적적하시지 않을 겁니다. 옆쪽 별관에 고용인 숙소가 있거든요. 참, 집사까지 15명이군요."

그때 그들 옆으로 40대쯤의 서양 여자가 다가왔다. 서영혜 앞에 선 여자가 예의 바르게 고개를 숙여 인사를 하더니 입을 열었다.

"마리라고 합니다. 저택 집사입니다."

이규석이 여자를 눈으로 가리키며 말했다.

"무슨 일이건 집사한테 시키시면 됩니다."

"여왕처럼 살게 되는군요."

마침내 서영혜가 한숨을 쉬면서 말했다.

"이렇게까지 해 주실 필요는 없는데……."

"사장님 지시입니다."

정색한 이규석이 말을 이었다.

"리스타 총무 담당 이사로 말씀드리는데요, 조정관님 직책은 리스타 내부에서는 이사급입니다. 말하자면 법인 사장님 휘하의 이사급인 저희들하고 같은 위치지요."

"……."

"법인에서 2인자라고 보시면 됩니다."

이규석이 번들거리는 눈으로 서영혜를 보았다.

"쿠웨이트의 '국가 재건 사업단' 임무를 맡으셨는데 사업단의 '조정관' 역할은 사업단장으로 사업을 총괄하고 계시는 법인 사장님의 직속입니다. 여기서도 2인자 역할이시죠. 그렇게 아시면 됩니다."

서영혜가 소리 죽여 숨을 뱉었다. 쿠웨이트에서 2인자가 되었다.

그 시간에 권철은 서영혜의 새 저택에 비교하면 오두막 수준인 저택 응접실에서 서양인 하나와 마주보고 앉아 있다. 옆에는 강재호가 붙어 있다. 권철이 입을 열었다.

"앞으로는 네가 다이아 사업 정보부를 맡아. 네 임무가 가장 중요하다."

"알겠습니다."

사내가 갈색 눈동자로 권철을 보았다.

"모시고 일하게 되어서 영광입니다."

"미국인치고는 아부를 잘하는구나."

"아부에 국적 차이가 있습니까?"

사내가 정색하고 말했기 때문에 강재호가 풀썩 웃었지만 권철은 눈만 끔벅였다. 사내는 '리스타 연합'의 해밀턴이 보낸 조니 앤더슨이다. CIA 출신으로 해외 작전국에서 일하다가 '리스타 연합'에 채용된 인물. 해밀턴이 해외 작전 국장 출신이어서 직속 후배인 셈이다. 권철이 말을 이었다

"드뷔어스가 이미 움직이기 시작했다고 봐야 돼. 내가 적극 지원할 테니까 조직을 만들고 작업 시작해."

"예, 사장님."

"여기 있는 강재호가 다이아 사업 전무다. 네 직속상관이니까 손발을 맞추도록."

권철이 강재호를 눈으로 가리키고는 자리에서 일어섰다. 리스타에서 권철이 가장 바쁜 CEO 중 하나다.

전화벨이 울렸기 때문에 응접실로 들어선 윤서인이 전화기를 들었다. 오후 3시 반, 점심을 먹고 나서 외출 준비를 하던 중이다.

"여보세요?"

"나 강정규요."

그 순간 윤서인이 숨을 들이켰다. 시에라리온을 떠난 후에 처음으로 강정규의 목소리를 듣는다. 윤서인이 가만있었더니 강정규가 물었다.

"전화해도 됩니까?"

"돼요."

"받기 거북하면 전화 끊을까?"

"무슨 일이신데요?"

"정직하게 말해서, 누가 시켜서 전화를 한 거요."

강정규의 목소리는 굳어 있다. 그대로 강정규가 말을 이었다.

"권철이라고, 엊그제 왔다 갔는데."

"……."

"윤서인 씨 이야기를 하더군. 그러더니 나한테 전화를 하라고 했어."

"……."

"난 이런 사람이야. 비위도 없고 누가 시켜서 전화를 하지만 그것도 그 핑계를 대고 뒤로 빠지는 사람이지."

"……."

"내가 일본에서 결혼을 했는데 그때도 이런 식이었지. 여자 문제에 대해서는 적극적이지 못했고 감정 처리에 소홀했어. 자신감이 없었기 때문이지."

"……."

"그래서 그 여자가 바람을 피웠고 그것이 내 탓 같아서 원망도 못 했어."

"……."

"서툴러. 업무는 딱딱 결론이 나고 책임을 지고 있지만 여자관계는 안 돼. 거짓말도 못 하겠어."

"……."

"하지만 당신하고 같이 있었던 시간은 행복했어. 그것 하나는 말하고 싶어서 전화한 거야."

"……."

"뭘 기대한 건 아냐. 이렇게 다시 시작해 보려고 해, 내 자신을 말이야. 그러고 보면 권철이 내 은인이야. 지금 말하고 있는 내 자신이 대견하니까 말이야."

"……."

"그럼 이만 끊을게. 잘 지내, 윤서인 씨."

"잠깐만요."

윤서인이 불렀지만 전화는 이미 끊겨 있다.

"잠깐만요."

전화기를 귀에서 떼었을 때 윤서인이 부르는 소리는 들었지만 강정규는 그대로 전화기를 내려놓았다. 자리에서 일어선 강정규는 윤서인이 다시 전화를 걸어 올 가능성은 희박하다고 생각했다. 그러나 상관없다. 가슴이 후련했기 때문에 기분이 좋아졌다.

잘 마무리가 된 것 같다. 글을 쓰다가 마침표를 찍지 않고 놔둔 것 같았는데 이번에 찍은 느낌이다. 이젠 노트를 덮어도 미련이 없겠다. 모두 권철 덕분이다. 과연 권철이다. 권철이 리스타 후계자로 어울리는 놈이다. 나는 자격 없다. 회장님이 권철과 자신을 경쟁시킨다는 소문이 공공연하게 퍼졌지만 권철이 나보다 낫다. 집무실 안에서 왔다 갔다 하면서 강정규가 생각을 이어갔다. 그래, 나는 시에라리온 대통령으로 이곳을 리스타랜드로 만드는 것이 사명이다. 이것만으로도 벅차다.

"전화 왔습니다."

안학태가 다가서더니 송수화기를 내밀었다.

"탑반동 주석입니다."

이광이 송수화기를 받으면서 벽시계를 보았다. 오후 3시, 하노이는 오후 2시일 것이다.

"예, 이광입니다."

전화기를 귀에 붙이고 응답했더니 탑반동이 말했다.

"이곳은 축제 분위기요. 리스타 공장이 들어서는 호치민시 근처는 벌써부터 이주민이 10만 명도 넘게 쏟아지고 있습니다."

"잘되었네요."

이광의 얼굴에 웃음이 떠올랐다.

"호치민시 주변에서 인력을 수만 명씩 고용할 테니까요."

리스타 베트남 합영공장이 가동되면 당장에 수십만 명의 일자리가 만들어지는 것이다. 당장 '리스타 상사'에서 수출입하는 의류공장이 가동되어야 한다. 그때 탑반동이 말했다.

"이 회장님, 키우 비서실장을 보낼 텐데 누구를 만나라고 하는 것이 좋겠습니까?"

"정남희 사장을 만나시면 됩니다."

이광이 바로 대답했다.

"지금 하노이 사무실에 있습니다."

"알겠습니다. 내일 오전에 연락을 하도록 하지요."

"기다리라고 하겠습니다."

"감사합니다."

"천만의 말씀입니다."

통화가 끝났을 때 이광이 안학태에게 지시했다.

“정 사장한테 연락해서 내일 오전에 주석 비서실장의 전화를 받으라고 해.”

지금 정남희는 하노이 사무실에 가 있는 것이다.

“예, 회장님.”

안학태가 몸을 돌리다가 말고 이광에게 물었다.

“비자금 문제일까요?”

“그렇겠지.”

고개를 끄덕인 이광이 말을 이었다.

“정 사장 전결로 처리하라고 해. 나한테 결재 맡을 필요 없다고.”

이곳은 쿠웨이트, 시내 중심부에 위치한 리스타 빌딩에서 재건사업단은 3개 층을 사용하고 있다. 그중에서 조정관실은 단장실 바로 옆이었으니 그만큼 중요한 부서다. 중요한 부서란 뜻은 힘이 있는 부서라는 뜻이고 단장실 바로 옆방이라는 것이 그 증거다. 조정관실에는 부장급 사원이 3명, 그 밑에 각각 팀이 2개씩 구성되었고 조정관은 비서 2명이 딸렸다. 수행비서, 사무실 비서다. 오후 1시 반, 조정관 서영혜가 부장과 수행비서의 안내를 받고 유정 공사 현장을 방문했다. 유정은 이라크군이 쿠웨이트에서 철군하면서 폭파시켰기 때문에 재공사 중이다. 부장이 공사 현장을 가리키면서 말했다.

“한국 선호건설이 공사를 시작했다가 중지하고 나서 프랑스, 터키, 헝가리 회사가 재입찰했는데 각각 일장일단이 있습니다.”

서영혜가 고개를 끄덕였다. 선호건설이 공사 중단 조치를 받고 나서 회사가 부도난 것도 안다. 한국 신문에서도 대서특필된 것이다. 공사 책임자인 부사장 유미연은 미국으로 도망갔다고 했다. 엄청난 규모의 현장이었기 때문에 서영혜는 입을 딱 벌리고 구경했다. 안전모를 쓰고 작업복을 입었지만 서영혜의 미모는 눈에 띄었다. 30억 불 공사인 것이다. 이것을 조정관인 서영혜가 결정해야만 한다. 그때 부장이 말을 이었다.

"유정도 급하지만 교외의 아파트단지 공사도 이번 주 안에 공사업체를 선정해야만 합니다."

"알았어요."

발을 떼면서 서영혜는 책임자가 되었다는 감동을 느꼈다. 책임자는 결정권자이며 그 결과에 책임을 지는 사람이다. 지금까지 서영혜는 이런 책임을 가져 본 적이 없는 것이다. 학력만 화려했지 속이 빈 강정이었다. 서영혜의 머릿속에 문득 권철의 얼굴이 떠올랐다. 쿠웨이트에 오고 나서 권철을 만난 적이 없다. 권철의 심복인 강재호가 다 챙겨주었을 뿐이다.

"열심히 일한다는 것은 맡은 일에 집중하고 있다는 것입니다."

강재호가 웃음 띤 얼굴로 권철에게 보고했다.

"적성에 맞는 것 같습니다."

"막중한 책임을 진 일이야."

권철이 창밖의 쿠웨이트 시내를 내려다보면서 말했다. 지금 서영혜 이야기를 하고 있다.

"여자한테도 명예욕, 성취욕, 권력욕이 있어."

"그렇습니다."

다가선 강재호가 창밖을 내다보며 말을 이었다.

"서 조정관은 그 세 가지가 다 강한 것 같습니다."

"이런 곳에 잘 어울릴 것 같다. 내 생각이 맞는 것 같지?"

"예, 사장님."

"조정관 역할로 단련시킨 후에 다이아 사업에 참여시키는 게 어떻겠냐?"

"서 조정관 같은 관리자도 필요합니다. 특히 다이아 사업은 세계 최상류층을 상대하기 때문에."

"판매 담당 부사장쯤이 어울리겠군. 넌 관리 담당 부사장이 되고."

"과분합니다, 저는."

"네가 관리해야 돼. 용병단도 운영해야 될 테니까."

그리고 자금 정보 부분까지 관리해야 되는 것이다. 그때 강재호가 앞쪽을 내려다보면서 말했다.

"서 조정관이 저택에 만족한 것 같습니다."

"당연히 그래야지."

"사장님은 불편하지 않으십니까?"

"괜찮아."

"좀 나은 곳으로 옮기시지요. 호텔 다른 곳도 있지 않습니까?"

"지금 있는 곳도 있다가 보니까 마음에 든다."

"제 숙소보다 못합니다."

강재호는 정원이 딸린 2층 저택에서 사는 것이다. 강재호의 시선을 받은 권철이 길게 숨을 뱉었다.

"난 왜 이렇게 여복이 없는지 모르겠다."

숨을 들이켰던 강재호가 이맛살을 찌푸렸다. 권철의 말은 럭비공 같아서 어떻게 튈지 알 수 없었기 때문이다. 그러나 권철의 말은 이어지지 않았다.

"이번에 얼마나 가져왔는데?"

로드가 묻자 라이든이 주위부터 둘러보았다.

"시가로 3억 불, 아마 가공해서 판매가로 계산한다면 30억 불 물량은 될 거야."

"많군."

로드가 한 모금 물담배를 빨아들였다. 둘 다 아랍 로브 차림으로 턱 수염을 길렀고 물담배 가게에 나란히 앉아 있어서 아랍인처럼 보인다. 오후 8시 반, 쿠웨이트 왕궁 근처의 자히드 시장은 손님으로 붐비기 시작했다. 그때 로드가 다시 물었다.

"그럼 리스타가 시에라리온산 다이아를 독점 공급하게 되겠군. 그런데 유통망은 어떻게 구성할 계획인가?"

"독자적으로."

"구체적으로 말해봐."

그때 라이든이 이를 드러내고 웃었다.

"이봐, 1만 불 정보료 갖고는 부족해. 내가 목숨을 걸고 이렇게 나온 것이라고."

"얼마를 내야 돼?"

"매월 5만 불."

"도둑놈."

"그리고 큰 정보가 있을 때마다 별도로 정보료를 받아야겠어."

"차라리 우리가 자체적으로 정보를 캐내는 게 낫겠다."

"그러고 나서 날 협박하거나 죽이겠지?"

"그러지 마, 네가 날 밀고할 수도 있어."

둘이 잠깐 서로의 눈을 응시하다가 동시에 떼었다.

"좋아."

로드가 물담배를 입에서 떼면서 말했다.

"내가 보고하지. 가능한 한 맞춰볼 테니까."

시에라리온의 수도 프리타운에 대형 컨테이너 선박 7척이 동시에 정박했다. 모두 6만 톤급 이상이었고 산더미처럼 컨테이너를 적재하고 있다. 이 장면이 항구에 도착할 때부터 TV에 생중계되었는데 시에라리온 전역으로 방송되고 있다. 이 컨테이너가 모두 중국에서 철수한 리스타의 생산용 기자재인 것이다. 5천여 개의 컨테이너가 하역되는 장면도 장관이었다. 시에라리온 국민들은 평생을 살아오면서 지금까지 이런 엄청난 물량의 컨테이너를 본 적도 없다. 더구나 이것이 모두 생산용 기계, 자재이며 모두 시에라리온에서 세워질 공장에 투입된다는 것이다. 그리고 프리타운시의 북서쪽에 이미 대규모 공업단지가 조성되었고 공장 건물 30여 동이 세워져 있다. 한 달쯤 전부터 3개 가건물에는 1차로 모집한 공원 6천 명이 기능공 훈련 중이었는데 곧 이들을 근간으로 6개월 안에 5만 명의 근로자가 양성될 것이었다. 1년 후에는 12만 명, 2년 후에는 25만 명, 3년 만에 50만 명의 근로자가 일하게 될 것이다. 현재 시에라리온의 연간 소득은 350불, 3년 후에는 그 10배인 3천5백 불을 달성, 5년 후에 5천 불, 10년 만에 1만 5천 불을 달성하여 아프리카 최고 수준의 중진국을 만든다는 계획. 현재 시에라리온의 인구는 8백만 정도, 그것이 새 정부의 야심 찬 계획이다.

"하역이 끝나려면 4일, 공장까지 도착하려면 6일이 걸리겠습니다."

윤석이 보고하자 강정규가 빙그레 웃었다.

"며칠씩 늦춰봐라. 국민들이 그 장면 보는 낙으로 지낸다고 한다."

강정규가 이런 농담하는 것이 처음이었기 때문에 윤석이 웃지도 않고 대답했다.

"예, 이틀이나 사흘쯤 늦추겠습니다."

그러고는 덧붙였다.

"실제로 바쁘지도 않습니다. 더 늦출 수도 있습니다."

"그 정도로 해."

뒤쪽에 서 있던 비서들이 비죽거리며 웃으려고 했을 때야 윤석이 헛기침을 했다.

"국민들이 들떠 있습니다, 각하. 이런 활기가 대단히 중요합니다."

"바로 그거야."

강정규가 정색하고 고개를 끄덕였다.

"국민들에게 활력을 심어주는 것이 지도자 역할이라고 책에도 있더라."

윤석이 입을 벌렸다가 닫았다. 인간이 책에 써진 대로 행동하기는 어렵다고 말하려다가 말았던 것이다. 그것이 지도자의 자질이다. 지도자에 어울리는 사람은 책에 쓰여 있지 않아도 그렇게 행동한다. 그런데 강정규는 윤석이 보기에 천성적인 지도자다. 거기에다 겸손하다. 강정규가 책에 있다고 한 말도 지어낸 말이다. 겸손하게 책 핑계를 대는 것이다.

"연락하는 데는 없습니다."

채만기가 부동자세로 서서 보고했다.

"15일 동안 한국과 한 번도 통화하지 않았습니다. 인연을 끊은 것 같습니다."

그러고는 채만기가 앞쪽 탁자에 디스켓 1장을 내려놓았다.

"지난 1주일간의 필름입니다."

CCTV 녹화 필름이다. 서영혜의 욕실과 침실에 장치해 놓은 CCTV 필름을 1주일 만에 교체해서 가져오는 것이다. 권철은 지금 두 번째 본다. 그래서 서영혜가 홀랑 벗고 샤워를 하고 똥 싸는 것까지 다 보았다. 고개를 끄덕인 권철이 CCTV에 시선을 준 채 물었다.

"너도 봤어?"

"예? 아니, 예."

채만기의 눈동자가 흔들렸다. 채만기는 법인 기조실 소속의 정보 담당 요원이다. 권철의 은밀한 집사 역할이다. 어깨를 부풀렸다가 내린 권철이 채만기를 응시했다. 뱀처럼 차가운 시선이다.

"기계의 눈으로 봐라. 무슨 말인지 이해가 가나?"

"예, 사장님."

부동자세로 선 채만기가 똑바로 권철을 보았다. 눈동자가 흔들리지 않는다. 고개를 끄덕인 권철이 말을 이었다.

"생각도 하지 말고."

"예, 사장님."

"그게 출세의 지름길이야."

"예, 사장님."

"가봐."

채만기가 몸을 돌렸고 방을 나가기도 전에 권철이 디스켓을 영상복원 장치에 넣었다. 이것이 권철이다.

그러나 권철이 서영혜가 욕실 변기에 앉는 장면을 보는 순간 문에서 노크 소리가 들리더니 강재호가 들어섰다. 서둘러 영상화면을 중지시킨 권철이 눈을 치켜떴다.

"무슨 일이냐?"

"바쁘십니까?"

"인마, 그건 들어오기 전에 물어봐야지."

"죄송합니다. 나갈까요?"

"말해."

"다이아 사업부 관리팀에 문제가 생겼습니다."

앞쪽 자리에 앉은 강재호가 어깨를 늘어뜨리면서 말을 잇는다.

"지난달 '요르단 법인'에서 충원된 직원인데 드뷔어스 정보원하고 접촉하고 있습니다. 드뷔어스 측의 행동이 예상보다 빠릅니다."

강재호가 번들거리는 눈으로 권철을 보았다.

"다행히 조니 앤더슨의 정보팀이 그것을 발견해냈기 망정이지 큰일 날 뻔했습니다."

"조니는 어디 갔어?"

"정보팀 충원 받으려고 뉴욕에 갔습니다."

"갓댐."

"라이든이라는 요르단 출신 놈인데 전직 요르단 정보국 대위로 법인장 타미란 사장 부하였다는 놈입니다."

"타미란은 회장님의 신임을 받는 거물인데 우습군."

권철이 투덜거렸다. 타미란은 회장 이광과 함께 무기 거래를 시작한 창립 공신이나 같다. 이광과 함께 이라크, 리비아에 군수품을 수출했고 타미란의 요르단 법인에서 대행을 했다. 강재호가 머리를 기울였다.

"요르단 법인장 타미란 사장하고는 관계가 없는 것 같습니다."

"그걸 타미란 사장한테 알릴 필요는 없고."

"물론입니다."

"지금 당장 잡지 말고 감시해. 조니가 돌아오면 상의하고."

"예, 사장님."

"최상의 수비는 공격이야. 공격적으로 대처해야 돼."

바로 앞쪽의 영상화면에 비쳤던 서영혜의 모습을 어느덧 잊어먹은 권철의 눈빛이 강해졌다.

"그놈들의 정보력, 행동대를 파악해 놓고 우리도 정보원을 심어야 한다."

"아, 키우입니다."

유창한 영어가 수화구에서 울렸다. 탑반동 주석의 비서실장 키우. 이곳은 하노이의 리스타 법인 사장실 안, 정남희가 전화를 받는다. 오전 11시 정각.

"예, 실장님. 정남희입니다."

"안녕하십니까, 사장님, 전화통화 괜찮으십니까?"

"예, 기다리고 있었습니다."

"언제 시간을 내주실 수 있습니까? 뵙고 말씀드릴 일이 있어서요."

"오늘 오후면 언제라도 좋습니다."

"그럼 주석 각하의 공관으로 와 주시면 제가 기다리고 있겠습니다. 오후 6시면 어떨까요?"

"괜찮습니다."

"알겠습니다. 그럼 4시 반까지 차를 '리스타 베트남' 사무실로 보내드리겠습니다."

"감사합니다."

전화기를 내려놓은 정남희가 앞에 선 김기대를 보았다. 김기대는 '리스타 베트남 법인'의 부사장이 되어 있다. 리스타가 베트남에 집중 투자를 결정한 후부터 당분간 '아시아 아프리카 총괄 사장'인 정남희가 사장을 겸임하게 되었기 때문이다. 이제 베트남이 중국을 대신한 리스타의 제1 생산기지가 되었다.

"오늘은 내가 혼자 가는 날이야."

정남희가 김기대에게 말했다.

"반갑습니다."

정남희의 손을 쥔 키우가 웃음 띤 얼굴로 인사를 했다. 이곳은 하노이의 주석 관저 안, 비서실장 집무실에서 둘이 만나고 있다. 자리에 앉은 정남희에게 차를 권한 키우가 지그시 시선을 주었다.

"제가 주석을 25년간 모셨지만 오늘 같은 경우는 처음입니다."

키우는 65세, 탑반동과 함께 성장한 동지 관계다. 정남희는 웃음 띤 얼굴로 듣기만 한다. 키우가 말을 이었다.

"앞으로 계약금의 10퍼센트를 비자금으로 지급해 주시면 좋겠습니다. 우리는 그것을 국가발전을 위해서 사용할 것입니다."

"알겠습니다."

정남희가 선선히 고개를 끄덕였다.

"계약이 끝나는 즉시 지급하겠습니다. 지급 방법을 알려주시면 바로 시행하지요."

"그러지요."

키우가 번들거리는 눈으로 정남희를 보았다.

"이제는 베트남의 앞날이 환하게 열리는 것 같습니다."

베트남에 생산기지를 건설하는 데에도 막대한 자금이 투입되는 것이다. 공장부지는 무상으로 대여받는다 해도 공장 건설에 들어가는 비용에서부터 전기, 수도 요금, 기타 인프라 시설, 근로자의 임금 등, 기조실의 계산으로는 1년간 투입되는 비용이 15억 불이다. 그리고 1년 반이 지나야 흑자로 전환될 예정인 것이다. 그것이 베트남 측에 지불할 계약금이고 키우는 그것의 10퍼센트를 비자금으로 요구하고 있다. 정남희가 말을 이었다.

"비자금 지급은 제가 직접 처리하는 것으로 하겠습니다."

실무 책임자는 내막을 알아야만 한다. 돌아가는 차 안에서 주석 관저까지 따라온 법인 부사장 김기대에게 정남희가 말했다.

"계약금의 10퍼센트를 비자금으로 주기로 했으니까 부사장만 알고 있도록."

"알겠습니다, 사장님."

김기대가 대번에 대답했다. 이쪽에서는 전혀 부담이 되지 않는 일이다. 이것을 기름칠 한다고도 하지만 가격 협상에 변수가 되지도 않는다. 10퍼센트 물량을 높이려고 단가를 더 높인다고? 그렇게 썩었다면 리스타가 납득할까? 키는 누가 쥐고 있는데.

드뷔어스에 대항할 조직과 영업 체계, 각 지역에 세울 대리점 문제 등 할 일이 많은 데다 권철은 쿠웨이트 재건 사업의 책임까지 맡고 있다. 거의 매일 핫산 왕세자를 만나 회의를 하는 터라 몸이 5개 있어도 모자랄 형편이지만 맺고 끊는 것이 분명한 성격이다. 부하들에게 권한을 주고 책임을 맡기는 업무 스타일이어서 일이 잘 처리되고 있다. 시간이 지날수록 핫산 왕세자의 신임도 깊어져서 아예 국정(國政)까지 의논할 정도가 되었다. 오후 3시 반, 오늘도 핫산 왕세자와 회의를 끝낸 권철이 사무실로 돌아왔을 때 강재호가 따라 들어섰다.

"사장님, 서 조정관이 아파트 공사 업체를 선정했습니다."

강재호가 보고했다.

"프랑스와 터키 합작회사인데 22억 불로 계약을 했습니다. 모리슨사입니다."

"잘했어."

권철이 건성으로 대답했지만 강재호는 정색했다.

"서 조정관이 뵙자고 하는데요."

"왜?"

"보고드릴 것이 있다는데요. 계약 관계인 것 같습니다."

"내가 좀 바쁜데."

"만나 보시는 것이 나을 것 같은데요."

"별로 만나고 싶지 않은데."

"피하실 이유도 없는 것 같은데요."

"내가 바쁘다고 했지 않나?"

그때 강재호가 잠깐 권철을 응시하다가 말했다.

"프랑스 업자가 서 조정관에게 뇌물로 1천만 불을 건넸습니다."

"……."

"스위스 은행 비밀계좌를 개설하고 1천만 불을 입금시킨 후에 계좌번호와 비밀번호를 적은 쪽지를 준 것입니다."

고개를 든 권철이 강재호를 보았다. 이맛살이 찌푸려져 있다.

"언제 받았는데?"

"계약이 끝난 후에 모리슨사의 부사장이 서 조정관한테 건네주었습니다."

"……."

"제가 이번에 보강된 드뷔어스 정보팀의 정보수집 능력을 체크해보려고 서 조정관 감시를 시킨 겁니다."

"……."

"서 조정관은 모르고 있습니다."

"그런데 모리슨사로부터 그냥 받았단 말이지?"

"예, 잠자코 받았습니다. 받고도 아무 소리 안 하고 헤어졌습니다."

"1천만 불?"

"예, 22억 불짜리 공사니까 1천만 불 뇌물이면 큰 금액은 아닙니다."

"……."

"그런데 바로 사장님 면담을 신청한 것을 보면 혹시 그 이야기를 하려는지 모르겠습니다."

"데려와."

마침내 권철이 말했다.

서영혜가 들어섰을 때 권철은 담배를 피우는 중이었다. 서영혜 뒤를 따라 들어온 강재호가 눈을 가늘게 떴다. 권철이 담배를 피우는 경우가 아주 드물었기 때문이다. 딱 한 번 본 적이 있는데 그것은 리스타 전용기가 술라웨시해에서 추락했다는 말을 들은 다음 날쯤인 것 같다. 그때 권철이 무심한 얼굴로 담배를 피웠었다. 서영혜가 앞쪽 자리에 앉더니 권철을 보았다. 강재호는 당연히 제가 있어야 되는 것처럼 옆쪽에 앉더니 의자에 등까지 붙였다. 그때 권철이 길게 담배연기를 내뿜고 나서 서영혜를 보았다. 말하라는 표정이다.

"저, 아파트 공사는 프랑스, 터키 합작 회사인 모리슨사와 계약했습니다."

"들었어. 22억 불로 했더군."

권철이 고개를 끄덕였다.

"괜찮은 가격이야."

"회사 구조도 단단하고 경력이 많은 회사입니다. 믿을 만합니다."

"관리를 잘해야 돼."

"하지만 관리담당 부사장, 자재담당 전무는 퇴사시켜야겠습니다."

"무슨 말이야?"

"사장 모리슨을 허수아비로 만들고 둘이 회사를 좌지우지하고 있습니다."

서영혜의 얼굴에 쓴웃음이 떠올랐다.

"건설담당 전무 라파엘만 있으면 됩니다. 라파엘의 능력이면 터키 업체를 충분히 이끌고 공사를 끝낼 수 있습니다."

"왜 그러는 거야?"

권철이 묻자 서영혜가 말을 이었다.

"저한테 관리담당 부사장 유고가 1천만 불 리베이트를 주더군요. 내놓는 수단이 교묘해서 모리슨사(社) 뒷조사를 해 보았습니다."

"……."

"사장님께 보고하고 나서 모리슨 사장한테 그 사실을 통고하고 관리담당 부사장과 자재담당 전무를 퇴사시키는 조건으로 계약을 진행시키려고 합니다."

"그렇게 하지."

"계약을 철회하는 것보다 그렇게 하는 것이 나을 것 같아서요."

"잘했어."

고개를 끄덕인 권철이 힐끗 강재호에게 시선을 주고 나서 서영혜를 보았다.

"오늘 저녁 식사나 같이할까?"

그때 강재호가 자리에서 일어섰다.

"저는 일이 있어서 이만 실례하겠습니다."

힐튼호텔의 클럽 안, 권철이 술잔을 들고 서영혜를 보았다. 오후 9시 반, 식사를 마친 둘은 클럽 안쪽 테이블에 마주보고 앉아 있다. 클럽 안은 손님들로 가득 차 있다. 힐튼클럽은 쿠웨이트 최고의 나이트클럽이다. 그리고 이 클럽은 '리스타 유통' 소속이다. 권철이 이라크군 쿠웨이트 점령 시에 직접 경영을 했다가 '리스타 유통'에 넘긴 것이다. 특별한 경우다. '기업체'에서 '기업 조직원'에게 회사를 양도해주는 경우는 많지만 그 반대의 경우는 거의 없기 때문이다. 권철이 한 모금 술을 삼키고는 입을 열었다.

"돈 욕심 때문에 신세 망친 놈들이 많아."

서영혜는 시선만 주었고 권철이 말을 이었다.

"절제가 안 되는 거야. 있어도 끝없이 욕심을 부리게 되지."

"……."

"모든 사고는, 전쟁까지 돈 욕심 때문에 일어나는 거야."

한 모금 술을 삼킨 권철이 술병을 들었다가 빈 것을 알아채고 술병을 흔들었다. 곧 지배인이 다가와 옆에 섰다.

"술 한 병 더."

"예, 사장님."

지배인이 서둘러 물러갔을 때 서영혜가 물었다.

"쿠웨이트 재건 사업은 언제 끝나지요?"

"3년."

권철이 손가락 3개를 펴 보이고는 술기운으로 붉어진 얼굴을 펴고 웃었다.

"3년간 무려 4,500억 불을 쏟아부을 거야."

"굉장하네요."

서영혜가 입을 반쯤 벌리고 감탄했다. 저녁 먹을 때까지도 굳어 있던 서영혜는 긴장이 풀리고 술기운까지 겹쳐 웃기도 한다. 권철의 격의 없는 대화 때문이기도 할 것이다. 다시 술병을 가져온 여종업원에게 권철이 주머니에서 100달러 지폐를 꺼내 팁으로 주고 나서 말을 이었다.

"쿠웨이트와 리스타는 동업 관계지. 쿠웨이트는 국가이고 리스타는 기업이지만 가능한 일이야."

잔에 술을 따른 권철이 말을 이었다.

"쿠웨이트의 지도자인 핫산 왕세자와 리스타의 이광 회장님과의 관계 때문이지."

"그렇군요."

"우리는 서로 단단하게 얽혀 있어. 서로 윈윈하는 관계라고."

고개를 끄덕인 서영혜가 한 모금 술을 삼켰다.

"저도 이렇게 엄청난 일을 하게 될 줄 상상도 못 했어요. 일하면서 보람을 느껴요."

"그럼 되는 거야. 돈은 나중 문제라고."

"돈 욕심은 없어요."

"어느 정도 있는 게 좋아."

"저, 어제 월급, 수당까지 포함해서 12만 불 받았어요. 한 달에 이만큼 받는 건 월가 투자자도 드물걸요?"

"좀 있으면 그 두 배쯤 받게 될 거야."

"그런 나한테 뇌물로 유혹을 하다니요."

"이제 이곳 생활에 적응이 되었어?"

불쑥 권철이 묻자 서영혜의 얼굴에서 웃음기가 지워졌다.

"무슨 말씀이세요?"

"서울과의 관계는 정리가 되었느냐고 묻는 거야."

서영혜의 잔에 술을 채운 권철이 말을 이었다.

"우리가 애국자란 거 알면 되었지, 안 그래?"

"……."

"연락 안 해도 이해할 거야, 리스타에 적응해서 지내는 것이라고."

"……."

"열심히 해. 나하고 같이 열심히 해보자고."

술잔을 든 권철이 서영혜에게 빙그레 웃어 보였다.

"내 심복이 되라고."

드뷔어스 본사 회의실, 런던 테임즈 강변에 위치한 드뷔어스 빌딩은 48층으로 런던시가 다 내려다보인다. 근처에 고층빌딩이 없기 때문에 청색 유리벽으로 덮인 빌딩이 더욱 눈에 띄는 것이다. 회의실에는 네 명이 둘러앉았는데 이런 경우는 극히 드물다. 드뷔어스의 빅포(big four)가 모두 모여 있는 것이다. 그것은 회장 마이클 드뷔어스, 회장의 부인이며 관리 책임자인 조안 드뷔어스, 그리고 영업총책인 딸 세실리아 드뷔어스, 회장의 심복이며 현장 책임자인 제시 포트만이다. 오후 3시 반, 상석에 앉은 마이클이 먼저 제시에게 묻는다.

"제시, 뉴욕 상황은 어때?"

"아직은 이상 없습니다만……."

"정보가 다 들어갔을 테지?"

"그렇습니다."

둘의 대화가 빠르게 오가고 있다. 다시 마이클.

"그렇다면 도매상들의 구입량이 주춤할 것 같은데. 시에라리온산이 쏟아질 테니까 말야."

"다음 달 주문량을 봐야겠지요, 하지만."

"하지만 뭐야?"

"도매상보다 소매상들입니다."

"그놈들 컨트롤 안 되나?"

"요즘은 소매상 연합이 생겨서 30퍼센트 물량이 빠져나갑니다."

"그놈들하고 접촉은?"

"하고 있지만 컨트롤하기가 좀 어렵습니다."

그때 조안이 끼어들었다.

"시에라리온산 다이아의 비중은 현재까지 35퍼센트였어요. 그놈들이 그걸 한꺼번에 뿌리면 다이아 시장이 폭발합니다."

조안이 똑바로 제시를 보았다.

"제시, 당신이 그걸 막아야 돼요. 소매상 연합을 매수하든지 아니면 쿠웨이트에 다시 전쟁을 일으키든지 해서 말이에요."

"나, 이런."

쓴웃음을 지은 마이클이 고개를 돌려 세실리아를 보았다.

"세실리아, 매장 상황은 어떠냐?"

"지금 가장 성수기인데 아직 지장은 없습니다. 소비자들은 영향을 받지 않으니까요."

"가격이 대폭락하면 좋아하겠지."

조안이 다시 거들었다. 그때 마이클이 제시에게 물었다.

"지금 다이아는 모두 쿠웨이트에 쌓여 있나?"

"예, 세공작업도 쿠웨이트에서 하는 것 같습니다. 아랍에 다이아 세공사들이 많거든요."

"갓댐."

낮게 욕설을 뱉은 마이클의 시선이 세실리아에게 옮겨졌다.

"네가 쿠웨이트에 한번 가 봐라. 거기 다이아 매장이 5개나 오픈되었다고 세계 다이아몬드 상인들이 다 몰려가는 모양이더라."

"판매담당 책임자들이 가 보고 왔어요."

세실리아가 시큰둥한 표정으로 말을 이었다.

"지난번에 시에라리온에서 가져온 원석도 진열해 놓았더군요. 사진으로 봤습니다."

"리스타의 다이아 사업단 책임자는 권철이란 한국인입니다."

제시가 말을 이었다.

"군 출신인데 쿠웨이트 재건 사업단장까지 겸하고 리스타 회장의 후계자 중 하나로 각광받고 있는 놈입니다."

"군 출신이 뭘 한다고 나서?"

마이클이 투덜거리자 제시가 고개를 저었다.

"사업가 기질이 뛰어난 놈입니다. 이라크가 쿠웨이트를 점령했을 때 7억 불 자산을 모았다는 소문이 났습니다."

"뭐? 무슨 말이야?"

"예, 개인적으로 치부를 한 거죠. 점령지에서 여자장사를 했답니다. 이라크군이 쿠웨이트에서 강탈한 보석, 현금을 그자가 다시 긁어모았다는군요."

"허, 참."

"15억 불인가를 1년 동안 모았는데 이라크군이 철수하자 그 번 돈을 모두 회사에 바쳤다는군요."

"그래서?"

"그랬더니 이광이 회사 이름으로 번 돈은 회사로 입금시키도록 하고 그놈이 개인적으로 번 7억 불은 떼어 줬답니다."

"미친놈들이군."

그때 세실리아가 고개를 들고 마이클을 보았다.

"이렇게 리스타가 어떻게 나올지 기다리고만 있으면 안 되죠. 우리가 공격적으로 재고량을 풀어서 시장을 선도해 가는 것이 중요해요. 그러면 아직 물량 면에서 뒤진 리스타가 우리를 따라올 수밖에 없을 겁니다. 그 페이스를 유지해서 나가는 거죠."

2년 전부터 세실리아는 영업에 대한 전권을 행사하게 되었다. 12년 동안 기획, 관리부를 겪고 나서 영업을 맡게 된 것이다. 그것은 조안과 마이클로부터 인정을 받았다는 표시다.

시에라리온 서북방 레오니 마을, 밀림에 둘러싸인 레오니 마을은 인구 3백 명 정도의 화전민 부락으로 국경지대다. 기니와의 국경이 3백 미터밖에 되지 않는 것이다. 국경이라고 철조망이 있거나 초소가 있는 것도 아니어서 레오니 마을 주민은 마음대로 산을 넘어 가까운 기니 마을로 오간다. 기니 쪽도 마찬가지여서 물물교환을 한다든가 친지 집에 놀러 오기도 하는 것이다.

오후 8시 반, 레오니 마을로 사내 넷이 들어왔다. 어둠 속에서 마을 끝

쪽의 움막집 안으로 들어선 넷을 집주인 판투가 맞는다. 판투는 사내 셋과 함께 있었는데 천장에 석유등 하나가 매달려 있다. 땅바닥에 나무탁자와 나무로 엉성하게 만든 의자가 움막 안에 놓여 있다. 들어선 사내 넷 중 3명은 손에 AK-47을 쥐었고 하나는 무겁게 보이는 가방을 들었다. 판투 옆의 사내들도 AK-47을 쥐고 있어서 분위기가 무겁다. 사내들은 서로 안면이 있는 모양으로 시선이 부딪치고 고개만 끄덕였다. 곧 판투 일행 중 하나가 탁자 위에 낡은 보자기를 펼치더니 작은 주머니 10여 개를 쏟아 놓았다. 말없이 작은 주머니를 늘어놓은 사내가 주머니를 열고 안에 든 다이아를 꺼내 탁자 위에 쏟았다. 석유등에 비친 다이아가 반짝였다. 곧 10여 개의 주머니에서 크기별로 구분된 다이아가 보자기 위에 쌓였고 가방을 쥔 사내가 주머니에서 커다란 현미경을 꺼내더니 핀셋으로 하나씩 골라서 비춰보았다. 그동안 둘러선 사내들은 침묵을 지켰다. 옆집의 아이 울음소리가 들려왔다. 여인의 부르는 소리도 들린다. 이윽고 하나씩 다이아를 살펴보던 사내가 고개를 들었다. 그러고는 종이를 꺼내 다시 개수를 세어 적기 시작했다. 30분도 더 걸리는 작업이었지만 둘러서거나 앉은 사내들은 숨만 쉴 뿐 입을 열지 않는다. 천장의 석유등은 바람도 없어서 불꽃이 흔들리지 않는다. 사내들의 이마에서 배어 나온 땀이 번들거리고 있다. 그때 고개를 든 사내가 다이아를 내준 사내에게 말했다.

"맞아, 12뭉치 778개, 확인했어."

그러고는 들고 온 가방에서 지폐뭉치를 꺼내 탁자 위에 놓았다. 100불짜리 뭉치다.

"47개, 그리고 이건 7천 불. 모두 47만 7천 불이야."

탁자 위에 돈더미가 쌓였다. 그때다. 거적문이 와락 젖히면서 사내들이 쏟아져 들어왔다. 네 명, 다섯 명. 놀란 이쪽 판투 옆에 서 있던 사내둘이 먼저 AK-47을 집어 들었을 때다.

"타타타타탓!"

조용했던 밀림 속 마을에 총성이 울렸다.

"타타탓탓!"

"타타타탓!"

연거푸 울리는 총성. 이제는 찾아온 사내들도 빗발 같은 연발 사격을 받고 쓰러졌다.

"타타타탓!"

이제는 확인사살.

"타타탓!"

마지막까지 남아 있던 집주인 판투가 뒤로 물러서려고 했기 때문에 총탄 세례를 맞았다. 자, 움막집 안에는 주민 측, 손님 측 사내들이 한 사람도 빼놓지 않고 땅바닥에 쓰러졌다. 그때 움막으로 쳐들어온 사내들이 탁자 위에 놓인 현금과 다이아를 다시 가방과 보자기에 담기 시작했다. 그러고는 일제히 움막을 나갔는데 그동안 한마디도 하지 않았다.

잠시 후에 움막에서 불길이 치솟았다. 총성에 질린 안채에서 아무도 나오지 않았기 때문에 휘발유를 뿌린 움막은 순식간에 불기둥이 되었다. 마을에서도 아무도 나오지 않았기 때문에 움막은 화장터로 변했다. 한동안 둘러서서 불기둥을 보던 일행은 몸을 돌려 어둠 속으로 사라졌다.

잠시 후에 시에라리온 대통령 비서실장 겸 근위군 사령관 윤석 소장이 전화를 받는다.

"완수했습니다."

딱 한마디 보고다. 윤석도 한마디로 대답했다.

"수고했어."

시에라리온 밖으로 유출되는 다이아몬드는 앞으로 없어질 것이다. 다이아 광산에서 훔치거나 빼돌렸던 다이아몬드는 이제 시에라리온에서 채굴되지 않은 것처럼 남아 있게 된다.

볼룸과 피셔가 왔다. 내막을 아는 사람들에게는 경천동지할 사건이다. 볼룸과 피셔가 이광의 안방이나 같은 리스타랜드에 왔기 때문이다. 군산연 측에서 방문하면 어떻겠느냐는 문의를 했고 마침내 이광이 허락했던 것이다.

바닷가의 별장 안, 이곳은 리스타랜드의 영빈관으로 쓰이는 곳이어서 대저택 구조로 조성되었는데 수행원 숙소도 딸려 있다. 별장 2층의 응접실에서 계단만 내려오면 바로 바닷가 모래사장이다. 응접실 소파에 앉은 볼룸이 감탄했다.

"내 섬보다 낫군."

당연한 말이어서 피셔는 눈만 끔벅였다. 볼룸의 플로리다 개인 소유섬은 리스타랜드의 1백분의 1도 안 된다. 이곳은 마치 '국가'인 것이다. 바다를 바라보면서 볼룸이 말을 이었다.

"리스타는 이제 거대기업 정도가 아냐. 리스타라는 '기업국가'야."

모두의 시선이 모였다. '기업국가'라는 말을 처음 들은 것이다. 그런데 그 말이 전혀 어색하지 않다. 오후 3시 반이다. 6시에 이광이 주최하는 만찬이 있다.

"군산연이 리스타에 모였단 말이지?"

후버가 지그시 윌슨을 보았다. 이곳은 호놀룰루, 후버가 대통령을 따라 호놀룰루에 온 것이다. 오후 10시 반, 저녁 식사를 마친 후버가 앞에 앉은 윌슨을 보았다. 호놀룰루에서 미·일 정상회담에 배석자로 참석한 후버는 지친 표정이다.

"예, 볼룸, 피셔, 그리고 간부 넷까지 최고위층은 다 갔습니다."

윌슨이 말을 이었다.

"수행원이 35명, 군산연 전용기로 갔는데 공항에 비서실장이 나왔습니다."

"그만하면 융숭한 대접이군."

"바닷가 영빈관은 세계 최고급 호텔보다 낫습니다."

"내가 한번 가야 하는데."

"제가 모시고 가지요."

"그랬다가 넌 CIA 부장도 못 해보고 잘린다. 난 이제 할 만큼 했지만."

"보안유지가 잘된 곳이라 외부에 노출되지 않을 겁니다."

"너, 가봤어?"

"그럴 리가 있습니까?"

"그런데 뭐 하러 간 거야, 그 무기상 놈들이?"

정색한 후버가 본론을 꺼냈다.

"해밀턴은 뭐라고 그러더냐?"

"중동 지역의 무기 판매에 도움을 요청하려는 것 같다고 합니다."

"더러운 놈들. 이광 가족들을 바닷속으로 처박을 때는 언제고."

"장사꾼들은 다 그렇죠."

"이광이 초대한 걸 보면 받아들일 건가? 해밀턴은 뭐래?"

"군산연에서 무슨 조건을 내걸 것 같다고 했습니다."

"뭔데?"

"그건 모르겠습니다."

"개자식들."

투덜거린 후버가 지그시 윌슨을 보았다.

"시에라리온이 친미 국가로 중심을 잡으면 서부 아프리카는 걱정 안 해도 될 거야."

"그것이 부장님의 공적으로 역사에 남을 것입니다."

"역사는 무슨."

"아마 대통령보다 더 국가에 공을 세운 것이 될 겁니다."

"너, 아부가 늘었구나."

"아닙니다. 시에라리온에 리스타를 앞세워 대통령까지 리스타 직원으로 세우고 경제개발을 실시하도록 한 것이 모두 부장님이 밀어주신 것 아닙니까?"

"누가 알아주기나 하겠어?"

"리스타 이 회장이 알지요."

그때 후버가 고개를 들고 윌슨을 보았다.

"너, 리스타는 앞으로 어떻게 될 것 같으냐?"

"제국이 될 겁니다."

그때 후버가 천천히 고개를 끄덕였다.

"기업제국이지."

지구의 절반쯤 떨어진 섬, 리스타랜드와 하와이에서 거의 같은 시간에 볼룸과 후버가 리스타에 대해서 비슷한 평가를 했다.

'기업국가'와 '기업제국'이다.

"부탁드릴 일이 있습니다."

바닷가 별장, 오후 9시 반, 저녁을 마친 일행이 베란다에 나가 앉았을 때 볼룸이 입을 열었다. 베란다 옆쪽은 바로 모래사장, 나무계단 3개만 밟고 내려가면 된다. 원탁에 둘러앉은 모두 입을 다물었고 파도 소리만 들려왔다. 야외여서 바닷바람이 불어와 서늘하다. 습기가 조금 섞여 있다. 비린 바다 냄새. 이광의 시선을 받은 볼룸이 말을 이었다.

"쿠웨이트, 사우디, 이라크와 군수품 상담을 하고 있지만 꽉 막혔습니다."

볼룸의 얼굴에 쓴웃음이 떠올랐다.

"그래서 그쪽은 어떤 상황인지 아십니까? 러시아 무기가 쏟아져 들어갑니다. 이 기회를 이용해서 러시아 무기가 반값으로 밀수입되고 있습니다."

이광의 시선이 옆쪽에 앉은 해밀턴과 안학태 등을 스치고 지나갔다. 알고 있는 것이다. 볼룸이 말을 이었다.

"특히 이라크는 이번 쿠웨이트에서 철군하면서 무기 손실이 많았습니다. 그래서 공백을 메우려면 우리 무기를 구입해야 하는데……."

말을 멈춘 볼룸이 한숨을 쉬었고 이번에는 피셔가 이었다.

"회장님께서 이라크, 쿠웨이트, 사우디 당국에 추천만 해주시면 정상으로 돌아갈 것 같습니다만……."

모두 알고 있는 사실이었기 때문에 이광은 물을 것도 없다. 이광의 시선을 받은 해밀턴이 고개를 들고 볼룸에게 말했다.

"이해는 합니다. 우리도 현재 상황을 대충 알고는 있었는데요."

해밀턴의 얼굴에 쓴웃음이 번졌다.

"내가 회장님 대신으로 말씀드리는데, 우리는 나설 명분도 의리도 없습니다."

지난번에도 나왔던 이야기였지만 유야무야되었던 것이다. 리스타 측이 대답을 하지 않았기 때문이다. 그때 피셔가 정색하고 해밀턴을 보았다.

"지난번에 무기 구입대금의 일부를 수수료로 드리겠다고 했지만 이번에는 다른 제의를 가져왔습니다."

모두의 시선을 받은 피셔가 말을 이었다.

"리스타가 군산연의 대리인이 되었으면 합니다. 그래서 군산연의 무기 수출은 리스타에 맡기는 것이지요."

이광이 숨을 죽였고 해밀턴과 안학태 등 리스타 고위층들도 서로의 얼굴을 보았다. 이것은 예상하지 못했던 제의다. 리스타도 대기업이었지만 군산연 또한 리스타 못지않은 대기업이다. 그룹 차원의 제안은 서로 예상을 뛰어넘는 경우가 많은 것이다. 헛기침을 한 안학태가 물었다.

"그렇다면 리스타가 군산연의 조직원이 되어야 한다는 겁니까?"

"아니지요, 별개입니다."

피셔가 손까지 흔들며 말을 잇는다.

"동등한 관계입니다. 군산연의 무기 수출을 맡은 기업이니까 오히려 조정, 관리 기능까지 갖게 되지요."

입을 다문 안학태가 이광을 보았다. 해밀턴도 이제는 이광의 결정을 기다리는 듯 눈만 끔벅이고 있다. 그때 이광이 입을 열었다.

"검토해보지요."

이것으로 오늘 회의는 끝났다.

"우리한테 조정, 관리 기능을 맡긴다는 건 확실합니다. 동등한 관계라지만 우리가 주도권을 갖게 되는 것이지요."

해밀턴이 말하자 안학태가 고개를 끄덕였다. 이곳은 베란다의 원탁, 볼룸 일행을 배웅하고 나서 이제는 이광과 해밀턴, 안학태까지 셋만 모여 있다. 안학태가 입을 열었다.

"당장 이라크, 쿠웨이트, 사우디 등의 무기 수출이 개시될 것이고 더 크게 보면 아프리카도 리스타를 이용하는 것이 유리하니까요."

"그리고 리스타의 방해도 누를 수가 있겠지요."

해밀턴이 말을 받는다. 그리고 이익 면에서도 리스타가 좋은 조건이다. 수수료 대신 군산연의 가격에 이윤을 추가해서 무기값을 결정하기 때문이다. 그러고 나서 군산연은 제시한 가격만 가져간다. 그때 이광이 웃음 띤 얼굴로 둘을 보았다.

"우리가 무기 공급을 조절할 기능을 준 것이지."

둘이 숨을 죽였고 이광이 말을 이었다.

"그것으로 우리한테 '명분'을 준 것인데 거부할 필요는 없어."

"그렇습니다."

해밀턴이 고개를 끄덕였다.

"겉으로는 군산연이 우리한테 주도권을 내준 것으로 보입니다."

"받아들이도록 하지."

마침내 이광이 결정했다.

"저쪽도 예상을 했겠지만 당분간은 서로 윈윈하는 것으로 나가야겠지."

해밀턴과 안학태가 동시에 머리를 끄덕였다. 그러나 결국은 나눠지게 된다. 둘 다 끝까지 좋게 될 수는 없는 법이다.

"윽."

신음을 뱉었던 후버가 곧 이를 드러내며 웃었다.

"선오버비치."

"부장님, 지금 누구를 욕하시는 겁니까?"

윌슨이 묻자 후버가 파이프에 담배를 담으면서 대답했다.

"누구긴 누구야? 두 놈 다지."

"이광과 볼룸 말입니까?"

"그래, 두 놈 다 개아들놈이다."

"왜 그렇습니까?"

"둘 다 속셈이 있기 때문이지. 서로 상대방 머릿속을 알면서 악수를 한 거다."

"결국 누가 이길까요?"

"내가 점성술사냐?"

버럭 소리친 후버가 이번에도 바로 쓴웃음을 지었다.

"내가 오래 살아야 하는데."

"왜 그렇습니까?"

"두 놈들의 결과가 궁금하다."

"저는 이광이 주도권을 쥔 것 같은데요?"

"무기 수출은 창녀 직업보다도 오래된 직업이야. 돌로 만든 무기도 팔았을 거다."

"기록이 있습니까?"

"돌로 만든 무기가 대량 생산된 곳이 발견되었거든."

"저도 들었습니다만, 그것이 팔렸단 말씀입니까?"

"너, 갑자기 무슨 이야기 하는 거냐? 너, 치매냐?"

"아니, 부장님……."

"역사서를 보면 선한 놈이 꼭 이기는 것이 아냐."

담배를 꾹꾹 눌러 담으면서 후버가 말을 이었다.

"악질에다 무능한 놈, 잔인한 놈, 한심한 놈까지 정권을 잡아 왕조를 세운 적이 많아. 운이 따른 거지."

파이프를 입에 문 후버가 성냥을 그어 불을 붙였다. 전에는 불을 붙이지 않았는데 오늘은 다르다. 바로 불을 붙인다. 뻐끔대며 불씨를 살린 후버가 눈을 가늘게 뜨고 윌슨을 보았다.

"그렇게 왕이 되고 나서 역사를 그럴듯하게 꾸미는 거야. 왕을 신격화한단 말이지. 그럼 후세 놈들은 다 믿어."

후버가 이제는 구름 같은 연기를 윌슨을 향해 내뿜었다.

"조지 워싱턴의 어릴 적 이야기 들었지? 그 말도 안 되는 지어낸 이야기. 그것을 나도 어렸을 때 책에서 읽었다니까."

"부장님, 리스타가 군산연의 무기 수출 대행업자가 되면 군산연의 일원이 되는 것이나 같지 않습니까?"

"집행부의 5개 상임회원에 포함되고 볼룸, 피셔, 그리고 리스타 대표 3자가 군산연을 총괄하게 되겠지."

"이광이 말입니까?"

"이광이 대리인을 세울 거야. 아마 해밀턴 그놈이 리스타 대표가 되겠지. 개아들 놈."

"왜 욕하십니까?"

"그놈 연봉이 더 오를 거다. 연봉 1,500만 불을 받고 있는 놈이 말이야."

"……."

"그 돈을 다 어디다 쓰나? 그놈 여자 밝히지도 않는데."

"돈이 필요하십니까?"

"글쎄, 너는 말하다가 딴 데로 새는 버릇이 생겼다니까?"

눈을 흘긴 후버가 다시 담배 연기를 내뿜고는 말을 이었다.

"당분간 세계 질서를 잡는 데 두 놈들이 손을 잡은 건 잘한 일이야. 러시아 무기가 중동으로 쏟아지고 있는 것이 불안했거든."

후버가 고개를 들었다.

"대통령께 보고해야겠다. 내가 두 놈들의 연합을 이끌었다고 할 테니까 넌 입 다물고 있어."

"대단한데요."

영업 상무 올드먼이 고개를 흔들며 말했다. 쿠웨이트 시내 힐튼호텔 1층 상가 안, 올드먼과 세실리아는 리스타 다이아 전시장 안에 서 있다. 2백 평이 넘는 전시장에는 사람들이 많았는데 다이아 종류가 다양했기 때문이다. 드뷔어스는 뉴욕, 런던, 파리, 도쿄에 4대 전시장을 열고 있지만 이보다 못하다. 올드먼이 세실리아를 보았다.

"엄청난 분량입니다."

"시에라리온에서 다 가져왔을 테니까요."

세실리아가 유리 상자 안에 진열된 다이아를 둘러보며 말했다. 20억 불 분량이라고 하지만 시가로 따지면 그 몇 배는 될 것이다. 엄청나게 싸게 구입했을 테니까.

"시장이 양분되겠습니다."

올드먼이 한숨을 뱉고 나서 말했다.

"가격도 흔들리겠는데요."

세실리아가 고개를 끄덕였다. 올드먼은 52세, 다이아 영업에만 25년 경륜이다. 오후 3시 반, 어제 오후에 도착한 세실리아는 지금 한 시간째 전시장을 둘러보는 중이다. 전시장 안 사진 촬영도 허용되었기 때문에 올드먼이 다시 사진을 찍기 시작했다. 그때 세실리아 옆으로 사내 하나가 다가섰다. 흰색 쑵을 입은 아랍인이다.

“세실리아 드뷔어스 양이시죠?”

놀란 세실리아가 몸을 굳혔고 올드먼이 바짝 다가섰다. 세실리아 뒤쪽에서 두 사내가 다가왔는데 경호원이다. 세실리아 경호원인 것이다.

“네, 그런데요?”

세실리아가 되묻자 사내가 얼굴을 펴고 웃었다.

“잠깐 시간을 내주시겠습니까? 저희 사장님께서 뵙자고 하십니다.”

“사장님이라니요?”

“예, ‘리스타 다이아몬드’ 사장님이십니다.”

세실리아와 올드먼의 시선이 마주쳤다. 그때 세실리아가 고개를 끄덕였다.

“그러지요.”

잠시 후에 세실리아는 호텔 3층에 위치한 사무실로 들어섰다. 사무실 소파에 앉아있던 사내가 자리에서 일어섰다. 큰 키에 호남형의 동양인이다.

“어서 오십시오.”

손을 내민 채 사내가 다가왔는데 얼굴에 웃음을 띠고 있다.

“내가 ‘리스타 다이아’ 사장입니다. ‘리스타 쿠웨이트 법인’ 사장이기도 하고 ‘쿠웨이트 재건 사업단’ 단장도 겸하고 있지요.”

세실리아는 사내가 내민 손을 잡았다.

“세실리아입니다.”

사내의 직위 자랑이 역겨워진 세실리아가 이름만 말했다.

권철이 앞쪽에 앉은 세실리아를 지그시 보았다. 아름답다. 서영혜보다 더 예쁘다. 권철은 직선적이고 즉흥적이어서 여자의 용모에 우선권을 두는 성격이다. 깊게 정을 준 적은 없지만 그럴 기회도 갖지 못해서 수많은 여자가 스쳐 지나가는 인생이었으니 그럴 만했다. 여자 앞에서는 제법 미사여구도 늘어놓고 심각한 척 감상적 이야기도 늘어놓지만 다 지어낸 수작이다. 본성이 아닌 것이다. 본성은 예쁜 여자를 찾고 꽃을 꺾듯이 소유했다가 지나가는 것이다. 지나간다는 것은 관심 밖으로 멀어진다는 것을 의미한다. 그렇다고 악인은 아니고, 여자를 등쳐먹거나 이용만 하지는 않는다, 대가는 꼭 주었으니까. 싫다고 해도 주었다.

"미인이시군요."

정색한 권철이 마침내 한마디 했다. 이미 세실리아가 어제 입국했을 때부터 권철의 정보망에 걸려 신원조사서를 다 읽었다. 31세, 19살 때부터 가문의 회사인 드뷔어스에서 수습사원으로 일했으니 경륜 12년. 알바를 하면서 옥스퍼드 대학, 대학원까지 졸업, 경영학 박사 학위를 땄다. 미혼, 그동안 남자가 넷 있었지만 다 1년도 안 되어서 헤어졌고 지금은 4년째 싱글. 남자가 없다는 말이다. 섬세하지만 끈기가 있고 성취욕이 대단한 성격. 영업 책임을 맡은 영업 부사장이 된 지 2년 동안 매출액을 40퍼센트 증가시켰다.

"무슨 일로 보자고 하신 거죠?"

세실리아가 묻자 권철이 입 안에 고인 침을 삼켰다. 푸른 눈동자, 곧은 콧날, 단정한 입술이 삼분의 일쯤 벌어져 있다. 일부러 섹시하게 보이려고 연출하는 멍청한 포즈가 아니다. 자연스럽다. 헛기침을 한 권철이 대답했다.

"다이아몬드 가격이 실제 가치보다 과대평가되어 있어요. 그래서 나는 '리스타 다이아' 가격을 현재 유통가의 절반으로 유통시킬 계획이오."

"……."

"그래서 마침 드뷔어스 영업 부사장이 오셨기 때문에 말씀드리는 겁니다."

"……."

"그 시행 시기를 곧 말씀드리지요. 그동안 드뷔어스에서 협상할 의향이 있으면 연락을 하시지요."

"알겠습니다."

고개를 끄덕인 세실리아가 권철을 보았다.

"미리 정보를 주셔서 고맙습니다."

"드뷔어스에서 미리 가격을 내려도 항의하지 않겠습니다."

"시에라리온에서 많이 가져오셨지요?"

마침내 세실리아도 인사치레로 물었다. 권철이 제대로 대답하기를 기대하지는 않았다. 그때 권철이 대답했다.

"구입가는 20억 불인데 현 시가 기준으로 30퍼센트 가격을 주고 가져왔으니까."

눈을 가늘게 뜬 권철이 말을 이었다.

"60억 불 이상의 가치가 되겠네요."

"……."

"거기에다 국경 검문에서 거둬들인 다이아도 증가하는 추세니까 곧 100억 불 가치는 될 겁니다."

"……."

"그리고 우리는 생산자니까 이윤에 급급할 이유가 없어요. 반값이 아니라 20퍼센트 가격으로 시장에 내놓아도 손해가 아닙니다."

그때 세실리아가 물었다.

"저한테 그런 이야기를 해주시는 이유가 뭐지요?"

"드뷔어스에서 남아공의 용병단 1개 중대를 1년 계약했다는 정보를 들어서요."

정색한 권철이 한숨까지 쉬었다.

"내가 리스타 용병단 단장을 지냈지요. 군산연의 다운힐 저택을 폭파시킨 것도 내가 한 일입니다."

"……."

"이거, 또 드뷔어스 저택을 폭파시켜야 하나 하고 고민하다가 당신이 전시장 구경을 왔다고 해서 부른 겁니다."

"협상하자고요?"

"아니죠, 경고라고 봐야 될 겁니다."

권철의 얼굴에 쓴웃음이 번졌다.

"드뷔어스는 리스타를 너무 과소평가하고 있어요. 그래서 미리 정보를 드리는 겁니다."

그러고는 권철이 지그시 세실리아를 보았다.

"오늘 저녁에 저하고 식사나 같이 하시지요."

이광이 바그다드 공항에 도착했을 때는 오후 3시 반이다. 전용기를 타고 왔기 때문에 전용기 터미널에서 내린 이광은 곧장 기다리고 있던 승용차에 타고 공항을 나왔다. 햇볕이 환한 한낮이다.

"이제 전쟁이 끝나서 낮에 공항을 나오는군."

창밖을 내다보면서 이광이 말하자 옆자리의 안학태가 웃었다.

"저도 생소합니다. 딴 나라 같습니다."

그때 이광이 앞쪽에 앉은 대통령 경호실 장군에게 물었다. 이광을 마중 나온 소장 계급장을 붙인 장군이다.

"장군, 대통령께서는 지금 어디 계시오?"

"예, 대통령궁에 계십니다."

장군이 바로 대답했다. 지금 이광은 후세인을 만나러 가는 것이다. 면담신청을 했더니 바로 오라는 연락이 왔기 때문이다. 이광이 웃음 띤 얼굴로 말을 받는다.

"이젠 지하 대통령궁을 사용하지 않으시는지요?"

"가끔 가십니다."

장군의 얼굴에도 웃음이 떠올랐다.

"어제도 가서 주무시고 나오셨습니다."

"거기가 아늑하고 좋았지. 나도 정이 들었어."

"전 전장(戰場)에만 있었기 때문에 전시(戰時)에는 가보지 못했습니다."

장군이 고분고분 대답했다.

"이렇게 모시게 되어서 영광입니다, 회장 각하."

경호실 장군한테서 이런 대접을 받는 외국인은 이광이 유일할 것이다.

후세인 대통령은 이광이 들어섰을 때 자리에서 일어나 다가왔다. 두 팔을 벌리고 있었지만 눈을 크게 뜬 채 웃지 않았다.

"각하, 오랜만에 뵙습니다."

이광이 인사를 하자 후세인은 잠자코 어깨를 감싸 안았다. 그러고는 양쪽 뺨에 번갈아서 세 번 볼을 맞대었다. 힘 있게 껴안았고 볼을 비비는 강도도 세다. 그러나 입을 열지는 않았다. 이광의 뒤에 선 안학태도 껴안은 후세인이 세 번 볼을 맞췄지만 힘은 떨어져 있다. 그러나 오늘 안학태는 처음으로 후세인의 포옹을 받았다. 이광도 후세인의 뒤에서 기다리던 카심과 하비브 등 고위층과 포옹을 했다. 정중하고 깊은 인사다. 안학태까지 인사를 마쳤을 때 모두 후세인을 중심으로 둘러앉았다. 카심은 국방장관이 되었고 하비브는 육군 총사령관, 비서실장 아메드, 경호실장 모하메드까지 둘러앉았으니 이라크의 최고위층은 다 모인 셈이다. 후세인이 고개를 들고 이광을 보았다.

"군산연 문제로 온 것이지?"

시선이 마주치자 후세인이 빙그레 웃었다.

"예, 각하."

이광이 정색하고 대답했다.

"리스타가 군산연의 수출 대리인이 되었습니다."

후세인이 눈을 둥그렇게 떴다.

"군산연이 발표하지 않은 것을 보면 기밀인가?"

"아닙니다. 제가 먼저 각하께 말씀드리기 전까지 기다리고 있었던 것입니다."

"흠, 군산연 놈들이 리스타를 이용하려는 건가?"

"리스타를 통해서 무기 수출이 되는 것이니까 서로 매여 있는 상황입니다."

"그렇군."

후세인의 시선이 카심에게로 옮겨졌다.

"카심, 그것이 우리한테 이득이 될 수도 있겠다."

"예, 각하."

이광과 오랜 인연이 있는 카심 대장이 후세인을 보았다.

"미국이 우리한테 판매 규제를 하고 있는 각종 미사일을 가져올 수도 있을 것 같습니다."

후세인이 고개를 돌려 이광을 보았다.

"어때? 자네도 그 생각을 했겠지?"

"예, 각하. 군산연 측에서도 예상했을 것입니다."

"미국 정부도 마찬가지겠지?"

"물론입니다, 각하."

"그럼 리스타에서 여분의 분량을 빼내었다가 우리한테 넘기는 것도 어렵지 않을 거야."

이광이 웃기만 했을 때 후세인이 천천히 고개를 끄덕였다.

"우리한테도 잘된 일이야."

"제가 필요한 부분은 보충해드리겠습니다."

"그럼 여기 온 김에 이라크 무기 오더를 받아가게."

후세인이 바로 결정을 했다.

"군산연 놈들이 깜짝 놀랄 만한 물량을 사주지."

그 시간에 베트남의 탑반동 주석이 주석 공관에서 비서실장 키우와 마주보고 앉아 있다. 탑반동의 표정은 어둡다. 고개를 든 키우가 입을 열었다.

"현금으로 1천만 불을 받아왔습니다, 주석 동지."

탑반동은 눈만 끔벅였고 키우가 말을 이었다.

"영수증도 써주지 않았고 리스타도 받으려고 하지도 않았습니다."

"그거야 당연하지."

외면한 채 말한 탑반동이 입맛을 다셨다. 방금 키우는 리스타 사무실에 가서 현금 1천만 불을 받아온 것이다. 비자금이다. 그때 탑반동이 입을 열었다.

"그 돈을 현금이 필요한 국가경비로 써."

"예, 주석 동지."

"재무부에 특별경비 계좌를 만들어서 입금시켜 놓고 필요한 국가사업에 지출하도록 해."

"재무부 장관에게 바로 연락하겠습니다."

"정부 예산에 포함되는 것이니까 갑자기 예산이 1천만 불이 늘어난 셈이 되는 거야."

"알겠습니다, 주석 동지."

"정부 각 부서에 공문을 보내서 특별비가 필요한 경우가 있으면 결재를 올리라고 해, 내가 직접 심사해서 허가해줄 테니까."

이것으로 베트남에 내는 비자금 용도가 정해졌다. 중국도 대개 이런 용도로 쓰였겠지만 베트남은 처음부터 리베이트를 특별경비로 전용해 놓고 쓴다. 하긴 그 돈이 그 돈이니까 미리 타서 쓰는 것이나 같지. 그때 탑반동이 검은 얼굴을 주름살투성이로 만들며 웃었다.

"나는 흙탕물 체질인 것 같다. 이런 일이 재미가 있어."

처음에 찌푸리고 있던 때와는 딴판이다. 그때 키우가 말을 받는다.

"흙탕물 시늉을 하기에도 힘이 듭니다, 주석 동지."

"자, 듭시다."

술잔을 든 권철이 세실리아를 보았다. 힐튼호텔의 클럽 안, 둘은 안쪽 테이블에 앉아서 플로어의 쇼를 보고 있다. 세실리아가 잔을 들었을 때 권철이 한 모금 술을 삼키고는 말을 이었다.

"지난번 이라크군이 쿠웨이트 점령 기간 동안에 내가 이곳에서 이 클럽을 운영했었지요."

세실리아가 시선만 주었고 권철이 말을 이었다.

"그때도 내가 이곳에 있었거든. 리스타 용병단 대장으로 이라크와 쿠웨이트 간, 그리고 이라크와 다국적군 간의 정보교환과 물자 공급, 요인 구출에다 인력공급까지 책임지는 입장이었소."

"……."

"한편으로 임자 없는 이 힐튼호텔을 이라크 주둔군 사령관한테서 임대를 받아 최고급 클럽으로 운영했지요. 지금은 1개 층이 클럽이지만 6개월 전만 해도 3개 층이 클럽, 2개 층이 카지노, 나머지는 호텔이었어요."

"……."

"하룻밤 수입으로 1천만 불을 올린 적이 있었지. 이라크군 놈들이 쿠웨이트 보석상, 은행에서 약탈한 보석, 달러 등을 어디다 쓸 데가 있어야지. 위스키 1병에 3천 불, 여자하고 자는 데 1만 불을 받았소."

"……."

"내가 8개월 동안 이곳에서 순수입 15억 불을 올렸어요. 그래서 그것을 결산해서 회장한테 바쳤더니 어떻게 된지 아시오?"

권철이 흰 이를 드러내며 웃었다.

"회장이 이건 네가 여가 시간에 올린 부수입이지만 회사 이름과 회장 인연을 판 대가를 받아야겠다면서 8억 불을 떼고 나한테 7억 불을 돌려주었소."

"……."

"7억 불이야."

어깨를 치켰다가 내린 권철이 말을 이었다.

"그래서 그 돈을 내 심복들한테 주고 너희들이 알아서 나누라고 했는데…….”

권철이 잔에 술을 따르면서 세실리아를 보았다. 홀 안은 어둑했지만 번쩍이는 조명으로 얼굴 윤곽은 선명하게 드러났다. 술잔을 든 권철이 말을 이었다.

“그놈들이 2천5백만 불을 떼어서 저희들하고 용병대원 122명 전원이 나눠 갖고 나머지 6억7천5백만 불을 가져왔더군.”

한 모금에 술을 삼킨 권철이 지그시 세실리아를 보았다.

“세실리아 부사장, 지금 나는 당신 상대에 대해서 말하는 거요.”

세실리아는 숨만 쉬었고 권철이 말을 이었다.

“그, 제시 포트만이란 영업 전무하고 쿠웨이트에 같이 온 것도 알아요. 그 친구가 드뷔어스의 행동대장 역할인데, 남아공 용병도 고용했고.”

“…….”

“지금까지 7, 8번 고용을 했고 걸리적거리는 놈들을 제거해 왔는데 내가 그 내역도 다 알지.”

“…….”

“근데 우리를 너무 가볍게 보신 것 같아, 세실리아 씨.”

세실리아의 시선을 받은 권철이 고개를 저었다.

“드뷔어스에 대해서는 내가 전권을 행사하고 있어요, 세실리아 씨. 그래서 남아공 용병 1개 중대 120명 중 선발대 40명이 오늘 출발한다고 해서 내가 지시를 했지요.”

“…….”

“그놈들이 탄 C-140 수송기가 아프리카 상공에서 폭발할 거요.”

“…….”

“동시에 제시 포트만이 쿠웨이트에서 교통사고로 죽게 됩니다. 이것으로 경각심을 일깨워드리려는데, 의견이 있습니까?"

세실리아가 술잔을 들어 입에 붙였다가 내려놓았다. 삼킬 수가 없을 것 같았기 때문이다. 목구멍 안쪽이 막힌 것 같았고 앞쪽에 앉은 권철의 얼굴이 멀어졌다가 다가왔다가 했다. 심장 박동이 빨라졌다가 뚝 그치기도 했다. 이건 협박도 아니다. 마치 어둠 속에서 귀신의 목소리를 듣는 것 같다. 그때 권철의 목소리가 울렸다.

"방에 올라가서 좀 쉬실까?"

"히."

이것은 볼룸이 숨 들이켜는 소리다. 놀라서 숨 들이켜는 소리는 동서양을 막론하고 똑같다. 지금 볼룸은 피셔가 건네준 메모지를 보고 있다. 메모지에는 리스타가 이라크에서 수주한 무기 오더 내역이 적혀 있는 것이다. 시선을 뗀 볼룸이 피셔를 보았다.

"1,250억 불?"

"예, 회장님."

피셔가 입을 반쯤 벌렸다가 닫았다. 어깨도 같은 순간에 내려앉는다. 기가 막힌다는 시늉이다.

"아이구, 이거."

볼룸이 막혔던 한숨을 쉬고 나서 고개를 들었다.

"우리가 예상했던 것보다 다섯 배 아냐?"

"예, 3년간의 오더입니다."

"이, 이거, 대박."

그때 피셔가 눈으로 메모지를 가리켰다.

"회장님, 거기 18번, 19번, 20번 품목을 보시죠."

"응?"

메모지를 다시 본 볼룸의 이맛살이 찌푸려졌다.

"이거 미사일, 수출 규제 품목 아냐?"

"그렇습니다."

"으음."

고개를 든 볼룸이 피셔를 보았다. 예상하고 있었던 것이다. 이라크 쪽도 알고 있는 내용이다.

"그냥 받아야지, 여기서 주춤대면 안 돼."

"당연히 그래야지요."

"아이구!"

다시 감동한 볼룸이 물었다.

"지금 이 회장 어디 있어?"

"이라크에 있습니다. 거기서 쿠웨이트로 간다는군요."

"대단해."

볼룸이 고개를 저으면서 말을 잇는다.

"군산연 최고의 세일즈맨이야."

바그다드의 대통령궁 안, 후세인과 이광이 마주보고 앉아 있다. 측근들을 다 배제시키고 둘만 앉아 있는 것이다. 후세인의 요청이다. 시가를 꺼내 입에 문 후세인이 지그시 이광을 보았다.

"내가 이란을 침공한 건 미국의 배후 지원이 있었기 때문이야. 알고 있지?"

"예, 압니다."

"호메이니가 극단적으로 반미(反美)주의로 나오니까 CIA가 나를 충동

질했어."

후세인의 얼굴에 쓴웃음이 떠올랐다.

"호메이니를 없애고 다시 이란을 친미 국가로 만들고 싶었겠지."

그러나 전쟁이 8년이나 계속되었고 결국 이라크는 이란과 휴전을 할 수밖에 없었다. 이광만큼 그 내막을 알고 있는 사람도 드물 것이다. 그래서 엄청난 전비를 쓰게 된 후세인이 그 대가를 받으려고 시도한 것이 쿠웨이트 침공이다. 그때 후세인이 말을 이었다.

"리, 미국이 조만간에 나를 제거할 것 같네."

이광이 시선만 들었고 후세인이 옆쪽을 응시한 채 말을 잇는다.

"예상하고 있었던 일이지. 나도 각오를 했고. 지금 미국에게는 나를 제거할 기회지, 쿠웨이트를 침공한 전범이 되었으니까."

"……."

"그리고 내가 미국과의 비밀 거래한 사실이 밝혀지면 세계에 충격을 줄 테니까, 내 입을 막으려고 하겠지."

"각하, 하지만."

어깨를 부풀린 이광이 후세인을 보았다.

"미국이 특공대를 보낼 수도 없고 이라크를 침공하기도 힘들 텐데요."

"아냐."

고개를 저은 후세인이 목소리를 낮췄다.

"미국은 희생양이 필요해. 제물이 필요하다고, 이 회장."

"무슨 말씀입니까?"

"나를 사주해서 이란을 침공하게 한 것, 그리고 쿠웨이트를 이라크 영토라고 간접적으로 승인해서 나에게 쿠웨이트를 점령하게 만든 것, 이 회장도 알고 있지?"

이광이 고개를 끄덕였다. 이란과의 8년간 전쟁에서 수천억 불의 경비를 쏟아부은 이라크는 미국에 은근하게 보상 압력을 넣었던 것이다. 그것이 이라크가 쿠웨이트를 침공한 이유다. 그때 후세인이 말을 이었다.

"이미 수습 불가능한 상태가 되었어. 미국은 내 입을 막으려고 하고 있네."

"어떻게 말입니까?"

"곧 미군이 진입할 것이네."

"저는 아직 그런 정보를 듣지 못했습니다."

"내 정보가 정확할 거네."

후세인이 정색했다.

"그래서 내가 이 회장한테 부탁할 일이 있어."

힐튼호텔의 프레지던트룸 방 안, 권철이 앞에 앉은 세실리아를 보았다. 밤 11시 반, 술기운이 오른 권철의 얼굴은 붉다. 술잔을 쥔 권철은 웃음 띤 얼굴이다.

"당신이 방에 순순히 따라올 줄은 예상 밖인데?"

"오해하지 마시죠."

세실리아가 쓴웃음을 지었다.

"이야기를 더 듣고 싶었을 뿐이니까."

"영업에는 뛰어났다고 들었는데 과연 끈기가 있군."

"끈기보다도 직업의식이죠."

"어쨌거나."

한 모금에 위스키를 삼킨 권철이 말을 이었다.

"나도 드뷔어스가 바로 타협하자고 나서리라고 예상하지는 않아, 세실리아 씨."

"우리가 남아프리카 용병을 고용한 것은 경비체제를 강화시키려는 목적이었어요. 리스타 공격용이 아닙니다, 권 사장님."

"4년 전에 뉴욕의 보석상 조합이 콩고의 다이아몬드를 대량 구입했을 때, 어떻게 하셨지?"

"……."

"남아공 용병 1개 팀을 고용해서 작전을 하셨지?"

"……."

"보석상 조합 간부 4명이 죽었더군, 각각 사고사로."

"……."

"제시 포트만이 작전 담당이지만 당신도 그 내막을 알고 있겠지."

그때 세실리아가 들고 있던 술잔을 내려놓았다.

"과연 대단하시네, 리스타 정보력이."

"당신들은 아이 수준이야."

권철도 정색하고 세실리아를 보았다.

"나도 경고하려고 당신을 부른 거야, 세실리아. 당신을 침대로 끌고 갈 생각은 손톱만큼도 없어."

"그래서 C-140 수송기를 떨어뜨리고 제시 포트만을 사고사로 처리하려는 건가?"

"이미 C-140은 떨어졌어."

세실리아가 숨만 들이켰을 때 권철이 말을 이었다.

"제시 포트만은 곧 연락이 오겠지."

"죽일 거예요?"

"아니, 아직."

고개를 든 권철이 벽시계를 보면서 말을 이었다.

"죽일지 살릴지 아직 결정하지 않았어."

"……."

"지금 잡아 놓았는데 빌딩 옥상에서 추락사를 시킬지 자동차에 넣고 충돌을 시킬지 궁리 중이야."

"……."

"또 다른 방법이 있기는 하지."

정색한 권철이 세실리아를 보았다.

"뭐라고 물어보든지 해야 될 것 같은데, 그렇게 가만있을 건가?"

후세인을 따라 옆방 앞에 섰을 때다. 몸을 돌린 후세인이 이광을 보았다.

"이 회장, 내 얼굴을 잘 보게."

이광의 시선을 받은 후세인이 쓴웃음을 지었다.

"잘 듣게, 이 회장."

"예, 각하."

"내 첫사랑의 여자는 이자나네."

"네?"

"이자나는 내가 어렸을 때 사랑했던 여자지. 그런데 그녀는 죽었어."

후세인의 눈동자가 흐려졌다.

"40년이 지났지만 지금도 잊지 못하고 있지."

복도는 텅 비어서 조용하다. 목소리를 낮춘 이광이 말을 이었다.

"기억해두게, 내 여자의 이름."

"예, 각하."

"이건 비밀이네."

그러고는 후세인이 방문을 열었다.

"어?"

방으로 들어선 이광의 입에서 저절로 놀란 외침이 터졌다. 소파에 앉아 있던 후세인이 일어난 것이다.

"아니?"

고개를 돌린 이광이 옆에 선 후세인을 보았다. 시선을 마주친 후세인이 쓴웃음을 지었을 뿐 입을 열지 않는다. 그때 안쪽 후세인이 말했다.

"어서 자리에 앉아."

목소리도 똑같다. 이광이 다시 옆쪽 후세인을 보았다. 그러자 후세인이 고개를 끄덕였다.

"자리에 앉지."

이광이 정신없이 발을 떼었다. 옷도 똑같고 허리에 찬 권총도 같다. 흰 상아 손잡이 권총, 후세인은 전시나 평시에나 항상 권총을 휴대하고 있는 것이다. 자리에 앉았을 때 옆쪽 후세인이 물었다.

"이제 알겠지?"

"뭐가 말씀입니까?"

이광이 묻자 후세인이 대답했다.

"내가 문 앞에서 한 이야기 말이야."

"아!"

이광이 탄성을 뱉었다. 암호다. 진짜와 가짜를 구별하는 암호를 말해준 것이다. '이자나', 후세인의 첫사랑 여자의 이름. 그것을 앞에 앉은 짝퉁 후세인은 모른다. 그때 옆쪽 후세인이 말했다.

"내가 짝퉁을 다섯 명 만들었어. 앞에 있는 놈도 다섯 중 하나지."

그러자 앞쪽 후세인이 정색하고 고개를 끄덕이며 말했다.

"맞네, 내가 그중 하나지."

목소리도 똑같아서 이광은 몸에 소름이 끼쳤다. 그때 옆쪽 후세인이 말했다.

"생명의 위협을 느꼈기 때문이야. 내부에서, 외부에서도 말이지."

"맞아, 처음에 짝퉁이 5명 있었는데 셋으로 줄었네."

앞쪽 짝퉁이 말했을 때 후세인이 빙그레 웃었다. 그러고는 짝퉁에게 말했다.

"입 다물고 있어."

"예, 각하."

그때서야 짝퉁이 얼굴을 굳히고는 허리를 펴고 반듯이 앉았다. 그러자 얼굴이 조금 달라졌다. 후세인이 말을 이었다.

"내가 회의하고, 말한 모든 내용을 촬영한 후에 이놈들한테 보이고 머릿속에 넣도록 하기 때문에 내 측근들도 속아 넘어가지. 기밀 사항 외에는 이놈들이 나보다도 더 잘 기억하고 있어."

"그렇습니까?"

"이놈 말마따나 한 놈은 전선 시찰을 나갔다가 포탄에 맞아 죽었고 바보 같은 또 하나는 내가 총살했지. 그놈들은 내가 죽은 줄로 알았지만 몇 시간 후에 내가 나타나니까 대경실색을 했지. 덕분에 반란세력을 소탕할 수 있었네."

"아."

"자네 만날 때도 몇 번은 이놈들이 내 대역을 했어. 식사할 때처럼 가벼운 자리 말이네."

후세인이 고개를 돌려 짝퉁에게 물었다.

"2번, 너도 이 회장을 내 대신 만난 적 있느냐?"

"예, 저는 1번이었습니다."

짝퉁이 대답했다.

"죽은 3번이 여러 번 만났습니다, 각하."

고개를 끄덕인 후세인이 이광에게 말했다.

"자, 그럼 눈을 감아보게, 이 회장."

이광이 눈을 감았을 때 잠깐 부스럭거리는 소리가 나더니 조용해졌다. 그때 앞에서 후세인이 말했다.

"눈을 뜨게."

눈을 뜬 이광은 앞에 나란히 앉아 있는 후세인을 보았다. 똑같다. 둘을 번갈아 본 이광이 한숨을 쉬었을 때 왼쪽 후세인이 물었다.

"누가 짝퉁인지 말해봐."

그때 오른쪽 후세인이 웃었다.

"지금 말한 놈이 짝퉁이야."

"천만에, 내 옆 놈이 짝퉁이야."

그때 둘을 둘러보던 이광이 고개를 끄덕였다. 암호를 써먹을 때다. 이광이 둘을 번갈아 보다가 자리에서 일어섰다. 그러고는 둘에게 말했다.

"중요한 여자 이름 하나만 귓속말로 알려 주시죠."

그러고는 먼저 왼쪽 후세인에게 다가간 이광이 귀를 얼굴 쪽에 기울였다. 그러자 왼쪽 후세인이 낮게 속삭였다.

"강은서."

순간 숨을 들이켠 이광이 고개를 끄덕이고는 몸을 세웠다. 온몸에 전류가 흐르는 느낌이 들었고 금방 눈이 뜨거워졌다. 강은서의 이름이 지금 불릴 줄이야. 술라웨시 바다에 빠져 잠들어 있는 강은서. 발을 뗀 이광이 이제는 오른쪽 후세인에게 다가가 귀를 기울였다. 그때 오른쪽 후세인이 속삭였다.

"이자나."

오른쪽 후세인과 함께 방을 나온 이광이 길게 숨을 뱉었다. 그때 후세인이 웃음 띤 얼굴로 이광에게 물었다.

"내가 짝퉁을 보여준 이유를 알겠나?"

"알겠습니다."

이광이 커다랗게 고개를 끄덕였다.

"염려하지 마십시오, 각하."

"부탁하네."

후세인이 손을 뻗더니 이광의 손을 잡았다가 금방 놓았다. 잠깐이었지만 따뜻한 촉감이 느껴졌다.

"결국 이렇게 되었어."

시트를 발로 걷어찬 세실리아가 모로 누운 채 권철을 보았다. 오전 1시 반, 지금 둘은 침대에 엉켜서 누워있다. 힐튼호텔의 방 안, 반쯤 열린 베란다의 창으로 바람이 몰려와 커튼이 출렁거렸다. 방의 불은 스탠드만 켜 놓았지만 세실리아의 얼굴 윤곽이 선명했다.

"넌 탕아야."

세실리아가 눈을 흘기면서 말했다. 미끈한 상반신이 다 드러났다. 권철이 손을 뻗어 세실리아의 이마에 헝클어진 금발을 젖혀 주었다.

"너처럼 아름다운 여자는 처음이야."

"후훗."

저도 모르게 짧게 웃은 세실리아가 손바닥으로 권철의 가슴을 밀었다. 아직도 둘의 숨결은 거칠었고 땀이 배어 나온 몸이 불빛에 번들거리고 있다.

"입에 발린 소리가 저절로 나오는군."

"네 입에서 탄성이 뱉어지는 것과 같은 이치지."

"내가 왜 이렇게 되었나 모르겠어."

"세실리아, 넌 때 묻지 않은 여자야."

권철이 세실리아의 허리를 당겨 안았다. 세실리아가 떼려고 꿈틀거렸다가 곧 힘을 풀었다. 권철이 세실리아의 이마에 입을 맞추고 나서 말했다.

"아름답고 순수해. 위선을 부리지 않고 순리에 따르는 여자야."

"무슨 소리인지."

"내 말뜻을 알 거야, 세실리아."

"여자가 몇 명이나 돼?"

"너 하나뿐이야."

"이 위선 덩어리 괴물 같으니."

"널 배신하지는 않을게."

그때 권철의 몸이 뜨거워진 것을 느낀 세실리아가 다시 짧게 웃었다.

"이 괴물 같은 코리안."

"시대는 영웅을 낳는 거야."

"무슨 말이야?"

덩달아서 뜨거워진 세실리아가 물었을 때 권철도 건성으로 대답했다.

"지금은 영웅시대야."

<끝>